李伟 著

汉唐文学的多维文化透视

山东教育出版社·济南

图书在版编目（CIP）数据

汉唐文学的多维文化透视／李伟著．—济南：山东教育出版社，2021.11
ISBN 978-7-5701-1891-5

I.①汉…　Ⅱ.①李…　Ⅲ.①中国文学－古典文学研究－汉代　②中国文学－古典文学研究－唐代　Ⅳ.①I206.2

中国版本图书馆CIP数据核字（2021）第232921号

HANTANG WENXUE DE DUOWEI WENHUA TOUSHI

汉唐文学的多维文化透视

李伟　著

主管单位：山东出版传媒股份有限公司
出版发行：山东教育出版社
　　　　　地址：济南市市中区二环南路 2066 号 4 区 1 号　　邮编：250003
　　　　　电话：（0531）82092660　　　网址：www.sjs.com.cn
印　　刷：山东临沂新华印刷物流集团有限责任公司
版　　次：2021 年 11 月第 1 版
印　　次：2021 年 11 月第 1 次印刷
开　　本：710 毫米 ×1000 毫米　1/16
印　　张：17.25
字　　数：235 千
定　　价：58.00 元

（如印装质量有问题，请与印刷厂联系调换）印厂电话：0539-2925659

本书得到下列基金项目资助：

山东省泰山学者工程专项经费（TSQN20171207）；

山东省高校青年创新团队项目建设经费（2020RWC005）；

山东师范大学中国语言文学山东省高水平学科·优势特色学科建设经费。

作者简介

　　李伟，1982年生，籍贯山东兖州，2011年毕业于北京大学中文系，获文学博士学位，后在山东大学文学院从事博士后合作研究，已出站。先后就职于济南大学文学院和山东师范大学文学院，现为山东师范大学文学院教授、中国古代文学专业博士生导师，入选山东省"泰山学者青年专家计划"、济南市和山东省高层次人才专家库，系山东省高校青年创新团队学术带头人、山东省古典文学学会理事，曾为中国社会科学院文学研究所高级访问学者、东海大学访问学者。主要研究领域为儒学文化、汉魏六朝唐代文学史和中国古典散文史。主持并完成国家社科基金青年项目、中国博士后面上基金项目、中国博士后特别资助项目、山东省社科规划项目、山东省高校青年创新团队项目、全国古籍整理专项等国家级和省部级以上项目7项，出版《文儒演生与文脉传承》《以文化人：齐鲁文化与中国人文智慧》《齐鲁传统文化》《中国传统文化导论》《中国近代女性文学大系·诗词卷》等著作7部，在《中华文史论丛》《山东大学学报》《中南民族大学学报》《陕西师范大学学报》《山东社会科学》《中国诗学》和《光明日报》等CSSCI期刊和重要报刊上发表论文近50篇，相关成果获山东省高校人文社科成果三等奖、济南市社科成果二等奖、山东省奎虚图书奖等奖项。

"文儒"与中古文学研究的新探索

　　在国内外学术界，中古时期文学研究向来都是文史研究的热点之一。长期以来，学者们在这一领域辛勤耕耘，收获颇丰。要想在一大批有深度的成果之后再有新创，实属不易。李伟博士在多年探索的基础上，完成了著作《汉唐文学的多维文化透视》，即将交由山东教育出版社印行。我有幸先睹为快，对书中有关初唐"文儒"及中古文学与文化若干专题的论述，印象尤深。这些工作多能在前人研究基础上有所推进，并提出自己的见解。诸多论述有感而发，令人耳目一新。现就我之所见，对该书如下几个方面的特点和创获，略谈一点肤浅的感受。

　　其一，"文儒"研究的积极推进。自汉武帝"独尊儒术"以来，儒学对中国社会所产生的重大影响已是不争的事实。就文学而言，这种影响也同样是其他诸子学说无法比拟的。因此，有关文学与儒学关系的研究自然成为文学研究的重大命题之一，历代学者对"诗教"、讽谏、比兴寄托的强调和重视，都与此有非常紧密的关系。但从另一个角度来说，文学不能不表达作家的思想情感，一个以儒学为立身行事、治国理政准则，具有儒家理想人格的作家，无疑能够更好地在文学中深度表现儒学思想。这样的作家也应该是研究文学与儒学之关系所应当重点关注的对象，但对这一问题，学术界自觉的关注似乎还很不够。迄今为止，只有葛晓音先生等少数学者借用和改造东汉王充提出的"文儒"概念，用以说明盛唐时代"文儒"与文学复古思潮之关系。李伟敏锐地意识到这一问题的重要性，并发现"'文儒'概念在初唐乃至唐代之前的生成问题却少有人探讨"。因而，本书在以往研究基础上，不仅从文化史的角度，对"文儒"的产生做了追本溯源的梳理，而且又以隋末大儒王通及其嫡孙王勃为个案，通过具体而微的分析指出，王通的思想一方面深刻影响了曾出自其门下的一批初唐史官，另一方面也是王勃"文儒"思想形成的直接源头。这正是盛唐"文儒"产生必不可少的重要环节。作者关于"文儒"在初唐之形成过程的分析，对以往的"文儒"研究具有积极的补充完善价值。他对这一论题的思考，始于攻读硕士学位期间，自然受到了他的两位导师傅绍良和葛晓音先生的影响，同时也发扬师门宗风，有效地推进了"文儒"研究这一重要论题。我个人以为，这一课题在未来也是值得进一步做全面而深入的探讨的。

其二，学术个案的深度发掘。学术史上常有一些论者各持己见、争执不下的传统难题。要想对此类论题提出新见，既需要学术探索的勇气，更少不了立足史料、知人论世的细致分析和深入思考。本书中的一些专题研究就体现了这样的特点。如对于李白《古风》其一，自古以来学者们的理解就很不一致。一种观点认为，该诗是"评论古今诗歌发展的历史"；另一种观点则认为，该诗是"借了文学的变迁来说出作者对政治批判的企图"，"重点在论政治与诗歌乃至整个文化的关系"。持后一种观点的代表人物是俞平伯和袁行霈两位大家，但本书作者并未止步于此，而是通过细致的分析指出，《古风》其一的前半部分中李白"对《诗经》大雅颂声的极度推崇在本质上是对三代理想盛世的赞美，并非对文学史发展的理性思考"，而后半部分中李白"对当代政治的赞美也与其盛世理想紧密相关"，因此诗人是"在论诗歌发展的历程中寄托了中古文化传统积淀形成的盛世理想，并展现了盛唐时代文人共有的高扬自我的个性精神"，从而对该诗做了新的解读。又如对韩愈诗歌的险怪特点，学者们多有论述，但有关韩诗险怪特点的形成与韩愈人生经历之关系的探讨，显然还留有较大的发掘余地。作者从韩愈被贬阳山及待命郴州时期的生活入手，对这几年中韩愈可编年诗歌的新变化与荆楚文化之关联，进行了细致的比对分析，进而发现正是荆楚之地"带有'险'和'怪'特征的景物大量入诗……给韩诗注入了鲜活的力量。元和时期，韩愈将游历荆楚时的体验加以发展、凝结、固定的实践，最终完成了险怪诗风的定型"。这些论断，皆能从细微处入手，以切实可靠的证据，对前人分歧较大或已有定见的观点做出深度发掘，提出一家之说。

其三，视野开阔而论证扎实。中国文学有其独特的民族性特征，不仅文、史、哲融为一体，而且文学与文化、艺术有多方面的联系，文学研究与文学理论、文献学及文体学等也无法分开。这就要求研究者有多方面的知识积累和广阔的视野，但面对具体问题时，又需做到从材料入手，有一分材料说一分话。这也是本书的又一特点。书中所论以"中古"为范围，涉及从汉代到中晚唐的诸多学术个案。对于汉唐文学，除了关于"文儒"的重点讨论，还有集中于《史记》《文选》《文心雕龙》以及李白、韩愈、中唐古文革新等本阶段重要的文学史论题，旁及书法史、文化史和古代文论的一些问题。当然，还涉及其他的一些论题。例如，有关储光羲诗集的探讨，涉及版本目录问题；对《史记》中"究天人之际"与"个人"发现之关系的思考，从哲学命题入手观照人生与历史，其综合性的特点十分明显；有关魏晋南北朝时期别情诗中"山水描写"的考察，聚焦于不同诗歌类型的交融杂糅，触及文体学中的诗体演变问题，较为典型地显示了作者开阔的视野和眼界。需要指出的是，这些论题看似较为分散，但都源自作者研读所得，具有鲜明的问题意识。其体的论证则能够脚踏实地，不尚空言，表现出良好的学风。

总的来看，本书立足于中古文化的大背景，能在熟读深思的前提下，从细微处下笔，深入解读汉唐文学。书中所论，或在前人已有基础上有新拓展，或对前人莫衷一是的论题有新见解。无论探源辨流，或索隐发微，皆能力求切近文学史实际，并在已有研究成果基础上，提出自己的心得。故不失为一部学风踏实、创新鲜明的著作。当然，本书以"散点透视"为主，在体系的严密性方面，尚有待加强；有关"文儒"等论题的研究，也有不少值得深入探索的余地，但瑕不掩瑜。以上只是我的一点阅读感受，本书的价值，还是交由读者来评说。

笔者在与李伟博士近二十年的交往中，每次见面或通话，他开口所谈，三句话不离读书和学问。这种许身学术的坚韧与执着，与当下并不鲜见的浮躁现象相比，更显得难能可贵。李伟在2017年顺利入选山东省青年泰山学者；2020年春天，由他领衔、以"儒学转型与唐宋士人群体的文学嬗变"研究为主要内容的"古代文学的文化阐释创新团队"，获得山东省高等学校"青创科技计划"立项支持。这些成绩无疑是从不同的侧面对其学术研究的肯定。清人章学诚曾说过："高明者多独断之学，沉潜者尚考索之功，天下之学术不能不具此二途。"（《文史通义·答客问中》）愿李伟能在"独断"与"考索"的日新之路上，不断精进，远举高翔，尤其能在"文儒"研究的广阔田野上，精耕细作，独辟新境，有大成就。

刘怀荣

2020年8月2日于青岛居实斋

（作者为中国海洋大学文学院特聘教授、博士生导师）

前言

　　在我国传统的文学史研究中，汉唐时代历来被视为"中古"时期，这一阶段的显著特点是："文学"与文章学术的总体文化背景的关系呈现出一种从分离到融合的趋势，即从汉魏六朝时代的"文学自觉"到唐代中后期"文学"逐渐向以儒学为主体的传统文化的回归。"文学"的这种发展趋势应该是螺旋式上升的，这其中伴随着时人对"文学"自身特征的认识日渐深刻，而另一方面则又将"文学"纳入一定的文化背景中加以审视，寻绎其所具有的民族特色。从这个意义上说，"文学"观念在汉唐时代的演进，始终保持着一种既不断寻求自身独立意义又与时代文化彼此联系的张力式发展。

　　近代学术转型以来，有关汉唐文学研究的经典著述已是汗牛充栋，不论是陈寅恪的"诗史互证"，抑或是鲁迅先生的"文学自觉说"，还是罗宗强先生所倡导的"文学思想史"的研究理路，都为汉唐文学研究树立起方法论和研究视角的典范。而从纵向的文化背景进行汉唐文学研究，则以林继中先生的《文化建构文学史纲（魏晋—北宋）》最具代表性。这些研究标志着对汉唐文学的宏观研究所达到的学术高度。与此同时，宏观的文学史观照也离不开具体微观个案研究的不断推进，特别是一些文学经典的综合研究，在此基础上也逐渐发展出一些专门的学术领域，如围绕《史记》展开的史传文学研究所形成的"史记学"、以《文心雕龙》研究为中心而出现的"龙学"和《文选》研究所涵盖的"选学"等。可以说，汉唐文学研究一直是我国古代文学研究领域中成果最为丰硕、研究最为深入、研究方法最为多元的学术研究之一。

本书是在前贤研究的基础上，从"文学"与时代文化背景的关系出发，以"文儒""文艺""文献"等多元视角切入，选取一些具有探讨意义的专题，以此深入阐释汉唐时期文学观念、文人心态和文学经典创作的时代特征及其何以形成如此局面的原因。因此，书中的内容主要涉及从"文儒"视角透视汉唐时期文人与政治的关系及其对文学观念和文学创作的影响，从"文艺"融通的方面深入研究汉唐文学审美风尚的特色，以及结合复古的历史思潮来透视盛中唐文学如何由"自觉"走向与儒学所代表的传统文化的融合，当然其中还贯穿着对一些文学经典问题的新思考。就论题而言，本书希望能够在充分吸收前贤研究成果的基础上提出一些值得思考的新问题，特别是借助研究视角的转换而生发出思考某些传统论题的新方向，另外更重要的是体现出一种探讨"文学"在汉唐时期从何处来、向何处去的研究思路，即"文学"如何从秦汉文章学术的大背景中脱胎而出，形成其重视审美和抒情的特点，进而又如何从"自觉"的发展之路转向与儒学所代表的传统文化结合而出现了宋代"斯文"鼎盛的历史新局面。这是关系评价汉唐文学发展历史地位的宏观问题，希望本书能够对此有所推进，权作抛砖引玉之论，以就教于方家。

目录

第一章
文儒与中古文学观念的演进

　　"文儒"作为古代文人发展至唐代的新形态，在思想心态、文化特征和文学创作上都体现出一种崭新的气象。"文儒"型士人在文化上具有贯通儒学与文学的特点，葛晓音先生称之为"儒学博通而文辞秀逸"之士，更重要的是他们以一种融通的态度恰当处理文学与政治的关系，这使得长期以来困扰文士的政治出处与文学创作的矛盾得以解决①。纵观我国中古时代的文学发展，"文儒"型士人及其思想文化观念深刻影响了时代审美风尚，他们通过著书立说、政治行为和集团凝聚等多种方式，将儒学"尚文"的思想理念贯穿于政治实践和文学创作中，不仅对文人人格的塑造产生深刻作用，而且对文风纠偏也有重要意义。

----

　　① 葛晓音：《盛唐"文儒"的形成和复古思潮的滥觞》，《文学遗产》1998年第6期，第30页。

第一节 唐前"文儒"概念的历史发展

盛唐文学的高度繁荣体现于很多方面，究其原因也是多种多样的。其中以当时的文坛领袖张说①为代表的一批"文儒"之士在盛唐文学的高潮中所起的作用不可忽视。他们不仅具有深厚的儒学修养和全新的文学观念，承继六朝时期文学的理论发展，去弊趋益，继续推动对文学自身特征及其功用的认识，而且在为文创作上也多有实绩，直接以内容广泛而思想厚重的作品树立了盛唐时代的文学审美风尚。最重要的是，他们突破了以往"文人"在国家政治生活中的尴尬位置，凭借身居政治高位的有利条件，从政治制度的深层支撑角度积极倡导具有审美特点的文学，并认识到其在国家建设中的重要意义，使文学在保留自身特色的同时可以与政治相互推动。受此影响，盛唐不仅是政治清明的盛世时代，而且是一座令后人神往的文化高峰。而"文儒"正是如此辉煌的时代贡献给中国文化史的一批优秀文人，是盛唐文学取得伟大成就的人才基础，其特点也反映了此时大多数文人的生活和心态特征。既然"文儒"是唐代文人在文化领域的典型代表，那么以此为切入点，重新认识"文儒"所具有的独特气质和人格魅力等内涵要素，进而把握时代的文化走

---

① 张说（667—730），唐代著名的宰相、文学家和政治家。武则天时代由制举入仕，历任太子校书郎、左补阙、凤阁舍人等职，参与编撰《三教珠英》，后三次出任宰相，执掌天下文柄近三十年，开元前期成为享誉一时的文坛宗伯，被封为燕国公，与许国公苏颋并称为"燕许大手笔"。

向和文人风貌，由此也可以扩展和深化我们对唐代文学和文人的理解。葛晓音先生在《盛唐"文儒"的形成和复古思潮的滥觞》①中对此曾做了开拓性的研究。根据葛晓音先生的理解，"文儒"是指"儒学博通而文辞秀逸"者，这其中包括两个层面的内涵：一是指在实际生活中盛唐以张说为首的一批精通儒学而为文雅丽的文士群体，二是指在他们身上体现的一种文人素质、文学观念和人格心态。这两个层面相辅相成，统一于"文儒"的概念之中，特殊的人格心态是他们作为"文儒"的决定性因素，而他们本身就是"文儒"之人格心态和文学观念的现实体现。因此，本文在分析"文儒"时必然兼具这两个层面的内涵，既有对"文儒"特殊人格心态的阐释和认识，又会把"文儒"当作特殊的文人群体并结合其人格心态和生活经历分析他们的文章创作。

具体说来，"文儒"是由"文"和"儒"两个子概念构成的。在葛晓音先生看来，这里的"文"和"儒"指文学和儒学，"文儒"自然就是兼通文学和儒学的士人。其中对"文"的理解不宜拘囿于今天的狭义的文学概念，而应当是宽泛的以文字表达为主要形式并具有一定审美意味的文章创作，因此这种"文"的外延相当广泛。就书籍部类而言，遍及经、史、子、集等学术文化著作；就文体而言，不仅包括诗赋等所谓的纯文学体裁，而且包括一些文采斐然、雅丽渊懿的应用文，它们透露着明显的审美特色，这都属于"文"的概念所包含的内容。就盛唐"文儒"的创作实际来看，张说等人不仅有大量抒发个人情怀的诗文传世，而且在当政期间曾经以儒学礼乐理想为规范创作了许多歌赞朝政、美政美俗的雅颂之文，因此宽泛地理解"文"的概念更接近于当时的历史现实。而"儒"则是指儒学，这包括古代士人日常生活中必须涉猎的儒家

---

① 发表于《文学遗产》1998年第6期，后收入葛晓音著《诗国高潮与盛唐文化》（北京大学出版社1998年版）。

文化典籍，受儒家思想熏陶形成的自由独立的人格特色和崇高远大的社会理想，以及强烈关注现实的淑世精神和忧患意识。具体到唐代"文儒"，"儒"还包括儒家思想在文学及其审美特征方面的一些看法，如文质彬彬的中和之美、温柔敦厚的诗教传统以及受其影响而形成的对审美意识的限制和一定的复古倾向。"文"和"儒"之间并非一成不变的平衡关系，在不同的历史时期会受到文化思潮、政治环境、社会心态等方面的影响制约而发生相应的变化。偏于"文"则更多地带有文人的个性倾向，近于"儒"则更多地具备儒者的气度风貌。本文所研究的初唐"文儒"是继承魏晋六朝的文人传统发展而来的，体现着文人自由独立的个性气质，这也是魏晋风度的精华所在，因此他们作为"文儒"是近于"文"而远于"儒"的。

"文儒"作为一个合成词，"文"与"儒"结合的背后有着必要的思想基础和深刻的历史必然。追溯其中儒学与为文创作的关系问题，这与传统儒学思想中的"尚文"特征密切相连。在众多的先秦学术流派中，只有儒学给予"文"以合理的评价和合适的位置，正确处理外在之"文"与内在之"文"、实用与审美、"文"与道的关系。在这一层面上，"文"与"儒"才能得到和谐的统一，两者才能合成一个名词。孔子思想的基础就是继承文武周公创建的周朝典章制度。三代之中，周代尚文，这是一个文物大备、礼乐兴盛、文章蔚然的理想时代，因此孔子对周代之"文"充满向往和赞美之情，如在《论语·泰伯》中说"周之德，其可谓至德也已矣"[①]，在《八佾》中说"周监于二代，郁郁乎文哉"[②]，可见孔子赞赏的正是这种讲求道德思想、尊崇礼乐典章、尚德崇仁的人文精神，称之为"郁郁乎文哉"。孔子不仅仅向往这种充满

---

① 杨伯峻译注《论语译注》，中华书局，1980，第84页。
② 同上书，第28页。

人文色彩的社会理想，更通过学习前代文化而在日常生活中身体力行。《论语·学而》载："行有余力，则以学文。"①对"文"的理解，马融曰"古之遗文"，邢昺曰"古之遗文者，则《诗》《书》《礼》《乐》《易》《春秋》六经是也"。这些都是体现周代礼乐文明的经典文献，其学习内容与孔子的社会理想是一致的。同时，在儒家看来，"文"也指文献的载体和存在的形式。《左传·襄公二十五年》载："言以足志，文以足言。……言之无文，行而不远。"②这里的"文"就是指外在的言辞文字和篇章书籍以及其中体现出的雅丽文采。在孔子提出的四个教学科目中，与"文"关系密切的"言语"和"文学"便占据两个，以"不学诗，无以言"强调对《诗》的学习，足见孔子对"文"的重视。而且在孔子的思想中，审美是文艺必不可少的重要条件。《论语·雍也》载："质胜文则野，文胜质则史。文质彬彬，然后君子。"③《八佾》载孔子称赞《韶》乐："尽美矣，又尽善也。"④当然，儒家认识的审美不脱离"善"，这种美善并举与就美论美不可混淆，可见孔子对"文"中所包含的审美意味也极为重视。因此，就先秦的几个重要流派来说，"文学"几乎等同于儒学，《韩非子》即以"文学"专属儒者。概括说来，儒家尊崇的经艺为"文"之显者，"尚文"正是儒家一派的突出特色，而且在先秦学术思想流派中，能与"文"的概念形成思想默契，并对其内涵加以合理消化吸收的只有以孔子为代表的儒家学说，这种思想上的深刻关联正是"文儒"可以在文化史上得以形成的首要条件。

"文儒"作为以文艺创作为主要职业的文人群体，他们的产生必须建立在知识分子日益分化的基础上，换言之，就是那些创作文艺作品

---

① 杨伯峻译注《论语译注》，中华书局，1980，第5页。

② 杜预等注《春秋三传》，上海古籍出版社，1987，第385-386页。

③ 杨伯峻译注《论语译注》，中华书局，1980，第61页。

④ 同上书，第33页。

的文人能够从宏观的知识分子整体中脱颖而出，取得独立的地位。只有这样，作为具有相对独立文人身份的"文儒"才有可能出现，其身份特征才能因社会功能的不同而区别于其他形态的知识分子，这一过程开始于先秦百家争鸣时。在中国学术文化的发展进程中，儒家和孔子起着承上启下的重要作用，这不仅仅体现于学在官府的垄断地位被打破，文化传播范围得到更大的扩展，更为重要的是设计出多种适应不同环境需要的文化人格，从而使文化人可以根据自身需求和社会需要沿着多样的方向发展自我，无疑推动了拥有文化的知识分子受所学内容和所处社会位置的影响而形成不同的人格素养，进而造成他们所承担的社会功能的分化。《论语·先进》曾记载了孔门四科，其中"德行"强调的是道德修养的完善，以孔子追求的"仁"为依归；"言语"注重的是言辞的修饰和锤炼，实现的是"不学诗，无以言"的要求；"政事"培养的是个人为政管理的实际能力，这与儒家积极用世、参与政治的淑世精神密切相关；"文学"突出的是对前代典籍文献的整理和学习，以促进当时的文化建设。可见孔子对这些学科的简单划分实际已经预示了知识分子的学有专长可以使之形成不同的文化群体，而且后来的诸子百家依托学术思想的探讨和对现实理解的深化更加剧了这种发展趋向。许倬云先生曾经就此指出："孔子开启了中国文化的重大突破，将承袭过去贵族礼制的内容，赋予全新而普世的意义。继踵而至的诸子百家，不仅继续开拓新的思想主题及思维过程，而且在社会功能上也派衍出诸种不同的角色，有横议的游士，有参政的士大夫，有重语言文辞的文人学士，也有隐逸的处士。"[①]

继秦而起的两汉是我国儒学昌明、文化得到大发展的时代。经过汉武帝的推行，儒学由原来的一家之言上升为国家统治的指导理论，得到立于学官的优待，士子中趋之若鹜者代不乏人。东汉时期更是继承此种

---

① 许倬云：《历史分光镜》，上海文艺出版社，1998，第80页。

为政趋向而将对儒学的实践推进到制度建设的层面，这无疑深化了儒学对现实政治的作用和影响。其中知识分子的区分也随着时代要求的发展已和先秦时期不同。许倬云先生曾将两汉知识分子分为五类：第一类是文学家，如司马相如①一类人物，以辞藻之美为文学侍从，别无其他知性活动。第二类是经学家，其中包括《汉书·儒林传》的全部人物，并兼及马融、郑玄、贾逵②诸人。第三类为著作家，包括所有有创作的学者。当然，这里的创作又可大别为两个分类，其中一个分类是博学多闻，整理已有的知识；另一个分类则是有创见的著作，其作者志在明天人之际，通古今之变，立一家之言。两个分类相比，第一分类以撰述为主，其方法是历史性的；第二分类则往往是形而上学的著作，其方法是哲学性的。第四类是方术之士，汉代的方术包括星象、历算、医药以至风角占卜，《汉书·艺文志》列有方术三十六家。第五类则是批评家，如王充，而扬雄、桓谭③也常有对学术的批评。④具体到历史现实生活，西汉时的知识分子主要是"儒生"和以司马相如为代表的辞赋家，其中后者明显受到前者的轻视。司马迁在《报任少卿书》中曰："文史星历，

---

① 司马相如（约前179—前118），字长卿，蜀郡成都人，西汉著名的辞赋家，代表作有《子虚赋》《上林赋》《长门赋》等。

② 马融（79—166），字季长，扶风茂陵人，东汉著名的经学家，东汉安帝时历任校书郎、郡功曹、议郎等职，学识渊博，擅长古文经学，著有《春秋三传异同说》等。郑玄（127—200），字康成，北海高密人，马融的门生，东汉末年的经学大家，治学以古文经学为主，兼及今文经学，遍注儒学经典，是汉代经学的集大成者。贾逵（30—101），字景伯，扶风平陵人，东汉初期经学家，著有《春秋左传解诂》《国语解诂》等。

③ 扬雄（前53—18），字子云，蜀郡郫县人，两汉之交的思想家和辞赋家，著有《法言》《太玄》《长杨赋》《羽猎赋》等。桓谭（前23—56），两汉之际的思想家和经学家，经历西汉、新莽和东汉三朝，著有《新论》等。

④ 许倬云：《历史分光镜》，上海文艺出版社，1998，第96-99页。

近乎卜祝之间，固主上所戏弄，倡优所畜，流俗之所轻也。"①这道出了当时儒生眼中的辞赋家与优孟之流的倡优无异，他们创作的辞赋只能供统治者愉悦取乐之用，无益于儒家所提倡的经世济民，其地位之低自然不能与儒生相提并论。但他们毕竟是我国历史上第一批以文学创作为主要职业的纯粹文人，而且辞赋中蕴含的鲜明的审美意味也体现了文学的本质特征，后来的很多文学家都从中汲取创作经验，推动了文学日趋独立和自觉的进程。因此，这些辞赋家实际代表了全力作文的文人已经出现，为魏晋六朝时期文学作品大量涌现、文学体裁日益丰富、文人群体增多奠定了基础。东汉时期则出现了"儒生"与"文吏"之争，其中"文吏"主要以掌握律令法规、处理实际事务为主，"儒生"则以研究先王典籍、崇尚礼乐大道为务，因此"文吏"视"儒生"之学空疏无物，"儒生"视"文吏"之务烦琐细碎。而且两者互相指摘对方的道德品格，"儒生"在"文吏"看来崇尚名节近于虚伪，"文吏"在"儒生"心中则是阿意苟取荣幸，毫无道德操守，可见两者在各个方面都针锋相对。虽然这时缺少具有明显特征的文人，但是文学创作仍不绝如缕，尤其以班固为代表的赋家创作在赋史上占有重要地位。至于魏晋南北朝的知识分子分类，大体延续两汉的基本模式。许倬云先生曾说："中古的知识分子群，不是继续分化为更多的类型，而毋宁是功能转化更为复杂。"②可以说魏晋南北朝的士人在前代基础上呈现出已有知识分子类型间不同功能的互相渗透和影响。当然，随着佛教的传入及广泛传播，也出现了很多精通佛理、学问精深的高僧，他们是这时知识阶层的重要组成部分，对学术文化的发展有很大影响。

随着汉代知识阶层分化的趋势日渐明显，许多学者在研究著作中也

---

① 刘跃进：《文选旧注辑存》，徐华校，凤凰出版社，2017，第8193页。
② 许倬云：《历史分光镜》，上海文艺出版社，1998，第81页。

对此给予充分的关注，出现了对此问题的理论探讨。继孔子分科之后，战国时期大儒荀子在《荀子·儒效》中曰："故有俗人者，有俗儒者，有雅儒者，有大儒者。不学问，无正义，以富利为隆，是俗人者也。逢衣浅带，解果其冠，略法先王，而足乱世术；缪学杂举，不知法后王而一制度，不知隆礼义而杀《诗》《书》；其衣冠行伪，已同于世俗矣，然而不知恶者；其言议谈说已无异于墨子矣，然而明不能别；呼先王以欺愚者，而求衣食焉；得委积足以掩其口，则扬扬如也；随其长子，事其便辟，倔然若终身之虏，而不敢有他志，是俗儒者也。法后王，一制度，隆礼义而杀《诗》《书》；其言行已有大法矣，然而明不能齐；法教之所不及，闻见之所未至，则知不能类也；知之曰知之，不知曰不知；内不自以诬，外不自以欺；以是尊贤畏法，而不敢怠傲，是雅儒者也。法先王，统礼义，一制度；以浅持博，以古持今，以一持万；苟仁义之类也，虽在鸟兽之中若别白黑；倚物怪变所未尝闻也，所未尝见也，卒然起一方，则举统类而应之，无所儗怎；张法而度之，则晻然若合符节，是大儒者也。故人主用俗人，则万乘之国亡；用俗儒，则万乘之国存；用雅儒，则千乘之国安；用大儒，则百里之地久；而后三年，天下为一，诸侯为臣。用万乘之国，则举错而定，一朝而伯。"[1]荀子把知识分子分为俗人、俗儒、雅儒、大儒，大儒中就包括孔子，可见这是荀子"文士观"中最重要的一类。同时指出了他们的学问基础、性格特点和社会功用，这里明显是以儒学为判断标准，以经世致用为最高理想，但荀子对儒者的文化创新重视不够，这与此时文学创作不繁荣、文人未得独立的现实是一致的。

两汉时期的士人对此问题表现出浓厚的兴趣，先是桓谭在《新

---

① 董治安、郑杰文、魏代富整理《荀子汇校汇注附考说》，凤凰出版社，2018，第395-396页。

论·求辅》中曰："贤有五品：谨敕于家事，顺悌于伦党，乡里之士也；作健晓惠，文史无害，县廷之士也；信诚笃行，廉平公，理下务上者，州郡之士也；通经术，名行高，能达于从政，宽和有固守者，公辅之士也；才高卓绝，竦峙于众，多筹大略，能图世建功者，天下之士也。"①这种分类是从为政高低来立论，呈现出由家到国的逐级递进，强调的是管理民众的政治才干。虽然这些士人的为学仍有深厚的儒学背景，但是其中已渗透进"理下务上""达于从政"所需的处理实际事务的理政之才，这与东汉时期"文吏"异军突起并在国家运转中发挥越来越重要的作用有关。阎步克先生曾在《士大夫政治演生史稿》中指出，中国古代士大夫定型于东汉时期，其重要标志是"亦儒亦吏"②的士人形成，他们不仅对儒学深入钻研，而且通过学习律法条令加强了处理具体事务的能力，可谓是道事兼擅，出入于学政之间游刃有余，既有良好的道德品格，也有实际的为政效用，这正是对桓谭新认识最好的注脚。而且这从根本上也可以弥补儒生单纯求"道"而轻"事"之弊，使知识分子可以更好地服务于现实政治。

前述的认识多突出了士人为政的重要意义，对其在文化创新方面的作用留意较少。首次以"文儒"命名一个特殊文士群体的思想家是东汉的王充③。他在《论衡》中专门对当时以"儒生"和"文吏"为主的士人知识分子进行了深入研究，并以"文儒"为重要概念提出了士人在文化创新中所应有的价值和作用。在《论衡》中，从《程材篇》到《状留篇》，集中评论了"儒生"和"文吏"。在这两者间，王充认为"儒生"高于"文吏"，当然"儒生"也不能代表他心目中的理想文人，因此在

① 朱谦之校辑《新辑本桓谭新论》，中华书局，2009，第7页。
② 阎步克：《士大夫政治演生史稿》，北京大学出版社，1996，第449页。
③ 王充（27—约97），字仲任，会稽上虞人，东汉中期著名的思想家和哲学家，代表作是《论衡》。

《效力篇》和《书解篇》中提出了他所认为的最完善的文士——"文儒"。《效力篇》曰:"夫文儒之力,过于儒生,况文吏乎?"①可见王充眼中的"文儒"超过"儒生"和"文吏"。"文儒"之所以能如此,是由于他们"怀先王之道,含百家之言",不仅在学问功底上远胜儒生和文吏,而且"能举贤荐士,上书曰(白)记"②,具有出众的处理实际政务的才干,可以承担文吏所负之责。由此可见"文儒"在功能转化上显得更加全面,合"文吏"与"儒生"两者之长而去其所短,在拥有丰厚文化底蕴的基础上更具实用功能,更能适应多种环境的需要,这正是许多文人所倾心以求的理想。更为值得注意的是,与前人注重事功不同,王充赋予"文儒"实用功能的基础是"吐文万牒以上",也就是以文章创作为主,必须学识渊博,能撰文著书,下笔万言,以此来报效国家,有益于世。《书解篇》指出:"著作者为文儒",而且"文儒之业,卓绝不循,……书文奇伟","世儒当时虽尊,不遭文儒之书,其迹不传"。③"文儒"创作的重要性于此可见一斑。就"为文"与"为政"的矛盾,王充也提出新见。人常言:"夫有长于彼,安能不短于此?深于作文,安能不浅于政治?"这是将文章才华与行政管理才干完全对立。但在王充看来,"功书并作"者大有人在,这是最高文士能够做到的。这种思想基于"化民须礼义,礼义须文章,行有余力,则以学文"④的认识,源于儒家重视礼乐文化建设的"尚文"特色及其对政治发展的深层推动作用的内在要求,同时也受到"立言以不朽"理想的影响。《超奇篇》把"儒士"分为四等:"能说一经者为儒生,博览古今者为通人,

---

① 黄晖撰《论衡校释》,中华书局,1990,第581页。

② 同上。

③ 同上书,第1151页。

④ 同上书,第580页。

采掇传书以上书奏记者为文人，能精思著文连结篇章者为鸿儒。"①四种儒士的共同点是都具有著书立说、为文创作的才能，同时以文才与吏干的结合是否完美作为判断高下的标准。这里的"鸿儒"精思结撰以成一家之言，卓荦之作可传之久远，究其实质，"文儒"可与其等同。因此"文儒"代表了王充理想中的文士，以文章创作作为其身份的本质标准，并在此基础上兼顾文人从政的实用功能。尽管王充的思想中洋溢着先秦诸子的精神余脉，"文"的概念仍是汉儒认识的"文章博学"，文学的自觉程度还未成熟，强调学术创作的深刻性而对文艺的审美性有所忽视，但毕竟"文儒"的提出创造了一种崭新的文人范型，突出了文人通过写作文章进行自我身份的确认和实现多样功能转化以更适应现实，使之实现为学和从政的兼得，从而可以更好地推动文化建设和实现政治理想，这对后世文人的行为规范、思想趋向和自我定位影响深远，因此王充的这种认识具有划时代的意义。

后来应劭②在《风俗通义》中对"儒者"做了区分："儒者，区也，言其区别古今，居则玩圣哲之辞，动则行典籍之道，稽先王之制，立当时之事，纲纪国体，原本要化，此通儒也。若能纳而不能出，能言而不能行，讲诵而已，无能往来，此俗儒也！"③这种认识并未超出王充理解的范围，只是将种类作了简化。至于运用"文儒"于文章中者，南朝萧齐的王融④可谓代表。他在《永明十一年策秀才文五首》中写道："今农

---

① 黄晖撰《论衡校释》，中华书局，1990，第607页。

② 应劭（153—196），字仲瑗，汝南南顿人，东汉后期著名学者。曾在冀州牧袁绍帐下效力，删定律令作《汉仪》，曾撰《风俗通义》，并集撰《汉书》。

③ 王利器注《风俗通义校注》，中华书局，1981，第619页。

④ 王融（467—493），南朝著名文学家，琅琊人，活跃于南齐时代，曾入南齐竟陵王萧子良帐下，成为"竟陵八友"之一，与沈约、谢朓齐名，成为"永明体"诗歌的代表诗人之一。

战不修，文儒是竞。弃本殉末，厥弊兹多。"①这是对当时过于崇尚文人的不满之辞。"文儒"具体指以沈约、谢朓、王融为代表的永明体诗人。他们的诗歌讲求声律美，对唐代近体诗的形成有重要影响，可见这里的"文儒"使用偏向于"文"，注重"文"所代表的审美特性，这与魏晋到南朝时期重情尚丽的文学自觉趋向是一致的。这种观念有益于对文学自身特征的认识，而且随着南朝文学传统的发展，在初唐时期得到了延续和改进，必然会对初唐"文儒"的认识产生影响。

综上所述，就"文儒"概念的生成而言，如果说儒家的"尚文"特点为"文""儒"两者的结合提供了深厚的思想基础，那么始于战国时期的知识分子类型和功能的分化和互渗整合及其在理论层面的深入探讨则为两者的结合提供了宽广的历史背景。在历史现实和思想凝结的交织作用下，"文儒"概念由隐到显，从模糊到清晰，在王充赋予其深刻内涵后，便被吸收到南朝士人的政治生活中，运用于对文人身份及其社会功能的解释，这一切都为"文儒"型知识分子在唐代的勃兴创造了条件。

---

① 刘跃进：《文选旧注辑存》，徐华校，凤凰出版社，2017，第7261-7262页。

第二节 "文""儒"分合与南朝至初唐时期 的文学史谱系建构

南朝至初唐是我国文学史上理论建树较为显著的时期，不仅出现了《文心雕龙》和《诗品》这样的具有划时代意义的文学理论批评巨著，而且以沈约、颜之推、萧子显为代表的一批文士，开始自觉反思当时文学发展的态势，他们通过回溯前代文学史发展历程，总结经验教训，力图寻绎出能够正确推动文学创作的规律。这种趋势一直延续到初唐时期而不曾消歇，因此在这段时期积累了数量可观的有关文学史建构的文论批评史料，成为后世辨析时人文学批评观念的重要基础。

前人对此多有研究，其中以葛晓音先生的《论南北朝隋唐文人对建安前后文风演变的不同评价——从李白〈古风〉其一谈起》最有代表性[①]，该文重点梳理了南北朝隋唐时期的文人有关前代文学评论的材料，指出"中国古典文论对建安前后文风的变化自觉地进行沿波讨源始于南北朝"，并分出了左、中、右三派文学观念[②]，进而将这些观念置于南朝至唐代的文学史发展线索中予以深入考察，揭示造就盛唐诗歌高潮的理论原因，寻找其历史渊源。纵观南朝至初唐时期的文论材料，葛晓

---

① 参见葛晓音：《汉唐文学的嬗变》，北京大学出版社，1990，第37–55页。
② 参见周勋初：《梁代文论三派述要》，载中华书局上海编辑所编辑《中华文史论丛》第5辑，中华书局，1964，第195–222页。

音先生所谓时人之"自觉地沿波讨源"其实正是一种文学史谱系的建构努力，即通过对前代创作得失的总结和评判来展示个人的文学观念，当然这其中也必然涉及时代风气和文化品格的影响。综合南朝至初唐时期文学史谱系建构的诸多材料，有关视角设定和框架体系等问题一直未得到后世的充分发掘。因此，本文通过仔细梳理南朝至初唐时期的文论材料，以"文人"阶层形成的视角切入，着眼于"文""儒"分合的框架，辨析时人文学史观念的异同，总结内在的规律，以求对此时期的文学批评走向有更为深切的认识。

一、问题的提出

初唐时期，以初唐四杰①为代表的文人群体在诗文创作中通过题材的开拓和境界的扩展，初步具备了脱离六朝余绪而开启唐诗气象的自觉意识。前辈学者对此问题的探讨已显深入，但值得注意的是，初唐四杰除了创作上的推陈出新，在文学史观念上也有了更为明晰且颇具个性的表述。如杨炯在《王子安集原序》中明确指出：

> 大矣哉，文之时义也。有天文焉，察时以观其变；有人文焉，立言以重其范。历年滋久，递为文质，应运以发其明，因人以通其粹。仲尼既没，游、夏光洙、泗之风；屈平自沉，唐、宋弘汨罗之迹。文儒于焉异术，辞赋所以殊源。逮秦氏燔书，斯文天丧；汉皇改运，此道不还。贾马蔚兴，已亏于雅颂；曹王杰起，更失于风骚。偘佪大猷，未忝前载。泊乎潘陆

①　初唐四杰：指初唐时期著名文人王勃、杨炯、卢照邻和骆宾王，又称"王杨卢骆"。这四位文士在诗歌、骈文和辞赋等文体创作方面成就突出，曾得到盛唐大诗人杜甫的赞誉。他们虽未能完全摆脱齐梁文风的影响，但初步革新了文坛风气，是初唐文坛新旧风气过渡的代表人物。

奋发，孙许相因，继之以颜谢，申之以江鲍。梁魏群才，周隋众制，或苟求虫篆，未尽力于丘坟；或独徇波澜，不寻源于礼乐。[①]

杨炯在此将"文"之意涵追溯至天人之际的哲学范畴，明显受到儒家《周易》思想的深刻影响，即"刚柔交错，天文也；文明以止，人文也。观乎天文以察时变，观乎人文以化成天下"。这种观点以宏阔的文化观念看待"文"的发生意义，在中古时代并不稀见，关键是杨炯以"文儒于焉异术"标明了从儒学的礼乐文化到屈原的楚辞创作是文学史上的一次重大转折，这是其文学史观中颇为引人注目之处。

纵观初唐四杰的文学史观念，杨炯这种"文儒于焉异术"的认识并非孤立的存在，卢照邻和王勃的文章中也有过类似的表述。如卢照邻在《驸马都尉乔君集序》中曾有如下表述：

昔文王既没，道不在于兹乎？尼父克生，礼尽归于是矣。其后荀卿、孟子，服儒者之褒衣；屈平、宋玉，弄词人之柔翰。礼乐之道，已颠坠于斯文；雅颂之风，犹绵连于季叶。痛乎王泽既竭，诸侯为麋鹿之场；帝图伊梗，天下作豺狼之国。秦人一灭旧章，大愚黔首，群书赴火，化昆岳之高烟；儒士投坑，变蓬莱之巨壑。乐沉于海，河间王初眷眷于古篇；礼适诸夷，叔孙通乃区区于绵蕞。安国讨论科斗，五典叶从；史迁祖述获麟，八书爰创。衣冠礼乐，重闻三代之风；玉帛讴歌，无坠六经之业。郁其兴咏，大雅于是为群。[②]

① 蒋清翊注《王子安集注》，上海古籍出版社，1995，"卷首"第61页。
② 李云逸校注《卢照邻集校注》，中华书局，1998，第301–311页。

王勃在《上吏部裴侍郎启》中亦有相似的观念：

> 夫文章之道，自古称难。圣人以开物成务，君子以立言见志。遗雅背训，孟子不为；劝百讽一，扬雄所耻。苟非可以甄明大义，矫正末流，俗化资以兴衰，家国由其轻重，古人未尝留心也。自微言既绝，斯文不振。屈宋导浇源于前，枚马张淫风于后。谈人主者，以宫室苑囿为雄；叙名流者，以沈酗骄奢为达。故魏文用之而中国衰，宋武贵之而江东乱。虽沈谢争骛，适先兆齐梁之危；徐庾并驰，不能止周陈之祸。于是识其道者，卷舌而不言；明其弊者，拂衣而径逝。潜夫昌言之论，作之而有逆于时；周公孔氏之教，存之而不行于代。天下之文，靡不坏矣。国家应千载之期，恢百王之业。天地静默，阴阳顺序。方欲激扬正道，大庇生人，黜非圣之书，除不稽之论。牧童顿颡，思进皇谋；樵夫拭目，愿谈王道。崇大厦者，非一木之材；匡弊俗者，非一日之卫。众持则力尽，真长则伪销，自然之数也。①

上述两份材料中，卢照邻是从礼乐之"道"的角度肯定了自文王、孔子到孟、荀的创建延续之功，并将包含"文"之意涵的"斯文"等同于"礼乐之道"，进而把象征"礼乐之道"的雅颂传统与屈原、宋玉②开创的楚辞对立起来，认为"词人之柔翰"是对礼乐之道的"颠坠"。而王勃则是从追溯"文章之道"开端，以"立言"的三不朽传统定义了"斯

---

① 蒋清翊注《王子安集注》，上海古籍出版社，1995，第129–131页。

② 宋玉（约前298—约前222），字子渊，楚国人，与屈原齐名，战国后期著名的辞赋家和文人。代表作有《九辩》《高唐赋》《登徒子好色赋》《风赋》等。

文"之道，指出屈原、宋玉"导浇源于前"是背离了周孔之教和礼乐斯文，而且此后文风滑向形式主义的弊端愈演愈烈，都应归咎于屈原和宋玉。

比较杨、卢、王三人的文学史观念，他们都不约而同地将"斯文"所代表的礼乐之道和屈原、宋玉的楚辞创作看作文学史的重大转折，换言之就是将儒学所代表的礼乐之"文"视为最理想的文学典范，而屈原和宋玉的楚辞则是导致后世文风浮靡的源头。如能回归到儒学所提倡的礼乐文化，则文风变革可以重新走上正确的道路。其中卢照邻在《驸马都尉乔君集序》中特别指出屈原和宋玉的"词人"身份，认为正是由于作为"词人"的屈、宋在创作中出现过分关注文章辞采的不良倾向，为以后的文风树立了反面的典型，才导致此后的文风背离雅颂斯文代表的礼乐之道。综合上述观念，初唐四杰中的这三位明确以儒学之"文"作为文章之道的基础和典范，以文采绝艳的屈宋楚辞作为后世文风日益沉沦的根源，这种文学史观的框架，用杨炯的话来概括，就是"文儒于焉异术"，即由"儒"到"文"的转变，标志着文学史上礼乐传统中"斯文"之道的没落和重视词采风气的流行。而这一转折的关键就是屈原和宋玉的身上呈现出较为明显的"词人"身份，其创作也具有显著的文采浪漫的特征，成为后世文风偏于文采浮艳一路的先导，这就构成了上述"文儒于焉异术"转变的文学史观的独特视角。总而言之，王、杨、卢等人眼中的文学史嬗变是基于"文人"创作视角的"文"从"儒"的传统中逐渐独立的历史过程，当然这一过程在他们看来是导致文风浮靡的根源，因此他们又急切地希望通过倡导回归礼乐之道的儒学传统而达到文风革新之效。

二、"文人"阶层的形成及其创作个性之评论

之所以在初唐四杰这里出现如此一致的文学史观，并关注到屈、宋

作为"文人"在文风转变中的先导作用，是由于"文人"阶层在先秦至汉魏六朝时期逐渐形成，他们身上鲜明地体现出以创作诗文等审美性文体为典型特征，并形成了具有独立特点的思想创作个性。因此，欲探寻他们的文学史观为何强调屈、宋代表的楚辞在"文""儒"分流中的转折意义，则必然要回顾屈、宋等人所开启的"文人"阶层逐渐形成的历史进程，以及"文人"身上所具有的独特个性特征。

在我国文学创作实践中，"文"所代表的特征内涵非常广泛，至少包含华彩纹饰、辞章之美、礼乐大道和文教传统等四个层次，贯穿其中的核心，则是以讲求审美为外在表现的文化表现。①而就中国早期思想文化传统的发展而言，崇尚审美的"文"与"儒"的关系至为密切，无论是作为纹饰镂采之"文"，还是以文章写作为重点的"文"，都与早期儒学思想中的"尚文"特征密切相关，至于礼乐大道和文教传统则更是儒家思想哲学的应有之义。因此，"文"与"儒"在文化上的紧密联系在先秦时期就显得非常突出，而且《论语》中的孔门四学专以"文学"一科代指从事文字写作与文献整理之人。虽然《论语》中的"文学"未必与现代意义上的"文人"完全对等，但对文献的学习和文章写作已是"文

---

① 郭绍虞先生对"文"和"文学"在不同历史时期的含义做过细致的辨析。（参见郭绍虞：《文学观念与其含义之变迁》，载郭绍虞《照隅室古典文学论集》上编，上海古籍出版社，1983，第88-104页；郭绍虞：《从"文"和"文学"的含义说明现实主义和反现实主义的斗争》，载郭绍虞《照隅室古典文学论集》下编，上海古籍出版社，1983，第66-86页。）最近的研究成果见夏静《中国思想传统中的文学观念》，她在本书的《释"文"》一节中指出："'文'处于人文知识系统结构的最基础层面，……'文'观念所具有的原初性成为文学理论范畴构成的核心语素并生成古人谈文论艺的基本语式。"她认为"文"的本意由外在"错画"文饰含义，引申为藻饰、章采、仪式、声容以及《礼》《乐》《诗》《书》等古代文献乃至文化传统中各种具体可感形式；由内在"文德"含义，演绎出德行、礼文、人文、文教、文章、文学、文物、文质等抽象范畴乃至文化传统内在精神品格。（参见夏静：《中国思想传统中的文学观念》，生活·读书·新知三联书店，2007，第3页。）

学"之人所擅长的重要内容了。对于这一点，到了战国时代的韩非子那里，就有了明确的观念，他在《五蠹》中指出："儒以文乱法，侠以武犯禁，而人主兼礼之，此所以乱也。夫离法者罪，而诸先王以文学取；犯禁者诛，而群侠以私剑养。"①当然这里透露出鲜明的批判态度，但韩非子将"文学"与儒士之"文"紧密相连，这也从反面足以说明此时的写作者身份与儒学"尚文"特征的密切关系。

由于"文"的特点包孕于早期儒学的思想传统中，因此"儒士"在先秦时代被视为写作文章之人的代名词。但他们并非以创作文章作为唯一的职业，而是更关心礼乐教化的实际功用。若追溯以文章创作为主要身份特征的"词人"在我国出现的最初标志，那么屈原、宋玉等楚辞作家则是关键性的人物。这也正是初唐四杰为何以原始儒学到屈原的发展变化作为文风大变标志的根本原因，他们强调的正是屈、宋所代表的"词人"身份深刻改变了此前"文"包孕于"儒"的文化传统，从而导致偏于审美性文章创作的风气得到不断发展。

就文学史的发展实际而言，屈原、宋玉等楚辞作家确实较为接近现代意义上的"文人"观念，故而初唐四杰把他们视为"词人"而与传统儒学明确加以区分。屈、宋所引领的辞赋创作传统为我国"文人"在秦汉时代的逐渐独立开辟了道路，特别是司马相如等汉赋大家与屈、宋等人存在着千丝万缕的渊源联系，这不仅仅体现于赋体文学渊源于楚辞的传统认识②，更由于汉赋家与屈、宋身上所共同具有的"词人"身份③。对于从孔子所代表的儒家学者到秦汉时代知识人的发展脉络，许倬云先

① 太田方撰《韩非子翼毳》，中西书局，2014，第715页。
② 刘勰《文心雕龙·诠赋》载："赋也者，受命于诗人，拓宇于楚辞也。"
③ 扬雄在《法言·吾子》中尝曰："诗人之赋丽以则，辞人之赋丽以淫。"这说明汉代学者把那些创作审美性文章的作家看作"辞人"，而与强调中和之道的"诗人"式作家区分开来。

生曾说："孔子开启了中国文化的重大突破，将承袭过去贵族礼制的内容，赋予全新而普世的意义。继踵而至的诸子百家，不仅继续开拓新的思想主题及思维过程，而且在社会功能上派衍为诸种不同的角色，有横议的游士，有参政的士大夫，有重语言文辞的文人学士，也有隐逸的处士。"①由此可见，以读书为立身之本的知识人在我国秦汉时代的发展，大多渊源于孔子的儒学传统，这其中就包括重视语言文辞的"文人"。可以说，秦汉时代是我国"文人"从传统知识人群体中逐渐独立出来的关键时期，而且在此后的魏晋南北朝时期，"文人"身份中重视语言文辞的特点日益加强，这与当时"文学自觉"的趋势是相一致的。需要指出的是，"文人"在秦汉魏晋南北朝时期并未获得如现代意义上的职业作家那样的专门身份，他们始终都具有身份的"复合性"特点，这是由其脱胎于"士"阶层的历史所决定的。②只不过当时的"文人"确实是以写作文章并重视文辞之美作为突出特点，这是决定他们不同于其他类型知识人的突出要素。

汉魏之际，曹丕在著名的《典论·论文》中两次以"文人"指称建安七子，而曹丕的好友吴质也曾多次用"文人"的称呼代指同时代的诗人和文学家，可见以"文人"称呼文学家在建安时期是较为普遍的现象，甚至有当代学者把"文人"阶层的出现就划定为建安时期，而此后很长一段时期文学艺术的高度成就源自"文人"群体对文学自觉观念的认识越来越深入，这种趋势对此时的书法、绘画、雕塑等艺术的创作都

---

① 许倬云：《历史分光镜》，上海文艺出版社，1998，第80页。关于唐前"文人"发展的历程，参见拙文《唐前"文儒"概念的生成》（《贵州师范大学学报》2009年第4期）和《文儒》（《光明日报》2018年1月8日）。

② 参见于迎春：《论汉代"文人"的复合性》，《中国典籍与文化》2019年第2期，第128-136页。

产生了深刻的影响。^①因此，这一观念确实能从总体上反映出"文人"群体和阶层的出现及扩展成为促使汉魏六朝时期文学创作得到充分发展的关键因素。到了南朝后期，梁元帝萧绎^②在《金楼子·立言下》中尝言：

> 古人之学者有二，今人之学者有四。夫子门徒，转相师受，通圣人之经者，谓之儒。屈原、宋玉、枚乘、长卿之徒，止于辞赋，则谓之文。今之儒博穷子史，但能识其事，不能通其理者，谓之学。至如不便为诗如阎纂，善为章奏如伯松，若此之流，泛谓之笔。吟咏风谣，流连哀思者，谓之文。^③

萧绎通过分析"文人"发展演变的历程来阐释自己心目中"文"之含义，其中从儒学到屈、宋的变化是萧绎眼中早期"儒""文"分流的关键，而最初的辞赋家就是早期的"文人"。到了他自己生活的时代，"儒"之中又分化出"挹源知流"而"不能通其理"的"学"，"文"之

---

① 马良怀的《魏晋文人讲演录》对文人阶层有专门研究。该书第七讲《邺下群体与文人阶层的产生——邺下文人（一）》指出："活跃于邺下的文人构成了我国历史上第一个成熟的文人群体，它的出现标志着文人作为一个阶层正式产生。"（马良怀：《魏晋文人讲演录》，广西师范大学出版社，2009，第77-106页）。此外，盛源、袁济喜的《华夏审美风尚史》第四卷《六朝清音》亦有类似的认识。该书第三章《重"气"时尚引发的审美新风气》明确指出："'文学的自觉'的一个首要的前提条件是文人或曰文士角色的产生，而文士角色的出现，并不仅仅标志着社会分工的变化以及知识阶层的分化，其同时也体现了人对自身价值实现的一种肯定。没有大量的文士出现，是不可能出现文学的繁荣的。"（盛源、袁济喜：《华夏审美风尚史》第四卷，北京师范大学出版社，2016，第35页。）

② 萧绎（508—555），字世诚，南兰陵人，梁武帝萧衍的第七子，侯景之乱平定后即位，史称梁元帝。他文学艺术造诣颇深，尤善诗歌、辞赋和书法等，著有《金楼子》。

③ 陈志平、熊清元疏证校注《金楼子疏证校注》，上海古籍出版社，2014，第770页。

中则出现了"不便为诗"和"善为章奏"的"笔",因此萧绎将"文"的含义限定为具有"绮縠纷披,宫徵靡曼,唇吻遒会,情灵摇荡"的特征。在萧绎看来,"文人"之"文"是在"情灵摇荡"的状态下创作的具有"绮縠纷披,宫徵靡曼,唇吻遒会"特征的作品,这种颇具审美特征之作是"文人"艺术个性的集中体现。

"文人"阶层作为一个具有鲜明身份特色的群体登上历史舞台,其所具有的创作个性,便成为当时的文学批评所讨论的重点,这在南朝文学批评中可谓是见仁见智,各有不同。赞同者以萧子显为代表,他在《南齐书·文学传论》中明确指出:"文章者,盖情性之风标,神明之律吕也。蕴思含毫,游心内运,放言落纸,气韵天成。莫不禀以生灵,迁乎爱嗜,机见殊门,赏悟纷杂。"①他大力提倡文章创作是文人作家个人"情性"的体现,基于作家个性的抒发才能"气韵天成",这实际是对创作主体个性在文章写作中发挥关键作用的高度肯定。正是由于如此看重"文人"个性,萧子显才会有"若无新变,不能代雄"的观念,即每位有成就的"文人"都是文学新变的积极推动者,他们标志着一代文学的最高成就。与萧子显的观念相反的是,以颜之推②为代表的反对者批评"文人"品行中太过强调自得之见的"轻薄"问题,而且这种"轻薄"就是来自"文人"创作文章中形成的过分关注自我心灵抒发所带来的习惯之弊。颜之推在《颜氏家训·文章》中曾曰:

> 然而自古文人,多陷轻薄……每尝思之,原其所积,文章
> 之体,标举兴会,发引性灵,使人矜伐,故忽于持操,果于进

---

① 萧子显撰《南齐书》,中华书局,1972,第907页。
② 颜之推(531—约597),祖籍琅琊,南北朝时期著名的文学家和教育家。历仕梁、北齐、北周和隋,著有《颜氏家训》等。

取。今世文士，此患弥切，一事惬当，一句清巧，神厉九霄，志凌千载，自吟自赏，不觉更有傍人。[①]

以"轻薄"批评"文人"，显然是一种基于道德评判的文化观念。在颜之推看来，文章创作本来是抒发性情之举，但若陷于优劣短长的比较，就会出现"使人矜伐"的问题，不仅无法做到客观评价，甚至会影响创作的态度和表现。这一点早在汉魏之际的曹丕那里已有所提示，他在《典论·论文》中指出了"观古今文人，类不护细行，鲜能以名节自立"和"文人相轻，自古皆然"的道理，这与颜之推对"文人"道德风操的批评如出一辙。在颜之推的"文人"举例中，居于前两位的正是屈原和宋玉，即"屈原露才扬己，显暴君过；宋玉体貌容冶，见遇俳优"。通过总结此前文人的品格，颜之推得出了"学问有利钝，文章有巧拙"的认识，文章创作在一定程度上确实需要有赖于先天的才华，"必乏天才，勿强操笔"，否则"拙文研思，终归蚩鄙"。

不论是萧子显对"文人"情性的肯定，抑或是颜之推批判"文人"看重自我个性而导致的自负倾向，其实都透露出"文人"在创作中非常强调自我个性的表现，这一点便成为南朝时期很多文士在总结创作经验时特别重视之处。其中以萧纲的"文章且须放荡"之论最为典型，此种"文人"创作观念的时代背景当与萧子显的"新变"文学观密切相连，极力将"道德"与"文章"创作剥离开来，仅就创作而论创作，可谓是"文学自觉"发展到极致的一种时代观念。[②]正因为这种观念的流弊影响了梁陈时代的文学风气，导致了此后一直到初唐时

---

① 王利器撰《颜氏家训集解》，中华书局，1993，第237-238页。

② 参见仲瑶：《"立身先须谨慎，文章且须放荡"观念溯源》，《文学遗产》2017年第4期，第20-28页。

期的有识之士批判南朝文学之声不绝如缕。如刘勰在《文心雕龙·程器篇》中指出："文举傲诞以速诛，正平狂憨以致戮；仲宣轻脆以躁竞，孔璋偬恫以粗疏；丁仪贪婪以乞货，路粹哺啜而无耻；潘岳诡诪于愍怀，陆机倾仄于贾郭；傅玄刚隘而詈台，孙楚狠愎而讼府。诸有此类，并文士之瑕累。"①成书于初唐时期的《梁书·文学传论》曰："魏文帝称古之文人，鲜能以名节自全。何哉？夫文者妙发性灵，独拔怀抱，易邀等夷，必兴矜露。大则凌慢侯王，小则僿蔑朋党，速忌离訧，启自此作。若夫屈、贾之流斥，桓、冯之摈放，岂独一世哉，盖恃才之祸也。"②可见，南朝后期至初唐时期，以呼吁"道德"品格而救"文人"无行之弊的观念日益成为共识。

三、南朝时期"文人"视角下的文学史谱系构建

对"文人"个性的认识观念日渐清晰，在某种意义上代表着审美意义之"文"逐渐脱离"儒"的藩篱而自成一系，魏晋六朝时期"文学自觉"的历史进程在很大程度上也囊括了这一方面的内容，那么这种趋势对此后的文学评论和文学史谱系的建构必然产生深远影响。纵观南朝时期的文学批评资料，基于"文人"视角而构建文学史谱系的努力成为此时文士总结文学创作经验的重要方式，而隐含其中的则是如何处理"文"与"儒"的关系问题。在这方面，齐梁时期的沈约、裴子野和刘勰等人具有代表性。

先看裴子野③和他所写的《雕虫论》。裴子野作为梁代的著名文士，"家传素业，世习儒史，苑囿经籍，游息文艺"，不仅学植深厚，而且

---

① 范文澜注《文心雕龙注》，人民文学出版社，1958，第719页。
② 姚思廉撰《梁书》卷五十，中华书局，1973，第727-728页。
③ 裴子野（469—530），字几原，南朝齐梁时期的史学家和文学家，著有《宋略》《集注丧服》等。

颇具"文人"个性。《梁书》本传中尝载:"子野为文典而速,不尚丽靡之词,其制作多法古,与今文体异,当时或有诋诃者,及其末皆翕然重之。或问其为文速者,子野答云:'人皆成于手,我独成于心,虽有见否之异,其于刊改一也。'"[①]裴氏身上明显带有传承自家学渊源的儒学和史学传统,这是造成其文风上"不尚丽靡之词"和"多法古"的重要原因。在南朝流行绮丽文风的大趋势下,裴子野的这种风格确属罕见,但他身上也并非没有时风的影响,例如他在回答时人所说"为文速"的问题时就表明自己"独成于心"的观念,强调不受外界影响的独特个性,这显然是一种重视个体创作的"文人"态度,可谓濡染了南朝文学风气的某些特征。因此,裴子野及其文学观念彰显的应该是坚持自己独立个性且不同流俗的"文人"特质。我们只有注意到裴氏的这种观念特点,再反观其《雕虫论》的内容,才能有更深一层的理解。《雕虫论》原文如下:

> 古者四始六艺,总而为诗,既形四方之气,且彰君子之志,劝美惩恶,王化本焉。后之作者,思存枝叶,繁华蕴藻,用以自通。若悱恻芳芬,楚骚为之祖;靡漫容与,相如和其音。由是随声逐影之俦,弃指归而无执,赋诗歌颂,百帙五车,蔡邕等之俳优,扬雄悔为童子,圣人不作,雅郑谁分?其五言为家,则苏李自出;曹刘伟其风力,潘陆固其枝叶。爰及江左,称彼颜谢,箴绣鞶帨,无取庙堂。宋初迄于元嘉,多为经史,大明之代,实好斯文。高才逸韵,颇谢前哲,波流相尚,滋有笃焉。自是闾阎年少,贵游总角,罔不摈落六艺,吟咏情性,学者以博依为急务,谓章句为专鲁,淫文破典,斐尔

---

① 姚思廉撰《梁书》卷三十,中华书局,1973,第443页。

为功。无被于管弦，非止乎礼义。深心主卉木，远致极风云，其兴浮，其志弱。巧而不要，隐而不深。讨其宗途，亦有宋之风也。若季子聆音，则非兴国；鲤也趋室，必有不敢。荀卿有言："乱代之徵，文章匿而采。"斯岂近之乎！[1]

这篇文章历来被认为是南朝时期复古文学史观的代表性作品，曹道衡先生与日本学者林田慎之助对此曾有深入的研究。[2]需要指出的是，除了前人已经阐发的裴子野文学观念渊源，裴子野在《雕虫论》中更为重要的思想是将儒家六艺作为文学经典，从屈原、宋玉到司马相如的楚辞和汉赋则被视为"随声逐影之俦，弃指归而无执"，这明显是贬低"悱恻芳芬"的楚辞和"靡漫容与"的汉赋。其后的五言诗发展，在裴子野看来，虽有曹植、刘桢和潘岳、陆机等著名诗人的创作，但到齐梁时代，其总体趋势是"摈落六艺，吟咏情性"。可见以儒学六艺经典为理想文学典范的思想占据了裴子野文学观念的核心位置，屈、宋为开端的楚辞标志着偏于审美性特色的文学创作是对六艺经典的背离，以此为业的"文人"在文章创作中"深心主卉木，远致极风云，其兴浮，其志弱"，这样的"吟咏情性"显然不被裴子野所认同。通过批判当时"文人"的"摈落六艺，吟咏情性"的不良倾向，裴子野意在指出"文""儒"分流所带来的创作弊端，因此才有将"文"拉回到儒学经典以改良文风的建

[1] 严可均辑《全上古三代秦汉三国六朝文》第四册，中华书局，1983，第3262页。

[2] 参见曹道衡：《关于裴子野诗文的几个问题》，载曹道衡《中古文学史论文集》，中华书局，2002，第296-305页；林田慎之助：《裴子野〈雕虫论〉考证——关于〈雕虫论〉的写作年代及其复古文学论》，载古代文学理论学会编《古代文学理论研究》第六辑，上海古籍出版社，1982，第231-250页。其中，曹道衡先生的文章是针对林田慎之助之作的进一步研究，两人都认为裴子野是齐梁时期复古文学观的代表，裴氏的思想中具有浓重的正统儒家思想，文学观念受到汉儒诗教说以及扬雄、蔡邕等汉代文人的影响，这是其《雕虫论》总体思想的渊源所在。

议。这种借助"文""儒"分合的框架来建构文学史观的做法在前代文学批评中极为少见，却成为南朝齐梁时代的共识。不惟裴子野如此，时代相近的沈约、刘勰等人也是如此。

与裴子野的观念形成对比的是同时代的沈约①，他在南齐永明年间修撰的《宋书·谢灵运传论》是南朝文学批评的著名篇章，前人多关注其中有关沈约对"永明体"诗律学思想的阐发，以及沈约对前代文学创作发展的精辟评论。除了在诗学思想中强调"一简之内，音韵尽殊；两句之中，轻重悉异"的重要意义，沈约在该文中发掘前代文学史发展历程的视角具有很强的新颖性，特别是他的"同祖风骚"论。沈约以"民禀天地之灵，含五常之德，刚柔迭用，喜愠分情。夫志动于中，则歌咏外发"作为开篇，其实暗含着他是以创作主体的视角切入，高度重视"人"的情感酝酿对于文学创作的重要作用，由此才得出"虽虞夏以前，遗文不睹，禀气怀灵，理或无异"的观点，即上古三代的好文章虽然保留无多，但必定是"禀气怀灵"之作，都是发自古人真情的好作品。有了这一层铺垫，沈约就继续以"文人"和情感的角度进入文学史谱系的构建，梳理出自屈原、宋玉、贾谊、王褒、刘向、扬雄、张衡等楚辞到汉赋大家的序列，指出这一趋势是"情志愈广"，"递相师祖"，即他们构成了一个典型的文章创作典范的谱系，到了建安七子则是"以情纬文，以文被质"，他们都是为文发自性情的文士。说到这里，沈约就以一段话作结：

> 自汉至魏，四百余年，辞人才子，文体三变。相如巧为形
> 似之言，班固长于情理之说，子建、仲宣以气质为体，并标能

---

① 沈约（441—513），字休文，吴兴武康人，南朝齐梁时期著名的史学家和文学家。他学问渊博，精通音律，是"永明体"的倡导者和代表诗人，著有《晋书》《宋书》等。

擅美，独映当时。是以一世之士，各相慕习，源其飚流所始，
莫不同祖风骚。徒以赏好异情，故意制相诡。①

　　这里就能明确看出沈约文学史思想的三大特点：一是强调"辞人才
子，文体三变"，总结司马相如、班固、曹植、王粲等人的创作个性，这
凸显出沈约文学史思想中深刻的"文人"视角，文学作品首先是作者个
性的抒发和彰显。二是文学史的源头是"同祖风骚"，把《诗经》和《楚
辞》视为启发后世文学的源头活水。联系本文开篇的"周室既衰，风流
弥著，屈平宋玉导清源于前，贾谊相如振芳尘于后"，沈约实际特别指出
了屈原、宋玉在文学史上的崇高地位，不仅具有政治理想的"高义"，更
有文采艺术的"英辞"，关键是"自兹以降，情志愈广"，为审美化的文
学创作指明了方向。三是在凸显作家创作个性的同时，沈约又表达出某
种隐忧，"徒以赏好异情，故意制相诡"，这指出了某些作家由于极度在
意彰显艺术个性而误入创作的歧路，属于"过犹不及"的问题了，因此
沈约才突出"同祖风骚"的文学史意义，即作家要汲取前代文学创作的
经验，使自己的作品臻于艺术规则的平衡，不可误入歧路。

　　沈约的《宋书·谢灵运传论》无疑是南朝时代运用"文人"视角建构
文学史谱系的典范，将"文人"、屈原以及文学史的作家序列统一于"文
学自觉"的历史进程中，这就突出了屈原在"文人"阶层显现过程中和由
先秦儒学转向偏于审美风格的文学创作演进过程中的双重影响，透露出沈
约文学史思想中对文学审美本质特征的深刻探索。更为关键的是，沈约并
未如裴子野那般，彻底贬低屈、宋的楚辞的文学史功绩，而是将之与《诗
经》代表的儒学经典并称，这种"文""儒"相合的观念显然是更高层次
的结合，建立于重视文学审美和"文人"创作个性的基础之上，正确处

----

　　① 沈约撰《宋书》卷六十七，中华书局，1974，第1778页。

理了儒学经典与楚辞在文学史发展中的关系,是一种尊重文学本质规律的文学史认识。沈约的这种认识与齐梁时期颇为流行的"新变"文学观有相通之处,即萧子显在《南齐书·文学传论》中提出的"若无新变,不能代雄"的认识,非常强调"文人"创作中重视主体个性和审美特色的推陈出新,这是促使南朝文学从"永明体"发展到"宫体诗"的理论动力。

　　介于裴子野的复古论与沈约的"同祖风骚"论之间的是刘勰①的《文心雕龙》,这是我国文学批评史上罕见的"弥纶群言"的著述。刘勰在《文心雕龙》中形成的文学史观念颇为复杂。在五十篇的内容中,刘勰通过开篇"文之枢纽"的《原道》等五篇构成其文学观念的基础,此后的二十篇为俗称的"文体论",几乎囊括了所有以文字表现为媒介的文章和著述创作,再其后的二十五篇则是后世褒贬不一的刘勰之"创作论",从创作中的"神思"到文学发展与时代演变关系的"时序"等,举凡创作心态、批评鉴赏和文学史观念等,都在刘勰的《文心雕龙》之中。刘勰关注的是"为文之用心",因此一切以文字表达为基础的创作都是他所探索的对象,这是《文心雕龙》所体现的文学观念颇为复杂的根本原因。刘勰的文学史观散见于《文心雕龙》的许多篇章中,其中《通变》是较为集中的体现。所谓"通变"的文学史观②,用刘勰自己的话来表述就是"斯斟酌乎质文之间,而隐括乎雅俗之际"。带着这样的判断标准,刘勰将前代文学史简约化为一个线性发展的过程:

　　榷而论之,则黄唐淳而质,虞夏质而辨,商周丽而雅,楚

---

　　① 刘勰(约465—约520),字彦和,南朝梁时人,著名的文学批评家,代表作《文心雕龙》。
　　② 关于"新变"与"通变"文学观的比较,可参见傅刚:《"新变"与"通变"——齐梁时期的两种批评观》,载傅刚《〈昭明文选〉研究》,中国社会科学出版社,2000,第101–121页。

汉侈而艳，魏晋浅而绮，宋初讹而新。从质及讹，弥近弥澹，何则？竞今疏古，风昧气衰也。[①]

在这段文学史评论中，刘勰以"商周丽而雅"为最好的阶段，此前文学过于质朴，此后则是沿着靡丽的文风越走越远，可见作为儒学经典之一的《诗经》就是"商周丽而雅"的代表，而屈原、宋玉开启的楚辞对应的是"楚汉侈而艳"，刘勰在此也显然注意到了屈、宋及楚辞在文学史发展中的转折意义，而且他把这一转折视为引起后世文风弊端的前奏，显示出鲜明的否定文学审美特性的倾向。刘勰的此种文学史观念具有总体性的特征，而在《文心雕龙》中还有大量的材料可以说明刘勰还是很重视文学审美性的，如《丽辞》《声律》等篇目都是刘勰吸收当时文学审美经验而作的。刘勰的文学评论之所以会出现如此巨大的反差，正是由于他在《文心雕龙》中的文学史观念具有复杂且多元的特色。关于这一点，郭绍虞先生曾在《〈文选〉的选录标准和它与〈文心雕龙〉的关系》一文中有精彩的阐释：

> 我觉得《文心雕龙》之论文质至少有两种含义。一种是包括刘勰整个的理论主张的，一种是就一般的所谓文质讲的。就刘勰整个的理论主张而言，应当就《文心雕龙》的论文纲领讲起。《文心雕龙·序志篇》说："盖文心之作也，本乎道，师乎圣，体乎经，酌乎纬，变乎骚，文之枢纽亦云极矣。"这即《文心雕龙》全部理论的纲领，但是可以约为文质两类。所谓"道""圣""经"是属于"质"一方面的，所谓"纬"与"骚"，又是属于"文"一方面的。正因他有尚质的一面，所以

---

① 范文澜注《文心雕龙注》，人民文学出版社，1958，第50页。

此后古文家的论调，很和刘勰的主张相一致；又正因他有重文的一面，所以《文心雕龙》又涉及"丽辞""声律"各方面的问题，并不完全否定当时的骈文。这是《文心雕龙》所以能"弥纶群言""唯务折中"，而全面地论述文艺理论的原因。①

郭绍虞先生通过对"文质论"的分析指出了刘勰文学观念中的多层次性，《通变篇》中的文学史观显然是总体性的"文质论"在《文心雕龙》中的表现，其根源在于刘勰《文心雕龙》中的"征圣宗经"观，即他把儒学经典视为文学创作的典范，因而具有浓重的复古特征。关于这种倾向，钱穆先生曾有论述："他（刘勰）讲文学，便讲到文学的本原，学问中为什么要有文学？文学对整个学术上应该有什么样的贡献？他能从大处会通处着眼。他是从经学讲到文学的，这就见他能见其本原、能见其大，大本大原他已把握住。固然此下像韩愈、柳宗元、欧阳修这些人出来，提倡古文，反对骈文，实际上他们讲文学的最高价值，并不能超出刘勰的《文心雕龙》之上。"②可见，刘勰的"通变"文学史观虽具有复古特点，但与裴子野的《雕虫论》中承继汉儒诗教说的传统观念并不一致。同时，虽然《文心雕龙》中弥漫的"征圣宗经"观让刘勰的文学史观更多地成为唐宋之际文学复古论的滥觞，但他与沈约、萧子显的"新变"文学观都有重视文学审美的某些共性，这无疑为此后的时代继续探索文学审美开辟了道路。

四、余论

"文人"阶层的形成是汉魏六朝文学得到充分发展的重要时代因素之一，文学创作的繁荣局面、文学批评观念的深入探讨和文学审美的日

---

① 郭绍虞：《照隅室古典文学论集》下编，上海古籍出版社，1983，第156-157页。
② 钱穆：《中国史学名著》，生活·读书·新知三联书店，2000，第131页。

益自觉，无不与"文人"阶层及其对创作个性的提倡和张扬有关。正所谓利弊相连，"文人"阶层的创作个性一方面推动了文学审美的新变，同时也导致对"文人"个性无行的批判随之而来，这种发展中的矛盾是影响此时文学史谱系建构的观念基础和切入视角。

　　裴子野、沈约和刘勰是南朝时代文学史谱系建构的代表性文士，其文学史观念也各具面貌。传统的"复古"与"创新"之论已难以概括他们的理论建树，若以"新变"与"通变"来分野他们的文学史观，也不足以揭示他们认识中的以"文人"视角切入而形成的批评理念。①透过这些明显带有后见之明的历史观念的表象，深入到当时人的思想观念中对"文"与"儒"的总体看法去理解他们的文学史谱系建构，则至为关键。南朝至初唐时代确是文学批评史上观念极为复杂的时期，但复杂之中有其历史共性，那就是以"文""儒"分合的框架去建构自己心目中理想的文学史，并能为未来的文学发展提供可资借鉴的理论资源，是当时富有远见卓识的文士所共同具有的思想底蕴。其中从裴子野到刘勰的复古文学观是"同中有异"，即从简单的发挥汉儒诗教说到通过"文质论"去吸收此前所有的文学创作经验，建构起"弥纶群言""征圣宗经"的文学史谱系。儒学经典的介入，不仅可以让文学在继续审美创新的基础上能够有"文质彬彬"的发展前景，而

---

　　① "新变"文学观发展到南朝后期，确实带来了一定的流弊。如萧纲在《与湘东王书》中明确批判了京师文风过于质朴的问题："若以今文为是，则古文为非，若昔贤可称，则今体宜弃，俱为盍各，则未之敢许。又时有效谢康乐、裴鸿胪文者，亦颇有惑焉。何者？谢客吐言天拔，出于自然，时有不拘，是其糟粕。裴氏乃是良史之才，了无篇什之美。是为学谢则不届其精华，但得其冗长，师裴则蔑绝其所长，惟得其所短，谢故巧不可阶，裴亦质不宜慕。"萧纲此种重今薄古的观念是"新变"文学观发展的极致，他不仅批评裴子野的文风，连谢灵运的诗歌也不入其法眼。对萧纲文学观的分析，可参见傅刚：《南朝文学与艳体文风的形成》，载傅刚《〈玉台新咏〉与南朝文学》，中华书局，2018，第3–42页。

且能陶冶创作主体的道德情操，从根本上解决"文人"个性无行的弊端。①这是对南朝后期至初唐的史学家和文学家不断呼吁改良"文人"品行的回应，置于这种文学史发展链条中，初唐四杰的文学史观便不难理解了。同时，刘勰的文学史观指向的是盛中唐之际的文学复古思潮，通过注重"文人"道德修养来改良文风走向，这正是盛唐之后至中唐韩愈、柳宗元所积极倡导的文学革新精神内涵。

如果说裴子野所代表的文学史观具有"文""儒"相分的特征，完全忽视文学的审美性，那么沈约与刘勰观念中的"异中之同"则代表的是"文""儒"合流的新趋向，这是在尊重文学审美基础上的合流。屈、宋开启了"文人"阶层形成的历史进程，楚辞则预示了文学审美从儒学传统中分离的趋势，经历了汉魏六朝时期漫长的发展，"文学自觉"代表了文学审美日益被接受，并深刻融入文学创作和文学批评的观念中。正因为有了这样的时代铺垫，沈约和刘勰文学史观中的"文""儒"合流才有更加深刻的时代意义，那就是并非如汉儒那般将文学拉回到儒学的简单回复，而是基于文学审美和尊重"文人"个性的新型文学史观，同时又能积极融合"文"与"儒"在文化审美特征上的共通性。特别是沈约的"同祖风骚"论②，不仅将儒学经典与楚辞并称，而且深入辨析历代文学创作经验的得失利弊，这种"文""儒"相合的新型风雅观正是解决南朝后期文风流弊，并超越初唐四杰时代而推动盛唐文学高潮到来的深层理论渊源。

---

① 参见曹道衡：《曹丕和刘勰论作家的个性特点与风格》，载曹道衡《中古文学史论文集》，中华书局，2002，第154–167页。

② 日本学者林田慎之助曾撰文称道沈约的《宋书·谢灵运传论》是"文学史自觉"，而且更为重视文学审美性对于文学史发展的重要意义。（参见林田慎之助：《〈宋书·谢灵运传论〉和文学史的自觉》，曹旭译，《铜仁学院学报》2014年第2期，第11–18页。）就时代的总体性而言，沈约所生活的南朝时代确实是"文学史自觉"的关键时期，唐前对文学史观念的总体性看法多渊源自这个时期。因此从这个意义上来说，本文是对林田慎之助观点的进一步发挥。

第三节　初唐史官对"文儒"观念的认识

以张说为代表的"文儒"型知识阶层的大量出现是在盛唐时代，他们根据儒家思想中的礼乐文化观念，把文学创作和国家的制度建设紧密结合，用儒学的礼乐理想指导文化或文学的发展，使之既能够保留文学的审美特征，又可以达到儒学要求的政教实用目的，可以说"文儒"之士在文学发展史上发挥了积极的影响，对盛唐文化和文学的繁荣起到了不可忽视的推动作用。盛唐"文儒"的出现并非偶然，而是经过了初唐时期文化的孕育和积累。初唐史官在其编撰的史书中曾多次使用"文儒"称谓一些重要历史时代的文人，其中蕴含的认识对盛唐"文儒"的出现具有理论先导意义。因此，本章拟就此问题展开讨论。

一、唐前文化思想中的"文人"概述

究其实质，本文所论及的"文儒"应归属于创作具有审美意味文章的文人范畴。因此要研究初唐史官对"文儒"观念的认识，则必须先对我国传统文化中的文人发展史有基本了解。

以儒家思想为标志，中国文化的理性思维过于早熟。具有审美意义的文学作品和作家虽然得到有限度的承认，但是真正值得儒家重视的是以"仁"为核心的"善"的意识，因此从孔子开始，在审美与仁善发生对立时，崇尚"善"而忽略"美"成为中国正统文化的重要特征。《论语·八佾》载："子谓《韶》，'尽美矣，又尽善也。'谓《武》，'尽美矣，

未尽善也。'"①孔子对《韶》和《武》的不同评价说明单纯的审美在儒家文化中是被贬低的，独立的审美意识在儒家文化中难有立足之地，"尽善尽美"才是最高理想。在此观念的影响下，文人的地位也受到儒家学者的轻视，德行之善高于语言修辞的文学审美，所谓"有德者必有言，有言者不必有德"②正是这种认识的反映。而且《诗经》代表的"温柔敦厚"的诗教传统，虽然包含着文学的审美因素，但最终是以"经夫妇、成孝敬、厚人伦、美教化、易风俗"③的伦理价值和政教作用为旨归的。这就意味着中国文化传统从一开始并没有为独立的"审美意识"留下相应的位置，因此创作美文的文人作家也就无法获得君王的重视，更遑论能像儒生那样可以通过正常的途径进入国家的政治高层以实现政治理想。

在诸子百家争鸣的后期，以屈原创作为代表的奇文郁起的"楚辞"兴起于南方的楚地，"楚辞"以其强烈激越的抒情意味、精彩华美的丽辞雄文、纵横捭阖的铺陈结构和恍惚迷离的神话色彩，打破了儒家倡导的美善并举的审美规范，凸显出文学作品特有的以情为中心和崇尚语言美的新倾向。尽管屈原作为一位伟大的爱国诗人，其抒发的情感以忠君爱国、追求崇高的政治理想为主，表现出独立不迁、坚韧不拔的高尚人格魅力，这仍然合乎儒家的伦理要求，但其中透露出的语言审美趋向已经难以为儒家观念所局囿，因此不仅屈原是我国第一位创作极为丰厚的诗人，而且文采斐然的"楚辞"为中国文学的独立审美开辟了道路，在此基础上产生的汉赋就是一种鲜明的追求丽采之美的新文体。难怪钱穆先生在《读〈文选〉》的开篇就充分估价了"楚辞"在文学史上的重要意义："《诗》《书》以下迄于《春秋》及诸子百家言，文字特以供某种特

① 杨伯峻译注《论语译注》，中华书局，1980，第33页。
② 同上书，第146页。
③ 郭绍虞主编《中国历代文论选》第一册，上海古籍出版社，1979，第63页。

定之使用，不得谓之纯文学。纯文学作品当自屈子《离骚》始。"①钱穆先生把屈赋作为中国纯文学的开端可能会引起某些人的疑义，但是"楚辞"所代表的追求文采美的新意义的确有开创之功。同时，屈原作为诗人，恐非出于自己本意，他的自我定位仍然是政治家，因此钱穆先生说："在屈原固非有意欲为一文人，其作《离骚》，亦非有意欲创作一文学作品。"②可见屈原还不能对文人的自觉意识有所觉悟，这也说明具有独立意识的文人于此时还不能走到政治的中心舞台，其价值还未能为世人所接受和重视。

承接"楚辞"的发展，西汉时代出现了以司马相如为代表的辞赋作家，这是我国文学史上首次出现专门的文人创作集体。他们的作品以"包括宇宙，总览人物"的"巨丽"为美，而且创作辞赋成为司马相如等人最主要的职业，因此钱穆先生说："汉代如枚乘、司马相如诸人始得谓之文人。其所谓赋，亦可谓是一种纯文学。"③虽然这些辞赋家深得汉武帝的喜爱，但其创作的大赋只是满足宫廷帝王的娱乐之需，被一些文士贬为"童子雕虫篆刻"，"壮夫不为"（扬雄《法言·吾子》），言语的华美铺排也被视为奢侈靡费之举，与儒家倡导的勤俭治国的总方针不合，故而引来当时儒生的非议。如《汉书·严助传》记载枚皋和东方朔④在儒生眼中"不根持论，上颇俳优畜之"⑤，枚皋对自己类似于俳优的身份亦颇有不平悔恨，"又言为赋乃俳，见视如倡，自悔类倡也"⑥，

---

① 钱穆：《读〈文选〉》，载钱穆《中国学术思想史论丛》卷三，安徽教育出版社，2004，第91页。

② 同上。

③ 同上。

④ 枚皋（前153—?），字少孺，西汉著名的辞赋作家。东方朔（约前161—约前93），字曼倩，西汉著名的文学家，作品有《答客难》《非有先生论》等。

⑤ 班固：《汉书》，颜师古注，中华书局，1962，第2775页。

⑥ 同上书，第2366页。

可见这些文人从人格上被视为言语侍从之臣的尴尬地位了。这种认识一经产生，便又回归儒家论文人和文章的道路上了。扬雄的观点可谓代表："诗人之赋丽以则，辞人之赋丽以淫。"[①]这是根据儒家美善并举的观念，推崇文质彬彬的"诗人之赋"而贬斥"丽以淫"的"辞人之赋"，其中最主要的分歧就在于对文质关系问题的处理，隐含着由文反质、轻视纯审美的复古倾向。而且伴随着对文采的抑制，文人的地位一直难以得到应有的重视，与"俳优"同类注定了他们在正统文化主流中始终是被贬低的对象。

魏晋六朝时期文学自觉的进程大为加快，重视文学自身的审美特征成为推动这一时代文学发展的主要动力。其中既有文学价值的提高，也有文学体裁的明晰；既有文学审美风格的深入探讨，也有对文学发展史的纵向梳理。可以说魏晋六朝时期文学自身的很多特征，如音律、辞采、创作缘起论、审美理想等都受到当时著名文人的重视。这时对文人的认识受到传统价值和当代思潮的双重影响，明显形成两种认识：一种是曹丕在《典论·论文》中评价文章"经国之大业，不朽之盛事"所带来的对文人的青睐，尽管此时的文章所指甚大，包括诸如诏、策、律、令等应用文体，但其中诗赋等审美色彩浓厚的美文也同样受到重视，因此文人作为国家必需的人才理应得到相应的尊重和理解，这在刘勰《文心雕龙》中得到很好的继承和发展。另一种是传统观念的延续，《隋书·李德林传》载："任城王谐遗杨遵彦书曰：'经国大体，是贾生、晁错之俦；雕虫小技，殆相如、子云之辈。'"[②]这显然是汉儒的旧识见，不仅否定辞赋家具有审美特征的作品，而且隐含着对他们人格上趋炎附势、不合儒家文士规范的贬斥。可见虽经过文学自觉的开拓，泥古儒家

---

① 扬雄：《法言·吾子》，中华书局，1987，第49页。
② 魏征等撰《隋书》，中华书局，2000，第797–798页。

的认识影响依然很深，而且从总体倾向来看，大多数认识在肯定文人及其创作时，总是自觉地把审美与仁善紧紧融为一体，如果失却后者，审美将无所附丽而很有可能趋于淫邪，这是儒家极力否定的。

由此可见，理性思维的过早成熟促使文学的审美性在我国文化发展的早期阶段处于被抑制的状态，而更多地强调文学的伦理价值和政教作用。在文学审美特征不受重视的汉代，很多儒生在否定文人价值时，总是将儒学崇尚质朴的趋向与文学注重审美的特点完全对立起来，从而使文人无法获得实现政治理想的机会。随着魏晋时代文学自身价值的日益显现，以前在政治领域被轻视的文人的地位也逐步提高，许多圆融通达之士试图调节文学创作，在发挥文学的政教功用时能继续保证其审美价值的体现，在此基础上为文人以创作美文来更好地参与政治提供理论条件，文人的人格魅力和价值也能得以充分展现。

二、初唐史官"文儒"观念中的人格新趋向

经历了过分重视文学之政教作用的汉代和强调文学自觉的魏晋两大时代后，初唐时代多以文人身份担当修史重任的史官们响应唐太宗的修史号召，继承了前代形成的对文人的认识，并受到新的时代风气的感召和熏染，他们普遍地表现出对文人创作及其所应发挥作用的重视，这主要体现于初唐时代编撰的《晋书》等八部史书中，通过歌颂那些文人得志的时代以寄托自己对文人具有的崇高价值的倾慕欣赏，这主要集中表现在不约而同地用"文儒"概念指称历代重要文人。虽然这些史官文人在唐代统一之前属于不同的文化地域，但对"文儒"在史书中的使用是普遍而共通的，可见这必然经过了史官们的深入思考，代表了一种时代群体性的认识。因此，我们可以通过分析这些初唐史官所称赞的"文儒"之士，触及初唐史官的深层理解，进而了解初唐时代关于文人评价的发展。在初唐史官笔下，与汉代儒生眼中的"俳优"式文人相比，能

够创作文章的文人不再是匍匐于王权之下、毫无人格操守的言语侍从之臣，其所作文章也不再是无益于劝诫政教之用的"雕虫小技"，这种认识便显示出唐代文人崭新的精神风貌，体现了初唐史官以自己的生活体验和人生理想对文人传统所做的全新改造。就"文儒"体现的人格新趋向来说，主要表现在以下三个方面。

首先，与西汉时代儒生以"俳优"诋诃辞赋文人截然相反，初唐史官表现出对"文儒"型文人的普遍仰慕，有时甚至把"文儒"作为一个时代的理想人格的典范。如房玄龄等修撰的《晋书·儒林列传》载："汉祖勃兴，救焚拯溺，粗修礼律，未遑俎豆。逮于孝武，崇尚文儒。爰及东京，斯风不坠。"[①]令狐德棻等修撰的《周书·齐炀王列传》载："自两汉逮乎魏、晋，其帝子帝弟众矣。唯楚元、河间、东平、陈思之徒以文儒播美。"[②]李延寿所著《南史·宋本纪中第二》载："帝聪明仁厚，雅重文儒，躬勤政事，孜孜无怠。"[③]据此可见，楚元、河间、东平、陈思等人之所以被初唐史官誉为可以播美于两汉至魏晋达几百年历史，超出于众多帝子帝弟之上，正是由于他们创作出不朽的诗文，保护了前代留存的文化典籍，为文化的延续和承传做出了巨大贡献，在此意义上，初唐史官把他们称为"文儒"而加以赞美颂扬。而在所谓的太平盛世，"文儒"的出现也代表着这一时代最为理想的文人人格的形成，因此他们受到了贤明帝王的重视和优待。南朝宋文帝是如此，两汉时代的贤明君主也是如此。此前的正统观念认为，两汉的经学昌明兴盛，这是一个儒生得志、文人轻浮的时代，但具有文章创作能力的"文儒"在初唐史官眼中才能代表两汉文化的繁荣。因此在《晋书》中，初唐史官以"文儒"

---

① 房玄龄等修撰《晋书》卷九十一，中华书局，1974，第2345页。
② 令狐德棻等修撰《周书》卷十二，中华书局，1971，第197页。
③ 李延寿：《南史》卷二，中华书局，1975，第54页。

表达了对两汉文人的高度推崇，更是从深层认识上对此前一些史书贬低文人的风气实现了重大反拨。初唐史官如虞世南、欧阳询等文士也具有学者兼作家的特点，这与汉代辞赋家极为类似，他们被盛唐时人也视为"文儒"，如盛唐吴兢所著《贞观政要·崇儒学》载："太宗初践祚，即于正殿之左置弘文馆，精选天下文儒，令以本官兼署学士，给以五品珍膳，更日宿直，以听朝之隙引入内殿，讨论坟典，商略政事，或至夜分乃罢。"①因此这种"心向往之"的企慕不仅是对前代文人的价值确认，实际上也隐含了初唐史官群体的自我肯定。

其次，与传统的视具有审美意味的文人创作为骄奢淫逸的败亡之兆不同，初唐史官以"文儒"为时代文人的代表，肯定了文人在推动国家政治和文化建设中所起的重要作用，看重他们将文人积极用世的进取精神和创作活动融为一体，从而使文人作品对现实政治也具有不可忽视的价值。同时，儒家文化传统中的"以道自任""士志于道"使"文儒"人格日益趋向于主体意识高扬、追求高标超越的独立品行，而不再是在帝王面前唯唯诺诺、仅供消遣娱乐的卑弱萎靡形象，如最受初唐时人重视的班固就是明显的例证。初唐时期的《汉书》学兴盛一时，出现了很多有名的《汉书》注本，尤以颜师古注为最善。②而且班固的《两都赋》引起了京都赋的创作大潮，其影响一直延续到初唐时的文学作品，如卢照邻的《长安古意》和骆宾王的《帝京篇》。根据《晋书》所载，班固作为初唐史官所指重"文儒"时代的东汉最重要的文人，加之曾受到初唐文人的广泛重视，自然也是初唐史官心目中的"文儒"的代表。其实《两都赋》在当时不仅是文学作品，而且有着深刻的政治实用目的，即

---

① 吴兢：《贞观政要》，岳麓书社，2000，第227页。

② 参见赵翼：《唐初三礼汉书文选之学》，载赵翼《廿二史札记校注》，中华书局，1984，第440页。

直面当时争执不休的迁都问题，因此该文在铺叙王朝繁荣景象的同时，也陈述了东汉新的都城观，体现了儒学在此时已经深入到国家制度建设的深层。①同时，班固在《两都赋》的第二部分着重说明都洛的理由时，显示了以儒家文化之道为最高标准的精神底蕴，这就赋予班固以深厚的人格自立基础，文中的口吻也是近于圣贤吐发高论式的自信，体现了与君王平等对话的温文尔雅和谦而不卑，决无儒生眼中的西汉辞赋作者身上的人格缺陷。②这种精神在初唐史官那里得到了延续，当时的唐太宗虚心求谏，群臣尽心纳谏，君臣之间虽有名义的尊卑之别，但在实际生活中的确是一种人格平等的交流。也只有在这种和谐政治气氛中才能出现像魏征这样的善谏之臣，真正实现了孟子所言"君之视臣如手足，则臣视君如腹心"③的平等君臣观。因此，初唐史官把班固代表的"文儒"奉为东汉时代的象征，不仅要通过欣赏班固京都赋中对盛世的描绘以抒发自己寄予时代中兴的希望，而且其深层意义更在于自己能像前人那样实现政治理想，张扬自我独立的人格美。

再次，初唐史官所重的"文儒"品格中最值得称道的是依然保留了文人特有的不拘小节、崇尚自由、不为世俗所牵的个性特征。这种认识对在文学创作中重视情感抒发、表现自我独立人格、坚持文学自身特色有重要意义，而且更是初唐文学与盛唐气象在文化深层达成沟通延续的契合点。在此，"文"与"儒"的结合在人格模塑的基础上造

---

① 关于分析东汉京都赋中体现的儒学影响日渐深入的问题，可参见曹胜高先生所著《汉赋与汉代制度》中的《汉赋与汉代都城制度》一章。（见曹胜高：《汉赋与汉代制度》，北京大学出版社，2006，第16~115页。）

② 关于对汉赋中体现作家主体的人格尊严问题的分析，可参见曹虹先生所著《中国辞赋源流综论》中的《孟子思想对汉赋的影响》。曹虹先生主要以汉赋的"寓名例"为切入角度，认为汉赋作家以此隐含有继承孟子要求的抗礼王侯、尊德贵士的士人人格。（见曹虹：《中国辞赋源流综论》，中华书局，2005，第85~96页。）

③ 杨伯峻译注《孟子译注》，中华书局，1960，第187页。

就了一批全新的文人群体——"文儒"。《周书》中重点指出的陈思王曹植是鲜明的代表。据《三国志·任城陈萧王传》载："植任性而行，不自彫励，饮酒不节。"①这种性格虽然令曹植在曹操眼中不适合继承大统，但正是曹植作为文学家不可多得的精神气质，因此曹植"诵读《诗》《论》及辞赋数十万言，善属文"②。《南史》中提到的南朝宋文帝时的"文儒"颜延之也是"好读书，无所不览，文章冠绝当时。好饮酒，不护细行"③，这与曹植的个性如出一辙，他们都崇尚任性适情、自由脱略的文人作风。这在以往都是被正统人士诟病为不合规矩而加以贬抑的，但初唐史官由于经历过乱世风云的纷争激荡，向往朝穷夕达、立取卿相的风云际会，身上必然带有不拘小节、志向远大、意气风发的纵横家式的自由豪迈，如魏征"少孤贫，落拓有大志，不事生业，出家为道士。好读书，多所通涉，见天下大乱，尤属意纵横之说"④，因此在文人特有体验的感召下通过史书对"文儒"情感个性的肯定性描述，格外凸显了初唐史官心目中的"文儒"作为文人的本质性人格特征。

我们透过初唐史官的史书虽不能对"文儒"的行为和形象做更多细致周全的描绘，但上述三方面的人格新趋向足以说明了初唐史官在回顾历史的基础上对文人也进行了重新认识，展露了自我的心迹和崇高的人生理想。其中将儒家文化中追求超越的社会理想、积极用世的进取精神和文人特有的重性情的本真自然气质融为一体而成一新人格，这不仅是对魏晋风度崇尚人格自然美的继承和发扬，而且也对盛唐文人的人格气质和文学创作产生深刻影响。从这个意义上说，这表现出初唐文学作为

---

① 陈寿：《三国志》卷十九，裴松之注，中华书局，1973，第557页。
② 同上。
③ 李延寿：《南史》卷三十四，中华书局，1975，第877页。
④ 刘昫：《旧唐书》卷七十一，中华书局，1975，第2545页。

魏晋风度和盛唐气象联结点的重要作用和价值。

三、初唐史官"文儒"观念中的文风变革意义

初唐史官对"文儒"的认识不仅有人格学意义上的重大突破，而且内含改革六朝延续下来的绮靡文风的深刻要求。按照时间的顺序，我们可以对初唐史官以"文儒"描述的时代进行排列，并选取其中有代表性的文人加以比较。先看以下初唐史书中的重要记载。

《晋书·儒林列传》载："汉祖勃兴，救焚拯溺，粗修礼律，未遑俎豆。逮于孝武，崇尚文儒。爰及东京，斯风不坠。"《周书·齐炀王列传》载："自两汉逮乎魏、晋，其帝子帝弟众矣。唯楚元、河间、东平、陈思之徒以文儒播美，任城、琅琊以武功驰誉。"《南史·宋本纪中第二》载："帝聪明仁厚，雅重文儒，躬勤政事，孜孜无怠。"《周书·萧世怡等列传》载："武成中，世宗令诸文儒于麟趾殿校定经史，仍撰《世谱》。"①

这里涉及的时代从西汉一直到南北朝之末，几乎贯穿初唐史官之前的整个中古文学时期。人物方面，有西汉的楚元、河间两位诸侯王，东汉的东平王，三国魏的曹植等。如果在那些没有提到人物的时代中选取具有代表性的文人，那么在当时影响甚大或初唐时代受到重视的前代文人可作首选，如东汉时的班固、西晋的陆机、南朝宋的颜延之和北周的庾信②。初唐时人对班固表现出很大的倾慕，如李大亮《昭庆令王蟠清

---

① 令狐德棻等修撰《周书》卷四十二，中华书局，1971，第752页。

② 班固（32—92），字孟坚，东汉著名的历史学家和文学家，代表作有《汉书》《两都赋》等。陆机（261—303），字士衡，西晋著名的文学家，代表作有《辩亡论》《平复帖》等。颜延之（384—456），字延年，南朝刘宋著名的文学家，与谢灵运、鲍照合称元嘉三大家。庾信（513—581），字子山，南北朝后期著名的文学家，代表作有《哀江南赋》等。

德颂碑》以"班孟坚之文采，黄叔度之波澜"称赞碑主①，其实也在肯定班固在文学上的价值；陈子良《隋新城郡东曹掾萧平仲诔》以"学逾班固，才冠刘桢"颂扬萧平仲，也是如此②；高俭《文思博要序》中的"孟坚九流，与川渎而俱竭"更是直接赞美班固的《汉书·艺文志》对学术文化史的贡献③，可见初唐时人对班固的推崇之高。对西晋陆机的推崇主要表现在太宗御撰《晋书·陆机传论》，称赞他是"百代文宗，一人而已"。颜延之和庾信也都是享誉当时的大文士，且对初唐文学影响很大。颜延之在当时担当庙堂制作的重任，《乐府诗集》中仍留存了其诗作，可见他在文章方面的才能极受君王的赏识。对庾信的高度评价以北周滕王所作的《庾子山集》序为最："妙善文词，尤工诗赋，穷缘情之绮靡，尽体物之浏亮，诔夺安仁之美，碑有伯喈之情，箴似扬雄，书同阮籍。……孝性自然，仁心独秀，忠为令德，言及文词。穿壁未勤，映萤愈甚。若乃德、圣两《礼》，韩、鲁四《诗》，九流七略之文，万卷百家之说，名山海上，金匮玉版之书，鲁壁魏坟，缥帙缃囊之记，莫不穷其枝叶，诵其篇简。"④而且庾信入北引起了北周文人学南方文风的高潮，可见其在当时的深巨影响，这种情形一直延续到初唐，促进了南北文风的融合。

如果细致分析这些初唐史书中以"文儒"指称的文人，我们会发现其中有一个文学渊源的传统，即在以儒家文化观指导文章创作时又积极探索文学自身的审美特点。刘师培先生对此的研究颇有启发意义。他在《汉魏六朝专家文研究》中，对班固、曹植、陆机、颜延之等人的研究极为精到，评论班固时曰："班固之文亦多出自《诗》

① 董诰等编《全唐文》卷一百三十三，中华书局，1983，第1341页。
② 同上书，第1351–1352页。
③ 同上书，第1357页。
④ 倪璠注《庾子山集注》，中华书局，1980，第53页。

《书》《春秋》，故其文无一句不浓厚，其气无一篇不渊懿。"①可见在刘师培先生看来，班固的文风受儒家文化影响很大，故而显得讲究文气中和，深厚朴茂中自有渊懿雅丽之采，这与东汉时期儒家思想深入人心密切相关，自然儒家之讲究气韵厚重体现于当时的著名作家创作中，班固应为其中翘楚。评论曹植时曰："七子之中，曹子建可代表儒家，其作法与班蔡相同，气厚而有光，惟不免杂以慨叹耳。"②这里指出了曹植与班固之间的文风承接关系，这与史载曹植"诵读《诗》"并受儒家经典熏陶的经历相吻合，而且对两者之间的差异有清醒认识。"气厚而有光"说明曹植和班固在辞采方面进步许多，而"惟不免杂以慨叹耳"更是从曹植身上看到了乱世时代风云激荡下的文风总趋势，这明显采纳了刘勰"观其时文，雅好慷慨"的认识，这种"慨叹"之气的抒发加深了文学作品的个体抒情意味，是"建安风骨"最主要的美学意蕴，是作家通过情感的方式对时代内在气质的深刻把握，其中凸显的个体情感是魏晋文学对两汉文学的开拓和突破，但是这种个性是与时代主题紧密相连的，因此曹植之文是在更高的层面上与儒家文艺传统相契合。刘师培评论陆机时曰："降及西晋，法家、道家亦颇发达，而陆士衡仍守儒家矩矱，多'衍'而少'推'，一以伯喈、子建为宗。"③可见陆机的文风也是从儒家传统中浸润流出的，明显继承了前代如蔡邕、曹植等受儒家影响的文学家的风格。而对于颜延之，刘师培指出："晋宋文人学陆士衡者甚多，而颜延年所得独多。"④因此在刘师培看来，研究陆机必须涉及颜延之，两者之间的渊源关系至为紧密，"颜延年之文，亦可以为士衡之体贰，不独

① 刘师培：《中国中古文学史讲义》，中国人民大学出版社，2004，第138页。
② 同上书，第140页。
③ 同上。
④ 同上书，第154页。

炼句似陆，即风韵亦酷肖之"①。至于庾信，刘师培在论述文章气韵时曰："陆、蔡近刚，彦升近柔，刚者以风格劲气为上，柔者以隐秀为胜。……庾子山所以能成家者，亦由其文有劲气而已。"②可见这也是一位深受蔡邕、陆机等影响的文士，所写文章气格高古，劲健有力，颇有风骨之致，与陆机等人在风格源流上属同一序列。把这些文人联系起来，结合刘师培先生的分析，我们会惊奇地发现，自班固、曹植、陆机、颜延之到庾信，他们在学问上接受儒家思想的浸染和熏陶，在文学创作中也贯穿了儒家浑厚之气味，同时又能在文采方面不断创新，并没有受质朴无华的复古倾向局囿，而是踵事增华般地积极推动文学自身特点的开拓，在对传统的继承中最终使"儒"和"文"两方面达到动态的平衡。再来看初唐史官在编撰史书时的实际想法，如岑文本在《周书·王褒庾信传论》中颂扬历史上文学值得称道的一些时代时指出，东汉以班固为代表，魏晋以曹植和陆机为代表，刘宋时以颜延之为代表，而对于距离初唐最近的北朝后期，则是"唯王褒、庾信，奇才秀出，牢笼于一代"③，可见这与刘师培先生的分析是一致的。

初唐史官作为一批学养深厚、知识渊博的学者文人，其认识和刘师培先生的分析不谋而合，显然这种相合不是偶合，而是渗透着初唐史官深刻的理解和反复的思考，是在借传统资源启示当代，预见未来。因此这个对"文儒"传统的历史反思说明了初唐史官是在新的时代要求下努力寻找文风变革的出路，那就是以"儒"与"文"的结合完成从文学观念到文学本体的全方位改造，既能收到扭转"宫体"诗风绮靡柔弱

---

① 刘师培：《中国中古文学史讲义》，中国人民大学出版社，2004，第148页。
② 同上书，第132页。
③ 参见令狐德棻等修撰《周书·王褒庾信传论》，中华书局，1971，第742–745页。

之效，又能继续推动文学审美的探索，同时儒家文化观的介入不仅是对文人人格精神的内在提升，更是对文学与政治、审美与教化之间复杂关系的高度协调，也由此奏出了迈向代表更高文学成就的盛唐气象的时代先声。

第二章
文儒与初唐王氏
家族文学

　　河东王氏作为从南北朝后期一直延续到初唐时期的重要文学文化家族，世代奉守儒家思想，对孔子及其儒学思想进行了深入研究，在吸收前代传统的基础上对儒学发展有很大推进，尤其到王通之时，俨然形成了一大对唐代儒学有重要影响的学派——"河汾道统"学派。这种学风在家族内部得到很好的继承，作为"初唐四杰"之一的王勃倾慕于祖父王通在儒学方面的精深造诣，不仅继续完成其祖父的修书重任并为之作序，更在诗文中注入儒家思想，以深厚盈沛的气格充实其创作。当然，从王通到王勃，除思想的同源一脉之外，还受到不同时代风气及个性气质的影响，在一些具体问题上也呈现出明显的不同。本章采取"文儒"的视角审视两人的思想及创作内容，主要基于他们共同具有源远流长的儒学文化的家族背景，且都有强烈的立言不朽的述作精神。这种特殊的境遇为他们在表达思想见解时侧重于"文""儒"结合创造了文化条件。由此我们既可以通过个案分析更为细致地贴近初唐时期"文儒"发展的历史，又能够在初唐时代的文化大背景下更加深入地理解河东王氏家族的文学思想及创作的价值和意义。

第一节　王通文学思想中的"文儒"特征

　　王通①留存至今的著作主要是《中说》一书②，诗文创作则很贫乏。根据逯钦立先生整理的《先秦汉魏晋南北朝诗》，其中收录王通的诗只有一首。因此我们探讨王通思想的特征时，主要依据他的《中说》。

　　王通对"文"和"儒"的认识在《中说》的思想体系中占有重要地位，鲜明地体现了王通的文化个性和思想本质。首先，他是以儒家思想的"礼乐"观念来整合"文""儒"两大概念，这种观念强调王道的兴盛不仅在于政治经济的高度发展，更在于文化建设的昌明繁荣。与那些腐儒过分趋"质"而忽"文"相比，"礼乐"观念提倡"文质彬彬"，把文化纳入国家制度建设的整体之中，这就为"文""儒"结合提供了理论前提。因此"礼乐"观念频繁出现于《中说》之中，说明王通在崇尚儒"质"时也能够重视文化秩序的建设。例如，《王道》载："五行不相沴，则王者可以制礼矣；四灵为畜，则王者可以作乐矣。……使诸葛亮而无

---

　　① 王通（584—617），字仲淹，隋朝著名的经学家和儒学家，又称文中子，代表作《中说》。

　　② 关于王通《中说》一书的真伪曾在学术史上引起广泛争论。司马光和梁启超就怀疑过《中说》的真实性。但现在的学术界基本认为王通和《中说》都应该是真实的，此方面可参考尹协理、魏明的《王通论》（中国社会科学出版社1984年版）中的《王通与〈中说〉真伪考辨》和邓小军的《唐代文学的文化精神》（台北文津出版社1993年版）中的《河汾之学考论》。

死，礼乐其有兴乎？"①《天地》载："若逢其时，不减卿相，然礼乐则未备。……王道之驳久矣，礼乐可以不正乎？"②《事君》载："王道盛则礼乐从而兴焉。"③《周公》载："凌敬问礼乐之本，子曰：'无邪。'凌敬退，子曰：'贤哉，儒也！以礼乐为问。'"④《述史》载："中国之礼乐安在？其已亡，则君子与其国焉，……仁以行之，宽以居之，深识礼乐之情。"⑤《关朗》载："世习礼乐，莫若吾族；天未亡道，振斯文者，非子谁欤？……吾于《续书》《元经》也，其知天命而著乎？伤礼乐则述章志，正历数则断南北。"⑥关于"礼乐"，《中说》有如此多的认识，既有对乱世"礼乐"不兴而发的悲慨，也有对治世王道盛而礼乐兴的赞美，更有对自己家族"世习礼乐"而感到由衷的自豪。因此，受到"礼乐"文化精神的感召，面对当时文化领域的百废待举，王通以续书为己任，模仿孔子博大精深的《六经》的述作体系，历时九年拟作《续六经》，包括《续诗》《续书》《礼论》《乐论》《易赞》《元经》，对当时的时代文化进行总结。可见王通欲以立言之作提倡儒学复兴，恢复王道政治。"文"与"儒"在"礼乐"观念和王道政治中是密不可分的，作文以弘扬儒道和崇儒以规范创作在王通的思想中是互相促进的统一整体，其中贯穿着通过继承孔子的用世精神和述作意识以恢复儒"道"的文化理想。因此，王通对为文创作大加提倡，难怪其学生董常会发出"仲尼没而文在兹乎"的慨叹。

其次，王通明确指出其创作精神渊源于孔子的原始儒家思想，"服

---

① 张沛撰《中说校注》，中华书局，2013，第26-38页。
② 同上书，第41-57页。
③ 同上书，第70页。
④ 同上书，第112页。
⑤ 同上书，第184-188页。
⑥ 同上书，第249-251页。

先人之义，稽仲尼之心"。《王道》载："卓哉！周、孔之道，其神之所为乎？"①因此，他在创作中继承的是孔子"成一家之言"的精神，其最终理想是为新的太平时代奠定思想文化基础，创建新的典章制度。《魏相》载："《元经》，天下之书也，其以无定国而帝位不明乎？征天命以正帝位，以明神器之有归，此《元经》之事也。"②这里的"征天命以正帝位，以明神器之有归"就表明了自己著作的宗旨，为新王朝创建新制度和文物，为其革故鼎新寻找文化上的立论依据。对于此点，钱穆先生在《孔子与春秋》中以两汉公羊学③的学术精神分析王通的文化创新，指出："王通河汾之学，我们也可赋以新观点。王通之《续诗》《续书》，模拟孔经，显然还是当时北方儒学之真传统。换言之，王通还不失是西汉公羊家精神。在他的意想中，他却真想以一人之家言，将来成为新王之官学的。这在中国学术史上，王通也可谓具此观念的最后一个人物了。"④由此可见，王通所作之"文"渗透着浓厚的"以一人之家言，将来成为新王之官学"的主观意识，其自我定位是要做当代的孔子，这种文化理想和治学精神就决定了他的"文""儒"结合是建立在为新王朝立制度的基础之上，对"礼"的强调和学习在其中占有很重要的位置。如《中说·魏相》载："子谓窦威曰：'既冠读冠礼，将婚读婚礼，居丧读丧礼，既葬读祭礼，朝廷读宾礼，军旅读军礼，故君子终身不违礼。'窦威曰：'仲尼言，不学礼无以立，此之谓

---

① 张沛撰《中说校注》，中华书局，2013，第13页。

② 同上书，第207页。

③ "公羊学"是儒学传统中专门传承《春秋公羊传》的学问，是今文经学中最重要的一支，以西汉的董仲舒为代表。晚清以来，康有为等人重振公羊学风，并把此学说与改良政治紧密结合，形成"以经术文饰其政论"的传统。

④ 钱穆：《孔子与春秋》，载钱穆《两汉经学今古文平议》，商务印书馆，2001，第289页。

乎？'"①由民俗传统升华出的"礼"的观念代表着以群体承认的公共标准对个体行为的理性规范，其具体内容涉及一整套约定俗成的行为方式，一经形成又反作用于日常生活的各个方面，对于个人的人格塑造会产生深刻影响。因此，构建这种思想体系的理论性、深刻性和全面性才是王通文化创新的重点，这种近似于"子书"式的创作更接近于东汉时期王充所论之"文儒"和"鸿儒"的特点。

受到上述创作旨归的制约，王通对于"文"的理解有其特殊考虑，所持衡量标准与魏晋南北朝以来"文"的自觉的发展进程有很大距离，这突出地表现在他对"文"的审美特征抱有极端的偏见，几乎完全否定这一时期文学艺术自身发展所形成的一些规律和特色。如《中说·事君》曰："子谓文士之行可见：谢灵运，小人哉！其文傲，君子则谨。沈休文，小人哉！其文冶，君子则典。鲍昭、江淹，古之狷者也，其文急以怨。吴筠、孔珪，古之狂者也，其文怪以怒。谢庄、王融，古之纤人也，其文碎。徐陵、庾信，古之夸人也，其文诞。"②从这些评价来看，这些文士的人格特点和文学成就都被王通一概否定，尤其是他们在文学审美性方面的开拓并没有引起王通的重视。恰恰相反，这些都被王通视为不合儒家君子之道。由此可见，王通心目中的文士形象是儒雅含蓄的谦谦君子，而不是这些"小人"和狂狷之士。君子文章的审美风格则是"文质彬彬"的雅致丽则，而不是南朝文人的"急""怨""怪""怒""诞"和"碎"。对于文学所反映的内容，王通更为注重的是纲常名教和国政民俗。如《中说·天地》载："李伯药见子而论诗，子不答。伯药退谓薛收曰：'吾上陈应、刘，下述沈、谢，分四声八病，刚柔清浊，各有端序，音若埙篪，而夫子不应我，其未达欤？'

---

① 张沛撰《中说校注》，中华书局，2013，第216页。

② 张沛撰《中说校注》，中华书局，2013，第79-80页。

薛收曰：'吾尝闻夫子之论诗矣，上明三纲，下达五常，于是征存亡，辩得失，故小人歌之以贡其俗，君子赋之以见其志，圣人采之以观其变。今子营营驰骋乎末流，是夫子之所痛也，不答则有由矣。'"①这里李伯药所论和王通所重之间的矛盾关键就是如何看待文学艺术的审美特征问题。李伯药的观点是和魏晋以来的文学自觉进程紧密相连的，所谈重点也是诸如应、刘②代表的"建安风骨"和沈、谢③代表的"永明体"新诗等诗歌审美方面的新变。而王通论诗的主旨明显沿袭汉儒解诗旧法，即《诗大序》所言之"经夫妇、成孝敬、厚人伦、美教化、移风俗"的论诗标准。因此，王通对"儒道"的崇尚势必凌驾于对文学自身审美特色的重视。若走向极端，便是"以道废文"和道文之间的本末之别。如《中说·天地》曰："学者，博诵云乎哉？必也贯乎道。文者，苟作云乎哉？必也济乎义。"④这里的"学""文"和"道""义"可作互文理解。因此，王通在文学批评史上首次明确提出了"文以贯道"的思想，这是上承《荀子》中对"礼"的高度重视的认识，下开宋明理学家的文学艺术观念。同时，对"道"的过分重视使得王通修改了孔子思想中的一些有益方面。例如，《中说·事君》曰："古君子志于道，据于德，依于仁而后艺可游也。"⑤原本孔子在《论语·述而》中曰："志于道，据于德，依于仁，游于艺。"孔子于此四方面并没有决然分出轻重先后，它们作为一个

---

① 张沛撰《中说校注》，中华书局，2013，第43页。

② "应、刘"指建安七子中的应场和刘桢，他们都是曹操帐下著名的文士，其中应场擅长诗赋，而刘桢更是当时五言诗创作的代表作家。

③ "沈、谢"指沈约与谢朓，他们都是"永明体"诗歌革新的代表人物。谢朓（464—499），南齐著名诗人，是"竟陵八友"之一，与沈约共同引领"永明体"创作思潮，其作品平仄协调，对偶工整，擅长自然景物的描绘，对后来李白的影响很大。

④ 张沛撰《中说校注》，中华书局，2013，第45页。

⑤ 同上书，第78页。

整体，共同发挥作用以培养君子完善人格。而王通则把"道""德""仁"等关乎伦理人格的方面置于先行，把和"文"有密切关系的"艺"作为前三者作用的必然结果，这就造成了"艺"作为"道""德""仁"之附属的被动地位，影响了后来宋代大儒朱熹对此点的解释。①这样的改动突出地显示了王通文化思想中重"儒"轻"文"的倾向。

　　综上所述，在王通思想中，"儒"和"文"的关系极不平衡，"儒"的支配作用远高于"文"②，而且其对"文"的理解也仅局限于最广义的文章写作方面，过分强调儒学道统使"文"的内涵更偏重于表达理论思想的哲学子书式的著作，对于纯文学和文学的审美特征则极为忽视，其留存至今的唯一诗作是模仿"楚辞"体写成的，与当时的整体创作环境殊为隔膜。由此可见，王通对"文"的认识还没有达到盛唐"文儒"的圆融通达境界。这就决定了王通的解诗方法近于汉儒的重视反映现实政治和民风民俗的"诗教说"，因此钱穆先生在《读王通〈中说〉》中指出："通之儒业，乃承两汉之风，通经致用，以关心于政道治术者为主。"③其实，王通的思想不仅有两汉传统的深远渊源，也有对当时

---

　　① 朱熹对此文曰："此章言人之为学当如是也。盖学莫先于立志，志道，则心存于正而不他；据德，则道得于心而不失；依仁，则德性常用而物欲不行；游艺，则小物不遗而动息有养。学者于此，有以不失其先后之序、轻重之伦焉，则本末兼该，内外交养，日用之间，无少间隙，而涵泳从容，忽不自知其入于圣贤之域矣。"（朱熹注《四书章句集注》，中华书局，1983，第94页。）可见"先后之序、轻重之伦"就是"道""德""仁"高于"艺"，与王通的认识有明显的承继关系。

　　② 《中说·述史》载："程元、薛收见子，子曰：'二生之学文奚志也？'对曰：'尼父之经，夫子之续，不敢殆也。'子曰：'允矣君子，展也大成。'居而安，动而变，可以佐王矣。"（张沛撰《中说校注》，中华书局，2013，第193页。）王通授"文"重"尼父之经"，其最终理想是"佐王"，可见复兴儒道才是王通学说的核心，"文"只是达到此目的的途径和手段。

　　③ 钱穆：《读王通〈中说〉》，载钱穆《中国学术思想史论丛》卷四，安徽教育出版社，2004，第10页。

现实政治形势的反映，这主要是和西魏时期的苏绰改革有关。公元544年，苏绰为西魏大行台度支尚书，领著作，兼司农卿，响应宇文泰"欲革易时政"的号召，作《六条诏书》和《大诰》，并在礼仪制度上全面模仿《周礼》以建官设制。这是继王莽篡汉而大行《周礼》之后又一次重视《周礼》的高潮。钱穆先生从公羊学的影响角度对此时周官学兴盛进行了精到的分析，并注意到王通的思想与此事件的深层文化联系，可谓独具慧眼。①王通的出生时间虽较苏绰改革略晚，但毕竟去时未远，且他生活的地域河东地区与西魏国都长安接近，改革的流风余韵必然还有一定影响。从《中说》中，我们可以看到王通与苏绰在思想方面有很多相似之处。《中说·天地》载："或问苏绰。子曰：'俊人也。'"②王通对苏绰的赞美之意显而易见。《中说·魏相》载："子居家，不暂舍《周礼》。门人问子，子曰：'先师以王道极是也，如有用我，则执此以往。通也宗周之介子，敢忘其礼乎？'"③这与当时改革极度推崇《周礼》的做法如出一辙。《中说·述史》载："问性，子曰：'五常之本也。'"④《立命》曰："以性制情者鲜矣，我未见处歧路而不迟回者。"⑤可见王通明确区分"性"和"情"，且把"性"置于"五常之本"，是个体人格的根本，相对于"情"是偏重个人的个性情感，"性"则体现的是更为普遍、更趋向于儒家所强调的礼义伦理特色的人格素质。⑥因此，在王通看来，两者的关系是"以性制情"。这与苏绰在《六条诏书》中的"人

---

① 参见钱穆：《孔子与春秋》，载钱穆《两汉经学今古文平议》，商务印书馆，第285—290页。

② 张沛撰《中说校注》，中华书局，2013，第53页。

③ 同上书，第208页。

④ 同上书，第186页。

⑤ 同上书，第240页。

⑥ 关于"情""性"的比较分析，可参见傅刚：《魏晋南北朝诗歌史论》，吉林教育出版社，1995，第88—89页。

受阴阳之气以生，有情有性。性则为善，情则为恶"①的认识不谋而合。所以，我们可以说王通的思想不仅有传统的影响，也有和当时时势密切相关的联系。

值得注意的是，王通关于文人的一些认识深刻影响了初唐史官对"文儒"的理解。《中说·事君》中曾记载了王通以儒家道德规范和伦理要求强烈否定南朝许多在审美方面有所成就的诗人文士。但是他的其他言论中也曾表达了对一些文人的欣赏，如《事君》载："子谓荀悦'史乎！史乎！'谓陆机'文乎！文乎！'皆思过半矣。……子谓颜延之、王俭、任昉'有君子之心焉，其文约以则。'……子曰：'陈思王可谓达理者也，以天下让，时人莫之知也。'子曰：'君子哉，思王也！其文深以典。'"②这里受到王通赞美的文人包括陆机、颜延之、王俭、任昉、曹植。《述史》载："或问楚元王，子曰：'惠人也。'问河间献王，子曰：'智人也。'问东平王苍，子曰：'仁人也。'"③对楚元王、河间献王、东平王，王通也从儒家道德角度予以褒奖。而上述几人中，除王俭、任昉两人外，其他均在初唐时期编撰的史书中被称为"文儒"，或其生活的时代"雅重文儒"。如令狐德棻修撰的《周书·齐炀王列传》载："自两汉逮乎魏、晋，其帝子帝弟众矣。唯楚元、河间、东平、陈思之徒以文儒播美，任城、琅琊以武功驰誉。"李延寿的《南史·宋本纪中第二》载："帝聪明仁厚，雅重文儒，躬勤政事，孜孜无怠。"这与王通的认识如此相近，必然和初唐史官中的一些重要文士曾经受业于王通有关。④因此

① 令狐德棻等修撰《周书》卷二十三，中华书局，1995，第182页。
② 张沛撰《中说校注》，中华书局，2013，第78—83页。
③ 同上书，第198页。
④ 关于王通儒学思想与唐太宗贞观朝文化的关系问题，具体论述可参见傅绍良：《唐代开国时期的谏官与王通的儒学》，载傅绍良《唐代谏议制度与文人》，中国社会科学出版社，2003，第160—170页。

王通的思想才能深刻影响初唐史官的认识。当然，王通推重这些文人，主要是因其受儒家思想影响较多，而对他们的"文"的特征不以为然，这是王通与初唐史官之间的不同之处。

第二节　王勃文学思想中的"文儒"特征

作为王通之孙，王勃在文学认识上带有祖父思想的浓重印记。杨炯在《王子安集原序》中曰："君思崇祖德，光宣奥义。续薛氏之遗传，制《诗》《书》之众序。包举艺文，克融前烈。陈群禀太丘之训，时不逮焉；孔伋传司寇之文，彼何功矣。《诗》《书》之序，并冠于篇。《元经》之传，未终其业。"[①]王勃的《倬彼我系》载："曰天曰人，是祖是考。礼乐咸若，《诗》《书》具草。贻厥孙谋，永为家宝。"[②]从杨炯的记载和王勃的自述中明显可以看出王勃对祖父王通的崇敬之情，自然也就继承了家学的儒学传统。这鲜明地体现在王勃对文学历史的认识观念上，主要载于《上吏部裴侍郎启》和《平台秘略论·艺文》。

作为王勃文学观念的最集中的体现，《上吏部裴侍郎启》一直得到后人的深入研究。其中关于文学的作用、意义和价值的论述，以及对文学发展史的解释，都与王勃的儒学家学渊源密切相关。《上吏部裴侍郎启》开篇"夫文章之道，自古称难"就强调文章之"道"的重要，然后以圣人君子的为文特点作为创作标准，"圣人以开物成务，君子以立言见志，遗雅背训，孟子不为；劝百讽一，扬雄所耻"。按此认识发展，自然就引

① 杨炯：《王子安集原序》，载蒋清翊注《王子安集注》，上海古籍出版社，1995，"卷首"第75页。

② 蒋清翊注《王子安集注》诗卷，上海古籍出版社，1995，第66–67页。

导出要求反映移政化俗且与现实政教紧密结合的汉儒"诗教"说，"苟非可以甄明大义，矫正末流，俗化资以兴衰，家国繇其轻重，古人未尝留心也"。可见这种认识与王通的重视"文以贯道"、恢复圣人为文传统和推崇"《续诗》可以讽，可以达，可以荡，可以独处，出则悌，入则孝，多见治乱之情"①的言诗必及政等观念何其相似。除此以外，王勃还对文学发展史进行评述："自微言既绝，斯文不振，屈宋导浇源于前，枚马张淫风于后。谈人主者，以宫室苑囿为雄；叙名流者，以沉酗骄奢为达。故魏文用之而中国衰，宋武贵之而江东乱。虽沈谢争鹜，适先兆齐梁之危；徐庾并驰，不能止周陈之祸。"②这些论述说明王勃否定了自屈原时期到南北朝的整个文学进程，其中既有以铺张扬厉为美的汉大赋，也有文学日渐自觉的魏晋南北朝诗歌，甚至把后世奉为诗歌审美理想的"建安风骨"的功绩都一并抹杀，因此回归《诗经》所代表的"斯文"传统才是王勃心目中最迫切的要求。对于此点，大多数学者认为是反映了初唐时期改革齐梁浮靡文风的时代要求。③这种认识固然不错，但是由于没有触摸到当时文人深层的思想认识而更多地体现出当代学术思潮影响下的理解，因此时代的差异让我们在重新解读王勃的认识时仍生出以今臆古的隔靴搔痒之感。其实，杨炯的《王子安集序》已给我们提供了当时人理解此文的最佳视角："仲尼既没，游、夏光洙、泗之风；屈平自沉，唐、宋弘汨罗之迹。文儒于焉异术，辞赋所以殊源。"④顺承此文而下，杨炯的认识与王勃的《上吏部裴侍郎启》极为类似。将这两文对照，他们都把屈原的创作与《诗经》传统截然分开，其背后隐藏的

① 张沛撰《中说校注》，中华书局，2013，第65–66页。
② 蒋清翊注《王子安集注》，上海古籍出版社，1995，第30页。
③ 此种观点以郭绍虞先生为代表，见郭绍虞、王文生主编《中国历代文论选》（二），上海古籍出版社，1979，第10页。
④ 蒋清翊注《王子安集注》，上海古籍出版社，1995，"卷首"第61页。

认识标准就是杨炯所言的"文儒于焉异术"。在儒家礼乐文化认识笼罩下的《诗经》传统中，"文"与"儒"是和谐统一的整体，即孔子欣赏的"文质彬彬"。而到屈原创作出现后，这种平衡就被打破了，"文"的审美性日益突出，已经无法局囿于"儒"的观念中，这等于说以后出现的注重审美的文学都应归罪于文采惊艳的屈原创作的导源作用，因此那些发掘文学自身特征和规律的"自觉"进程都被视为受"文儒于焉异术"影响的有偏于"文"的不良倾向而加以否定，而王勃的最高理想就是回归"文""儒"结合、以"儒"节"文"的先秦儒家崇尚的"礼乐"文化。由此可见，王勃重"儒"的思想对其文学观念产生深刻影响，杨炯以"文""儒"解释王勃的文学发展史认识显然也深得其心，从这个角度我们才能真正触及王勃代表的当时人对文学的整体认识。

以"微言"和"斯文"为核心的儒家审美理想不仅体现于《上吏部裴侍郎启》，在《平台秘略论·艺文》中也有强调，如效仿曹丕而作"文章经国之大业，不朽之盛事"，将文章与经国大业联系起来，"而君子役心劳神，宜于大者远者，非缘情体物，雕虫小技而已"①，这就看出王勃所谓经国大业之文是与缘情体物之作在品格上有高下之分的，前者有经世教化之用，而后者只是"雕虫小技"，这包括诗赋等文学性较强的文体在内，其对文学审美特征的贬低不言自明。因此，王勃在《上吏部裴侍郎启》中批评"每以诗赋为先"的取士方式，认为这"未足以采取英秀，斟酌高贤也"。

这种认识并非王勃的创获，而是有着极为深刻的思想根源。一方面受到其家学中的儒学传统的影响，王通对文学与政教经世之间关系的推崇构成了王勃文学观念的核心，恢复儒道和周孔之教也是王勃在接受祖父思想时最关心的内容。除此以外，王勃的文学史观基本来自《文心雕龙》中的认识。尤其是王勃把《诗经》和屈原作品作为文学发展的

----

① 蒋清翊注《王子安集注》，上海古籍出版社，1995，第303页。

转关，便与《文心雕龙·通变》所说"黄唐淳而质，虞夏质而辨，商周丽而雅，楚汉侈而艳，魏晋浅而绮，宋初讹而新。从质及讹，弥近弥澹"①的观点一致。同时，刘勰充分论证儒家经典文风代表的"雅丽"及其与屈原之作的"淫丽"之间的差别。《宗经》曰："建言修辞，鲜克宗经。是以楚艳汉侈，流弊不还。"②其实"雅丽"与"淫丽"的对立正说明了刘勰认识中的"原道""征圣""宗经"的根本主张，其理想就是以儒家文道为主体，提倡"文质彬彬"的中正文风③，而这也是王勃倾心以求的目标，两者联系之紧密由此可见一斑。

相比于家学对其文学观念中"儒"的深刻影响，王勃在具体创作中体现的文学思想和审美感悟显示了他对"文"的理解已经远远超出王通的局限，更多地倾向于文学的审美表达。与文学观念中重视人伦教化和经邦治国的思想不同，王勃在平时的创作实践中更多地表达了诗文需要抒情的认识。如《春日孙学士宅宴序》曰："若夫怀放旷寥廓之心，非江山不能宣其气；负郁怏不平之思，非琴酒不能泄其情。"④《夏日诸公见寻访诗序》曰："天地不仁，造化无力，授仆以幽忧孤愤之性，禀仆以耿介不平之气。顿忘山岳，坎坷于唐尧之朝；傲想烟霞，憔悴于圣明之代，情可知矣。"⑤《〈春思赋〉序》曰："殷忧明时，坎壈圣代。……高谈胸怀，颇泄愤懑。于时春也，风光依然。古人云：风景未殊，举目有山河之异。不其悲乎！仆不才，耿介之士也。窃禀宇宙独用之心，受天地不平之气。虽弱植一介，穷途千里，未尝下情于公侯，屈色于流俗，凛然以金石自匹，犹不能忘情于春。则知春之所及远矣，春之所感

---

① 范文澜注《文心雕龙注》，人民文学出版社，1958，第520页。
② 同上书，第13页。
③ 参见《文心雕龙注》中的《原道》《征圣》《宗经》《辨骚》等篇。
④ 蒋清翊注《王子安集注》，上海古籍出版社，1995，第189–190页。
⑤ 同上书，第225页。

深矣。此仆所以抚穷贱而惜光阴，怀功名而悲岁月也。"①这些文章带有强烈的抒情意味，也表达了王勃对创作的一些切身感悟，简言之，即借琴酒宣泄的"郁怏不平之思"和受之天地的"不平之气"，这便构成了王勃诗文中最主要的情感基调。由此可见，在具体创作中，王勃并没有完全贯彻其文学观念中的政教主张，也不是把文学视为"雕虫小技"的无聊之作，而是将文学视为心中积蓄了诸多情感后的有为而发，这种重视作家情感郁积的文学观正是王勃对文学抒情性的特殊认识。

这种抒发"不平之气"的观念在此前的文学发展中有着悠久的历史传统。孔子在《论语》中谈及诗歌作用时就指出"诗可以怨"，明确把怨愤讽刺之情当作诗歌情感抒发的重要方面。后来屈原的"发愤以抒情"和司马迁的"发愤著书"说更是把悲怨文学的传统推向高潮，不仅通过创作表达忧慨愤激之情，还以历史实际为基础把这种认识提升到理论高度，真正使之凝定为文学创作中有深远影响力的传统。这种认识在南北朝时期又得到很好的延续，在文学创作上，江淹的《恨赋》和《别赋》成为此时具有强烈悲怨抒情的突出作品，理论上则以钟嵘《诗品》为代表大力提倡悲怨文学精神。如《诗品序》中的"嘉会寄诗以亲，离群托诗以怨"表明了借诗歌以达相思离别的悲怨之情，承接此文以下，钟嵘又列举诸多事例，如"楚臣去境，汉妾辞宫""塞客衣单，孀闺泪尽"等，都不外乎悲伤幽怨的激荡情怀，这正是从当时丰富的创作中总结出的经验之谈。②王勃对"不平之气"的体验正是继钟嵘之后对屈原和司马迁开创的悲怨文学传统的传承和发展。这种文学思想也突破了儒家传统诗论中"发乎情，止乎礼"的对情感自由抒发的限制以及强调颂美为主的诗歌写作，更加重视作

① 蒋清翊注《王子安集注》，上海古籍出版社，1995，第1—2页。
② 关于详论钟嵘悲怨诗歌思想的内容，参见王运熙先生和杨明先生所著《魏晋南北朝文学批评史》（上海古籍出版社1989年版）之《钟嵘〈诗品〉》一章中的"论诗歌的特征和思想艺术标准"。

家个体情感的强烈抒发和自然流露。以此为指导，初唐四杰的诗文创作都贯注了自己才不得展、沉沦下僚、遭遇艰难的忧郁不平之感，以及坚守文人以道自任、不同流俗的高洁气节和崇高理想。这种重视个性情感的认识对改革六朝时期浮靡无骨的文风有强烈的涤荡之用，代表了初唐时代富有生气的文学思想，也预示了盛唐文学高潮的发展方向。

除此以外，王勃的作品中也显示了一些有益于文学审美性的主张和意见。如《平台秘略赞·艺文三》曰："争开宝札，竞耸雕章。气陵云汉，字挟风霜。"[1]这与《平台秘略论》中视缘情体物的写作为"雕虫小技"有天壤之别，并以"气凌霄汉，字挟风霜"表达了自己心目中的理想文风，其与抒发"不平之气"的思想是相通的，都讲求文章要有丰沛的气势和刚健的骨力。同时，对文采华美的推崇也出现于王勃的文章中，如《与契苾将军书》曰："伯喈雄藻，待林宗而无愧。"[2]《为人与蜀城父老书》曰："雄图蹙运，至尊纳背水之谋；丽藻升朝，天子赏凌云之作。"[3]《冬日羁游汾阴送韦少府入洛序》曰："子云笔札，拥鸾凤于行间；孙楚文辞，列宫商于调下。"[4]《山亭思友人序》曰："至若开辟翰苑，扫荡文场，得宫商之正律，受山川之杰气，虽陆平原、曹子建，足可以车载斗量；谢灵运、潘安仁，足可以膝行肘步。"[5]由此可见，王勃在文采方面注重词调音韵的和谐，"列宫商于调下"和"得宫商之正律"即指于此；还对文采华美的作家表示赞美，如"丽藻升朝"的司马相如，甚至欲与陆机、曹植、谢灵运、潘岳等文学大家在文采方面比较高下，足见王勃对文采的重视和对自己文章的自信。其实，王勃所擅长的正是当时日趋成熟且

---

① 蒋清翊注《王子安集注》，上海古籍出版社，1995，第428页。

② 同上书，第176页。

③ 同上书，第178页。

④ 同上书，第240页。

⑤ 同上书，第274页。

讲究辞采华美、深于用典和对偶的骈体文，如其赋、序、碑和书等都是以骈文写就的，在王勃文集中占据绝大部分①，这些文章吸取六朝文风中重视语言美的方面②，贯之以强烈的情感和宏大的气势，这些突出的创作实绩真正体现了王勃注重文学自身审美特点的深层认识。

综上所述，王勃在文学观念上接受家学传统，重视"礼乐"观念对"文""儒"的调节，透露出儒学制约文学的认识，否定文学自身特点的发展，但在实际创作中根据自己的甘苦经历道出了对文学审美性的推崇和抒发郁结于心的悲愤之气的思想，显示了不能为"儒"所局囿的"文"的本质特色，可见王勃的文学思想已经突破王通的狭隘见解而展现了受新的时代风气感召的新气象，促进了文学创作在保留六朝积淀的审美成就的基础上继续开辟新境界的发展进程，使魏晋六朝和盛唐之间保持了文学遵循自身规律演变的连续性。同时，对王勃文学思想的分析也告诉我们，按照罗宗强先生提出的文学思想的研究方法③，必须结合作家的创作实践以探究其对文学的真正认识，不仅要把握王勃受儒学深刻影响的文学观念，更要从其作品中寻绎出他的思想中真正有益于文学发展的闪光之处。只有通过这种更全面的考察，我们才能理解以王勃等初唐四杰为代表的初唐文学在联结六朝和盛唐文学中的重要价值，正确认识其中隐含的文学思想沿革的深层关系。

---

① 根据留存至今的作品《王子安集注》，王勃有诗文二十卷，除诗一卷外，其他文章皆是骈文。

② 关于骈文在中古时代，尤其是南朝时期的影响问题，可参见王运熙先生的《中古文论要义十讲》（复旦大学出版社2004年版）中的《中国中古文人认为作品最重要的艺术特征是什么》和《南朝文人最重视骈体文学》两篇文章。

③ 关于文学思想的研究方法，罗宗强先生首先在《李杜论略》（内蒙古人民出版社1980年版）中提出设想，后在《隋唐五代文学思想史》（上海古籍出版社1986年版）的序言中明确提出此方法，并运用于实践，进而使其初具体系，促进了我国古代文论研究的深入。本书对王勃文学思想的研究在这方面受益良多。

第三节 "文儒"王勃的人格特征与创作特色

王勃作为"初唐四杰"之一，家族儒学的深厚底蕴和在文学上的开风气之先，使他很自然地成为初唐时期将儒学和文学在为文创作中进行融会贯通的代表文人，这是继初唐史官在修撰史书中突出"文儒"概念之后，进一步推动"文儒"向创作领域延伸的表现。以往对王勃的研究多集中于单纯的文学方面，而对他在家学背景影响下形成的儒学和文学的结合关注很少。王勃在《上明员外启》中叙述自家身世时曰："祖德家声，代有纵横之目。及金陵东覆，玉马西奔。髦头杰起，文儒继出。"①这里王勃就明确地把自己家族中在文化上有所贡献之人称为"文儒"，其中不仅仅包括其祖父王通，也暗含自己，"文儒继出"表明他所期望的身份特征，可见王勃确实是初唐时代对"文儒"有自觉意识的作家。因此，我们有必要对王勃作品中体现的初唐"文儒"人格特征和文学成就进行探讨。

一、儒家知识分子思想和生活的两个维度

儒家文化从其诞生之初便赋予传统士人以追求崇高理想的精神和不同流俗的高洁人格。虽然时代的发展变革要求士人的社会功能日益分化和完善，形成了许多不同类型的知识分子，但其同源一脉的文化

---

① 蒋清翊注《王子安集注》，上海古籍出版社，1995，第138页。

精神和人格素养从本质上却得到了继承和发扬。其中以"王道"为核心的社会理想是儒家知识分子的安身立命之本，是他们能够推进社会进步的主要动力，更是儒家文化区别于先秦其他学术流派的最大不同。而且这种对"道"的探索在儒家士人看来必须与现实的社会效应密切结合，这就决定了儒士具有与生俱来的强烈关注现实和积极入世的淑世精神。如孔子对士的要求为"志于道，据于德，依于仁，游于艺"，教导弟子说："笃信好学，守死善道。危邦不入，乱邦不居。"而这种"道"指"礼为用，和为贵，先王之道斯为美"。孟子说："天下有道，以道殉身；天下无道，以身殉道。"可见儒家之"道"不仅寄托了知识分子对上古三代理想社会的向往，同时又具有很强的社会现实意义。因此，"王道"理想及其在现实中的实现促使一代代儒士不断地投身于社会变革之中，他们总是不满足于现状，而要以理想主义的精神超越一己之利，希望能通过自己艰苦的实践把现实推进到更高的境界。这是我们认识儒家知识分子的基本前提。

在"道"的作用下，儒士的生活呈现出两极化的矛盾对立，这对他们的人格塑造产生了深刻影响。一方面，注重理想性使儒士能够平交王侯、傲视权贵，即使在入世之时也能保持人格独立，不因世俗的阻碍而轻易放弃自己的文化操守。孔子曾言："富与贵，是人之所欲也；不以其道得之，不处也。贫与贱，是人之所恶也；不以其道得之，不去也。"①当然，这种对"道"的持守更多地是在知识分子失位沉沦中给予其坚定理想的心理力量，是在理想与现实难以真正统一时平衡其痛苦的失意心态。这种"造次必于是，颠沛必于是"的近似于宗教奉持的精神后来发展为孟子所推崇的"富贵不能淫，贫贱不能

① 杨伯峻译注《论语译注》，中华书局，1980，第36页。

移，威武不能屈"的大丈夫之气，促使他们在逆境中坚持，在困境中奋起，用自己光明的理想照亮黑暗污浊的现实。这种执着的精神能够在知识分子失意时发挥重要作用，其根本指向是变革现实以推动未来社会的复兴。另一方面，把理想之"道"现实化的过程又需要知识分子寻找实现理想的途径，由于缺乏自主实现理想的能力和基础，他们必须依附于王权以参与国家的管理，正如孔子倡导的"学而优则仕"的主张。因此积极入世使得他们有时不得不对现实作出妥协，这突出地表现在面对权威时的谦卑与恭敬，收敛起那种以道自任的自信和豪迈。现实生活的压力和磨难总是给凭依于道却失位沉沦的知识分子带来巨大的精神苦闷，迫使他们在寻找理想实现的过程中总要面临强大的世俗权力对个体自我价值的压制和否定。孔子和孟子都曾为实现政治理想而奔走四方，游说列国，但春秋战国的纷乱征伐使得当时的君王大多崇尚武力和霸道，很难对儒家的礼乐理想和王道政治感兴趣。因此孔子和孟子都深感世事艰难，有时也不得不屈从于生存的压力而违背自己的理想初衷，如孔子曾言"危邦不入，乱邦不居"，但就他游历施政的一些列国来看，像陈、蔡等很多都是"危邦""乱邦"，这显然与其主张不合，足见孔子在理想和现实发生冲突时也未能免俗。因此，儒家知识分子总是徘徊于这种由"道"而生的两极震荡的精神冲突中，这对他们的人格养成和文章创作都产生了极为深刻的影响。如果具体分析受儒家影响甚深的知识分子的人格与创作，对"道"近似宗教意蕴的向往和欲实现之的非宗教性的现实精神构成我们立论的两个基本维度。

二、王勃特殊的入仕观及其影响下的创作特点

文人的本质特征决定了"文儒"仍然从属于古代知识分子的大群体，因此"文儒"身上依然流溢着传统儒家士人文化精神的遗风余韵。

他们特别注重自我价值的社会性实现，积极投身于现实政治的实践中，期望按照"内圣外王"的要求，以在现实中创造不世的事功来完成其个体人格的不朽。作为初唐时期文人的鲜明代表，王勃的思想、行为和创作正是对这种精神价值的积极实践。

家族儒学的深远渊源在王勃的思想和生活中留下了明显的印记，这促使他希望在当时的太平时代能建功立业。尽管王勃终身未得施展才能的机会，才高位下的尴尬处境说明他始终不能进入国家管理的中枢阶层，但是我们并不能以此就判定王勃没有进取之心。恰恰相反，王勃的很多文章表明了他对进身入仕的热切向往。如唐高宗麟德元年（664），王勃十五岁时上书刘祥道，指论时政，同时表明自己的仕进之心。唐高宗乾封元年（666），王勃应幽素举及第。同年，他不仅作《上皇甫常侍启》以求皇甫公义援引入仕，甚至直接呈送《宸游东岳颂》和《乾元殿颂》给唐高宗，希望以文才得到君王的垂青。次年又作《上李常侍启》和《上武侍极启》以求李安期和贺兰敏之的汲引。可见王勃虽得及第，但是朝散郎的官职在他看来，显然不能获得自己理想中施展才能的愿望，这才一次次地上书贵宦和帝王，以期能得到更大的任用。乾封三年（668），王勃在得到沛王李贤的青睐后仍给唐高宗上《九成宫颂》和《拜南郊颂》。在戏作《檄周王鸡文》而被唐高宗逐出沛王府后，王勃曾遍游蜀地。唐高宗咸亨二年（671），王勃再次入京参选，这次他以《上吏部裴侍郎启》论文章之道，向裴行俭表达了强烈的入仕愿望。[①]因此，这些干谒之作充分显示了王勃积极入世的行动和心态，我们可以通过分析这些文章及其创作背景来具体揣摩王勃积极入世的真实想法和深层心态。

---

① 上述文章系年悉从傅璇琮主编《唐五代文学编年史》初盛唐卷，辽海出版社，1998。

但是作为知识分子特殊的发展阶段，"文儒"又具有区别于前代文人的显著特色。王勃自然具有不同寻常的思想特征，这主要体现在以君臣遇合问题为主的士人仕进途径上。如他在《上绛州上官司马书》中曰："至若时非我与，雄略顿于穷途；道不吾行，高材屈于卑势。孔宣父之英达，位未列于陪臣；管公明之杰秀，名仅终于郡属。有时无主，贾生献流涕之书；有志无时，孟轲养浩然之气。"[①]君臣遇合与否一直是困扰士人仕进的重大问题，而且这与时代风气有着密切的关系，以往的文学作品中曾有深刻的探讨，如班固的《幽通赋》和张衡的《思玄赋》等都是如此，最终在东汉的抒情赋中形成了述志赋的创作潮流，以表达文人在宦海沉浮中的情志。王勃在此继承了这类文学传统而把对"道"与"时"及君臣遇合问题的思考引向深入。在这里，王勃把实现理想的途径寄托于时代的感召，尤其是帝王的欣赏方面，不仅需要自己有坚定的宏大志向——这是个人的主观因素，同时又要辅之以清平时代的良好环境——这是大环境的基础。其中最关键的是帝王必须行道，只有帝王才能提供士人施展才干所需的具体条件。否则，士人即使身处的时代和个人的条件再优越，也难以顺利推行儒家的社会理想和政治主张，"有时无主，贾生献流涕之书；有志无时，孟轲养浩然之气"即有此意。因此，实现理想的最后落脚点是拥有至高无上权力的帝王，如果缺少帝王的支持，文人也难免"贾生献流涕之书"的痛苦，而没有时代的环境，就只能像孟子那样追求个体的修为，难以将理想付诸实践。可见王勃对士人入仕的条件已有清醒的认识，并结合前人的经验，更加细致地分析了士人理想实现的途径问题。在王勃的心中，帝王是否青睐对自己政治理想能否实现有举足轻重的作用。这也就决定了王勃希望实现理想的途径并不是如常

---

① 蒋清翊注《王子安集注》，上海古籍出版社，1995，第165页。

人那样遵循仕途晋升的常规法则，而是向往君臣知己的风云际会式的遇合，这更显出王勃的文人气质，所以"妙造无端，盛衰止乎其域；神期有待，动静牵乎所遇"道出了王勃希望得到帝王的直接重用而青云直上的想法。"向使太公失于周伯，则旗亭之屠父；韩信屈于萧何，则辕门之饿隶"就是王勃以历史上君臣遇合的典型事例表明了自己的心迹。尤其是为后人津津乐道的姜子牙与周文王的例子也得到了王勃的赞美，《太公遇文王赞》正是他所向往的理想实现途径的典型象征。

带着这样不同寻常的想法，王勃选择了一条打破常规仕进的进身之途。而这种近乎不可能实现的理想虽然让王勃的仕途充满坎坷，却显示了他独立自由的崇高人格。即使面对王权的威严也是如此，更不用说面对那些邀时汲誉的一般朝臣了。这种"鹰扬豹变，吐纳风云"的豪迈雄放、意气风发是王勃在满怀希望地积极寻求理想实现时最突出的人格表现，如《上绛州上官司马书》曰："有非常之后者，必有非常之臣。有非常之臣者，必有非常之绩。至今雷奔雨啸，风旋电转，拾青紫于俯仰，取公卿于朝夕。"[1]这里用司马相如的典故说明自己的非常志向，即使在此种极需要对方汲引的情形下，王勃也没有放低姿态、委曲求全，而是依然高扬人格理想，把功名的获得看得如此轻松，文字中自然透露出作者的无比自信和雄豪气度，这正是其高华人格在生活和文章中的集中体现。《为人与蜀城父老书》曰："当天下之泰，不能俯拾青紫，高视搢绅，攀北极而谒帝王，入南宫而取卿相。……嗟乎，诚下官所以仰天汉而郁拂，临江山而慷慨者。"[2]这是王勃从反面表达了自己身处盛世更应受帝王青睐的自信心态。

---

① 蒋清翊注《王子安集注》，上海古籍出版社，1995，第164-165页。
② 同上书，第181页。

　　既然王勃把仕进希望全部寄托于帝王的垂青上，那么他必然会直接上书帝王以求理想实现，因此王勃文集中的"颂体文"便是对这种理想实现方式加以实践的鲜明体现。虽然这种文体的数量在其文集中并不是很多，但是如果结合王勃独特的入仕认识和君臣观念，那么对此文体的研究就显得很有必要了。

　　现存王勃文集中的颂文有《拜南郊颂》《九成宫颂》和《乾元殿颂》，另有《宸游东岳颂》已佚。这几篇颂文的创作时间非常集中，《宸游东岳颂》和《乾元殿颂》作于唐高宗乾封元年四月，这恰是王勃幽素举及第的时候。《拜南郊颂》和《九成宫颂》则是于乾封三年所献，当时王勃为沛王府侍读。同时，这些文章的创作又和当时的一些重大事件紧密相连，如《九成宫颂》作于"上幸九成宫"时，《乾元殿颂》则作于乾元殿落成之时，《宸游东岳颂》针对的是高宗到东岳泰山之事，《拜南郊颂》则作于高宗平高丽而将祀南郊的时候。由此可见，王勃创作这些文章的目的很明显，那就是要向皇帝直接展现自己的文章才华，歌颂太平盛世，博得帝王的垂青，从而达到自己期望的青云直上、立取卿相的仕进梦想。

　　相对于前代的颂体文来说，王勃的这些文章具有不同以往的新特点。颂体文起源于《诗经》的"颂"诗，当时是"美盛德之形容"的宗庙乐歌，虽典雅雍容，但情感欠缺，这影响了后世此种文体的发展。好文章如屈原的《橘颂》，"情采芬芳，比类寓意"，寓己意于赞美中，具有很高的艺术成就。但等而下之者则"徒张虚论，有似黄白之伪说矣"，只有虚美伪说而无真情实感，这体现了汲汲功名的势利之徒的谄媚之辞，自然无甚艺术价值。既然王勃是要以此作为自己的进身之阶，文章中必然免不了有赞美当世、歌功颂德之意，这些文章的写作时间及其与当时政治形势的紧密关联就很能说明问题，这是对颂体文基本体制的继承。但是王勃身受儒家文化熏染，追求个性自由和人格独立的精神又让他在写作时不会坠入那些谄媚之辞的低俗，而是在"文儒"的内在精神指引下显示了新的时代气象，这主要体现在王勃的《拜南郊颂》①中。

《拜南郊颂》作于高宗平定高丽而将祭祀南郊之时，因此该颂文反映了当时的重大事件。文章的主旨是盛赞唐代拯乱救溺，平定高丽，扭转颓风，开辟新朝，符合上天的皇道意志。武力征伐之后又能实行仁政，政通人和，制度日趋完备，这样的盛世可谓超越汉魏，接续周政，使上古三代的王道理想隔世重现。例如，"理定创礼，功成作乐"和"体刚柔而立本，法震曜而崇威"言天下安定后的礼乐制度建设；"奉三灵之康泰，知四海之安乐"和"德兼祥风洒，道与和气游"说四海升平、天下安定的太平景象；"顿汤文之后尘，仁尧舜于中路"则是赞扬盛世堪与尧舜三代的理想社会相媲美。该颂文可分三部分：第一部分是说唐代兴盛顺天应命，高祖太宗英明神武，文治武功开创国家的中兴局面；第二部分是颂扬高宗实行仁政，制礼作乐，并平定高丽，其功远超前代成就；第三部分则是说明自己对盛世的感受和心目中的王道理想。其中值得注意的是，本来促使高宗祭祀南郊的最大原因是取得了平定高丽的胜利，因此这件事本应该在文章中占据重要篇幅。但是王勃只以"良将首路，偏戎竟野；舳舻万里，旌旗四合"，"金缃玉匮，司空凭百胜之威；鹗视龙趋，将军仗万全之略"等寥寥数笔一带而过，根本没有对战争进行充分的描写。其实这正体现了王勃的文化思想。当年王勃十五岁时，曾上书刘祥道，作《上刘右相书》，畅论时政，兼以自陈，里面就曾论及高丽之役。话语之间，明显透露出王勃并不赞同武力征伐高丽，而是主张以仁德之政感化之。同时，王勃还告诫帝王要以秦汉的穷兵黩武导致政息国亡为

---

① 蒋清翊注《王子安集注》，上海古籍出版社，1995，第323–338页。

鉴，因此四年之后在作《拜南郊颂》时，王勃依然坚持己见，对高丽之役的轻描淡写与对王道理想的极度渲染正说明了他还是想让帝王认识到实行儒家的仁政理想才是治国的基本方针。《上刘右相书》中的"昔明王之制国也，自近而及远，先仁而后罚"[①]与《拜南郊颂》中的"伐罪以明，而不以众。怀远人于绝境，均惠化于殊邻"[②]的治国思想和对待战争的态度便有了异曲同工之意。从这个角度来看，王勃的《拜南郊颂》就具有了否定战争、劝说帝王实行仁政的现实意义。这种深曲幽微的表达方式显然是对《毛诗序》倡导的"主文而谲谏"传统的继承。因此王勃的《拜南郊颂》就不仅有颂美当世的表层意义，更有劝说高宗实行仁政等儒家治国思想的深层意蕴。在这样的认识下，王勃的创作就不会是那种无聊的谄媚逢迎，而是有着自己对于时政的深入思考，文章体现的情感趋向也是士人与君王相对平等的对话，而没有失去自己的人格和文化理想。这在颂体文的创作中是极为难能可贵的。

《九成宫颂》和《乾元殿颂》是以宫殿为主要描写对象的文章，这是继承了汉魏六朝时期的宫殿赋的创作传统。在铺叙宫殿的宏伟壮丽时，加之以对太平盛世的颂美，其歌功颂德的意味是很明显的。但这样的文章在艺术特色方面也有可取之处。当然这也是王勃颂体文的突出特点，杨炯概括为"得其片言，而忽焉高视；假其一气，则邈矣孤骞。窃形骸者，既昭发于枢机；吸精微者，亦潜附于声律。虽雅才之变例，诚壮思之雄宗也。妙异之徒，别为纵诞，专求怪说，争发大言。乾坤日月张其文，山河鬼神走其思。长句以增其滞，客气以广其灵。已逾江南之

---

① 蒋清翊注《王子安集注》，上海古籍出版社，1995，第153页。
② 同上书，第329页。

风，渐成河朔之制。"①王勃此种文风的渊源可以归纳为两点：首先，王勃的颂文在艺术上继承了汉大赋的铺张扬厉之美，如《九成宫颂》和《乾元殿颂》对宫殿的夸张式的描绘，以及对王道理想的不遗余力的推崇，都需要王勃向汉大赋那里汲取经验，而且这种题材本身的起点就是王延寿的《鲁灵光殿赋》，这种影响主要是铺张扬厉之美带来的气势壮大雄阔，即杨炯所言之"假其一气"和"壮思之雄宗"。由此可见，汉赋的传统影响可谓深矣。其次，这种颂体文的创作也有现实的效法对象，在王勃生活时代之前不远的许敬宗等人就曾大兴颂文创作，以表达对太宗、高宗的赞美之情。但是这些颂文大多文句不通，只是堆砌华丽的辞藻和宏大的意象，毫无思想感情可言，当然更谈不上艺术价值了。但是就影响来说，虽然王勃以其自信心态和高洁人格对许敬宗等人的创作是否定的，但我们并不能因此忽视两者之间的联系，杨炯所说的"乾坤日月张其文，山河鬼神走其思"和"争发大言"正说明了王勃之文与许敬宗的创作在意象上极为类似，都偏爱于使用诸如乾坤日月这样的雄伟意象，当然这与文体需要也有关系，颂美圣君自然要德比日月、功盖乾坤，只有这样才能收到使君王志得意满的效果。关于两者之间的关系，当前的研究者提出两种意见：葛晓音先生赞同王勃的颂文受到过许敬宗创作的影响，而杜晓勤先生则认为王勃等初唐四杰反对的龙朔变体应该包括许敬宗的颂体文和上官仪的"上官体"。②但是不论从王勃的创作实际，还是从杨炯的"乾坤日月张其文，山河鬼神走其思"的归纳来看，葛晓音先生的意见更接近实际。

---

① 蒋清翊注《王子安集注》，上海古籍出版社，1995，"卷首"第71页。

② 关于葛晓音先生的观点可参考《诗国高潮与盛唐文化》（北京大学出版社1998年版）中的《论宫廷文人在初唐诗歌艺术发展中的作用》一文，杜晓勤先生的观点详见《初盛唐诗歌的文化阐释》（东方出版社1997年版）中的《龙朔初载"文场变体"辨析》一节。

三、王勃政治失意时的文章创作

虽然王勃曾经有过幽素举及第的经历，但是由于自己的文人性格，为沛王戏作《檄周王鸡文》使得王勃实现政治理想的期望迅速破灭，被唐高宗赶出了王府，开始了他游历西蜀的生活。这是大多数文人都会遇到的失意境况。在这种情况下，文人们会把精神寄托于儒家崇尚的道德理想，坚持自己的文化操守，以此保持高洁的人格，不与黑暗的现实同流合污，同时以坚定的心理力量平衡失意的痛苦。这种坚持的具体方法可以大体概括为两种：一种是孔子赞赏的颜回式的箪食瓢饮而不改其乐的安贫乐道；另外一种是陷于现实与理想的矛盾冲突之中而奋发有为，如屈原的"发愤以抒情"和司马迁的"发愤著书"说。前者更像是哲人式地参透生命的真谛，回复本心的澄明，以自我的安心来平复现实与理想的剧烈冲突，把自我提升到理想的高度以成就自我人格的"以天合天"式的完美。因此这一般是哲人的首选。后者则是坚持自我的个性，直面现实的黑暗，突出现实与理想的激烈矛盾，若以势单力孤的自我与整个黑暗的现实对抗，他们可能会失去生命，因此这种生活凸显的是在矛盾的冲突中坚守自我个体的人格魅力和精神价值，具有悲剧式的崇高之美。而且他们往往会在政治理想破灭后选择为文创作以求立言不朽。主导这种振奋了无数士人心灵的价值选择的精神支撑是个体人格的道德理想，换言之，就是在文章中更多地贯注了创作主体的感情和精神，因此后者大多是文人选择的方式。

通观王勃在政治失意时的创作及其体现的人格，面对生活的困苦和压力，他选择的是文人式的应对方式，即用文章表达自我高尚的人格和不同流俗的精神趋向，沉郁之中寄寓着强烈的悲慨和痛苦。这突出地表现在他于西蜀游历中创作的《〈春思赋〉序》："咸亨二年，余春秋二十有二，旅寓巴蜀，浮游岁序。殷忧明时，坎壈圣代。九龙县令河东柳太易，英达君子也，仆从游焉。高谈胸怀，颇泄愤懑。于时春也，风光依然。古人云：风景未殊，举目有山河之异。不其悲乎！仆不才，耿介之士也。窃禀宇宙独用之心，受天地不平之气。虽弱植一介，穷途千里，未尝下情于公侯，屈色于流俗，凛然以金石自匹，犹不能忘情于春。则知春之所及远矣，春之所感深矣。此仆所以抚穷贱而惜光阴，怀功名而悲岁月也。岂徒幽宫狭路，陌上桑间而已哉。屈平有言，目极千里伤春心。因作《春思赋》，庶几乎以极春之所至，析心之去就云尔。"[1]这集中体现了王勃面对困境时所产生的情感和心态。生逢太平盛世，王勃期望用平生所学实现政治理想，这也是其祖父王通因苦于乱世纷争而难以达成的毕生夙愿。但是王勃恰恰具备其祖父不曾遇到的有利条件，社会繁荣，政治稳定，正是推行儒家礼乐理想的大好时机，而且王勃通过幽素举已经进身政途。正当信心百倍之时，沉重的打击却随之而来，这不仅是仕途的挫折，更是理想的破灭。"殷忧明时，坎坷圣代"，这种时代的美好和个人的困顿之间的对比愈加强烈。加之以"耿介之士"的不屈个性，王勃在这里表达的正是自己的"不平之气"。其实这里的"春思"只是王勃抒情的载体，其真正的目的是"析心之去就"，而致使他内心不平的最大原因是"抚穷贱而惜光阴，怀功名而悲岁月"，时光流逝却功名未成让王勃深陷人生的迷惘和悲慨。这是许多立志功名、心怀理想的士人普遍具有的遭遇，屈原就是其中的代表。王勃将屈原引为同调，借由持守理想与黑暗现实的碰撞所产生的情感共鸣使之更具有文化的象征意义，说明自己的痛苦境遇有着深远的传统，而伤春就是这种传统的文学化表达，不平之中的沉郁悲慨就是其情感基调。这一切都植根于士

---

① 蒋清翊注《王子安集注》，上海古籍出版社，1995，第1–2页。

人们信奉的儒家文化的刚毅精神和对社会理想的执着追求与现实生活之间发生的矛盾。

在这样的情感作用下，王勃的西蜀生活虽然意味着政治生涯的严重挫折，但是这种愁苦生活本身及王勃对待它的方式成就了他光辉的文学生命。从总章二年（669）五月到咸亨二年（671）九月，短短不到三年的时间，王勃创作了大量的诗文，而且很多诗文具有强烈的抒情色彩，这与他的《春思赋》中的"不平之气"是一致的。王勃现存的赋作中，除《春思赋》外，还有《江曲孤凫赋》《涧底寒松赋》《青苔赋》和《慈竹赋》等。这些作品体现了王勃继承六朝抒情小赋的艺术成就，以抒情言志为主，以具体意象寄托自己的心志。如《江曲孤凫赋》以"天性不违"的孤凫象征自己在逆境中要"去就无失，浮沉自然"①，不能因个人的一时得失而轻易放弃理想。虽然王勃试图以此驱除伤感和愁苦，但这并没有真正使他释怀于失意，言语之间还是流露出担忧之情，"伤云雁之婴缴，惧泉鱼之受饵"正是王勃忧虑落入尘网后难以抵抗世俗诱惑的心态象征。《涧底寒松赋》则是从题材上化用了左思《咏史》诗中"郁郁涧底松"的诗句，以位于人迹罕至之处的寒松比兴，喻指那些"冒霜停雪，苍然百尺"的栋梁之材，却因"托非其所"而难有出群之日。因此，王勃在情感表达上也吸取了左思诗的经验，像左思这样有才华的诗人，身处"上品无寒门，下品无士族"的门阀社会，却因出身寒门而难有进身机会。这与王勃当时的失意处境极为相似，情感的共鸣自然让王勃以此为象征表达了难以言喻的精神苦闷，"徒志远而心曲，遂才高而位下"②不仅是此时王勃的心理写照，更是道出了历代失意文人的痛苦心声。尽管现实逼迫着他们

---

① 蒋清翊注《王子安集注》，上海古籍出版社，1995，第33页。
② 同上书，第38页。

放弃理想追求和高洁人格，但是士人依然选择不为名利所拘的"君子固穷"精神而对抗世俗的污浊，由此生发的源于"不平之气"的心态和情感始终伴随着王勃的蜀中生活，影响着他的文章创作。

王勃坚持儒道理想的精神在其《益州夫子庙碑》中有集中体现。"勃幼乏异才，少有奇志。虚舟独泛，乘学海之波澜；直辔高驱，践词场之阃阈。观质文之否泰众矣，考圣贤之去就多矣，自生人以来，未有如夫子者也。嗟乎，今古代绝，江湖路远，恨不得亲承妙旨，摄齐于游夏之间，躬奉德音，攘袂于天人之际。"① 由此可见，王勃对孔子的推崇备至正说明了他深受儒家思想的影响。而对儒家思想吸收最多的是"兴九围之废典，振六合之颓纲，有道存焉，斯文备矣"，也就是儒家倡导的礼乐文化理想，即斯文之道。由此可见，身处逆境的王勃非但没有放弃儒家理想之道，反而更加坚定地以此为立身之本。当王勃结束蜀中生活于咸亨二年冬参加铨选时，上书裴行俭所作的《上吏部裴侍郎启》就鲜明地体现了王勃以儒家文化观分析文学发展，并以礼乐文化作为文学发展的理想目标，倡导以此改革当时的颓靡文风，这也从侧面看出遭遇困境的王勃一直坚持儒家思想，正如他自己所说："君子不以否屈而易方，故屈而终泰；忠臣不以困穷而丧志，故穷而必亨。"② 虽然最终并没有"屈而终泰""穷而必亨"，但是王勃在困境中做到了"不以否屈而易方""不以困穷而丧志"，始终怀有如他在《春思赋》中所说的"长卿未达终希达，曲逆长贫岂剩贫"③的乐观精神，儒家文化的坚韧人格是支撑其走出痛苦生活的良药，也是他此时的文章创作中最突出的主题，因此蜀中创作从根本上体现了王勃

①蒋清翊注《王子安集注》，上海古籍出版社，1995，第457页。

②同上书，第189页。

③同上书，"卷首"第14页。

的君子固穷、持守理想的人格精神，其"不平之气"正是这种人格与现实困苦冲突的文学表现，而这种重视情感的倾向最终成为初盛唐改革六朝文风的根本出路。

综上所述，王勃的人格价值趋向深受儒家文化的影响，进而作用于文学创作，在延续儒家传统精神遗脉的同时又充分显示了自己鲜明的个性，那就是王勃近乎理想化地崇尚独立人格和自由精神，这从根本上决定了他独特的入世途径、君臣观念和抒发失意生活的方式。进身仕途之时可以傲视权贵、不惧皇权，以道自任，循道而行，面对政治势位的压力依然满怀豪情壮志、任性自然，发而为文，就形成了积极进取之时张扬阔大、豪迈激越的艺术风格，而身处逆境之时则是继承屈原、司马迁等前贤的精神，坚持儒家遵循的"道"高于"势"的理想，以充满感情的笔调把这种追求贯注于文章创作，造就了沉郁悲慨的愁怨品格。因此，不论仕宦的出处变幻，王勃的文章都是自我个性的真实体现，豪迈激越与沉郁悲慨的情感交织在艺术上，呈现出既雄浑又悲壮的品格，看似矛盾，实则统一于理想人格与现实生活的关系中。因此，这种艺术品格正与杨炯"壮而不虚，刚而能润，雕而不碎，按而弥坚"[1]的评价相吻合。由此可见，王勃的新型人格趋向既继承了魏晋时期任情适性、超凡脱俗的文人风度，更从深层意蕴上与盛唐时期独立自由、气势郁勃的时代精神达成契合，与之相表里的崭新文学风貌不仅是对梁陈颓靡文风的革新，更预示了盛唐文学高潮的来临。

---

① 蒋清翊注《王子安集注》，上海古籍出版社，1995，"卷首"第70页。

　　正如鲁迅先生所言，汉代的文化地位是"政承秦制，文尚楚风"，汉代文学的发展受到战国楚辞之风的影响，呈现出开始注意文学审美和抒情的特征，魏晋南北朝所形成的"文学自觉"趋势也正是文学在这一发展线索上的继续推进。因此，深入考察汉唐时期《史记》《文选》和《文心雕龙》等经典的创作特色和理论思想，不难发现，这些经典著作无不表现出本时期对"文学"自身特征的理解日益深化，有的体现于创作心态，有的借助于注疏之学，有的则是从理论源流上发掘。与此同时，除了对"文学"自身特点的关注，时人还在继续思索"文学"在整个文化系统中的独特地位，这一点主要体现于刘勰的《文心雕龙》中。本章主要就上述问题展开讨论，以求展示出汉唐文学发展中的特殊面向。

第一节 "个人"的发现与"究天人之际"的史书叙事

——以《史记》中的"项羽"为例

　　《史记》作为我国二十四史之首,其创新史书体例和总结先秦文化的功绩已为历代学者所重视,这种特点在《太史公自序》中鲜明地体现为"究天人之际,通古今之变,成一家之言",其中说明了司马迁对写作《史记》具有强烈的文化自觉意识,他希望以一部纵贯上下三千年的史书进行一番对天人关系和历史发展规律的深入探索,并在充分继承史官文化传统的基础上能够提出对当代文化有所裨益的意见。因此,具有深刻文化内涵的《史记》必然蕴含着司马迁对"天人之际"和"古今之变"等问题的独特思考。同时,史书所独有的叙事表达方式也有其不同于其他文学或哲学写作的特点,这种尚实记事的史书叙事会对司马迁的思想阐释产生重要影响。因此,本文立足于前代史书叙事内容的发展,通过分析司马迁接受前代文化的情况及其史书写作的特点来重新审视司马迁"究天人之际"的命题。

　　"究天人之际"在我国古代文化传统中是一个历久弥新的永恒话题,这不仅是古代史官文化赋予历代史官必须探讨的问题,而且汉武帝时期面对文化建设的迫切要求,很多学者都以此问题参与当时的讨论。司马迁生于世代史官的家庭,饱受史官文化的熏染,而且当时关于天人关系的讨论引起了朝野上下的重视,这就为司马迁深入探究"天人之际"的问题创造了浓厚的文化氛围。关于"天人之际"的问题，历代学者都曾做过有益的探讨，但真正对"天人之际"的内涵进行反思的却较为少见，大多流于天人关系的表面现象。对于这方面，钱穆先生在《中国史学名著·史记（下）》中说："所谓'天人之际'者，'人事'和'天道'中间应有一分际，要到什么地方才是我们人事所不能为力，而必待之'天道'，这一问题极重要。"①钱穆先生在此以极其通俗而显明的话语为我们深入浅出地揭示了司马迁所要思考的问题，而对这一问题的解答则必须通过史书的写作予以彰显，因此钱穆先生就把这种写作旨趣看作"中国人的历史哲学"，并认为这样一种认识趋向决定了司马迁所写作的《史记》具有哲学思想的意味。

一、西汉以前"个人"观念的形成

关于"人事"与"天道"的分际，"人事"能够在社会发展中发挥怎样的作用？"人事"的作用限度又在哪里？"天道"的作用对人类意味着什么？"天道"带给人类发展的作用以何种形式显现出来？这一系列问题并非自古以来一成不变，而是会随着人类意识的发展和社会文化的进步而逐渐发生改变。毕竟人类的力量是在社会发展的过程中逐步成长的，在不同的社会阶段，人类对社会的改造力量会有所不同，这也就意味着"人事"所不能为的界限是在不断变化的，那么"人事"与"天道"的关系问题其实是在历史发展中不断演变的。就中国古代文化传统来说，对天人关系这一问题思考最多的是史官。刘师培先生在《古学出于史官论》中说："三代之时，称天而治，天事人事相为表里，天人之学，史实习之。"又说："吾观古代之初，学术铨明，实史之绩，试证之《世本·作篇》则羲和占月，常仪占月，更匡占月，其时则皇古矣，其人则

---

① 钱穆：《中国史学名著》，生活·读书·新知三联书店，2000，第75页。

史职也。"①这种"天人之学"决定了古代的史官从诞生之日起就在履行天文术数和祭祀之类的天官职责，可见史官自古以来就一直在关注"天人之际"的问题，而对此问题的记载又大多集中于史书之中，我们可以通过史书对"人"的定位来了解古代"天人之际"问题演进变化的一些情况。

最早史书所描写的"人"都是英雄和帝王，数量很少，而且其事迹都带有明显的神话色彩。《汉书·艺文志》云："古之王者世有史官，君举必书，所以慎言行，昭法式也。"②这里的"君"是指君王，而史官随侍君王左右，记其言行，所以此时的史书中所反映出的都是远古君王的形象，如《尚书》中纪录最多的是上古时代的帝王，如尧、舜、禹、汤、盘庚等，这些帝王都曾建立过丰功伟业，其高大的形象为后人所仰慕，史书中记载的也多是他们的辉煌功业，比如盘庚迁都。因此在这样的条件下，一般的个人总是显得微不足道，无法在史书中占据一席之地，那些小人物的形象根本无法出现在当时的史书之中。而且这些帝王都带有神异色彩，这与《礼记·表记》的记载相吻合："夏道尊命，事鬼敬神而远之，近人而忠焉。……殷人尊神，率民以事神，先鬼而后礼。"③可见上古史官的写作视野是在天命所归的帝王范围之内，其描写内容只能是这些帝王的功绩，而一般人物则无法在史书中留下姓名。可见此时"天道"在"天人之际"的关系中占据绝对优势，这些帝王的神异色彩就是神秘"天道"的体现。

到了周代，人文主义思潮兴起，重视人事的传统由此开启。《礼记·表记》曰："周人尊礼尚施，事鬼敬神而远之，近人而忠焉。"虽然

---

① 刘师培：《刘师培史学论著选集》，邬国义、吴修艺编校，上海古籍出版社，2006，第9–10页。

② 班固：《汉书》卷三十，颜师古注，中华书局，1999，第1359页。

③ 孙希旦集解《礼记集解》卷三十二，中华书局，1989，第1309–1310页。

周代对人事的关注日益显著，但周代初年所关注的"人"多是英雄人物，如《诗经》中的《生民》《公刘》《绵》《皇矣》《大明》等。在这些史诗中，我们能够看到从后稷、公刘、古公亶父到文王、武王等先王的业绩，只不过他们的身上已日渐退去了上古帝王的神秘而与现实生活越来越贴近。周代"事鬼敬神而远之"的前提是"尊礼尚施"，可见是对日常生活伦理关系的极力强调，这与夏代那种"尊命"式的听任天命已有很大不同。对此，侯外庐先生说："西周是维新的社会，文化被贵族所垄断。最初的史诗是《周颂》和《大雅》的《文王》与《生民》，这史诗具有特别的形式，其中没有国民阶级的活动史料，仅有先王创业的史料。我们认为它是非常朴实逼真的，因为它是以'先王'代表了'生民'。"①

观念上的重大变化是在春秋以后，孔子提出了"仁者爱人"的主张。冯友兰先生在《中国哲学史》中说："及春秋之世，渐有人试与各种制度以人本主义的解释。以为各种制度皆人所设，且系为人所设。"②可见"人事"在社会生活中的作用日益明显，史书中的"人"从身份方面来看也有下移的趋势，逐渐扩大到一般贵族公卿那里。钱穆先生曾统计过《春秋》中"崩、薨、卒、死"四个字的使用情况，他发现"死"未曾出现③，说明庶人在此时还没有被写入史书中；《左传》中所记录的个人大多为公卿贵族，所以"崩、薨、卒"这些记录公卿贵族逝世之词大量出现。但我们还要注意到《春秋》毕竟已经比前代史书在"人"的范围方面有很大的进步了。为解释《春秋》而作的《左传》出现了"民本"的思想，如《左传》中的"襄公二十一年"载："民之所欲，天必从

---

① 侯外庐等：《中国思想通史》第一卷，人民出版社，1957，第109页。
② 冯友兰：《中国哲学史》（上），华东师范大学出版社，2000，第37页。
③ 钱穆：《中国史学名著》，生活·读书·新知三联书店，2000，第53页。

之。"这是继承了《尚书》中的一些思想因素，并对后来孟子的"民贵君轻"的思想产生深刻影响。此时"天道"与"人事"的沟通是通过民心来体现的，"民"是一个具有集体含义的概念，其中个体性的因素还较少见。但这种"人"的因素越发重要已是不争的历史发展趋势，这不仅预示着现实社会秩序即将改变，而且也必然导致人们对"人"在社会历史中的作用产生新的认识。

先秦时代在强调个体重要性的方面最为极端的是杨朱学派，杨朱在儒家"君君、臣臣、父父、子子"的关系和氏族宗法的人我关系之外，发现了个人的存在以及个体的独立价值。可以说，到杨朱学派，个体价值的彰显已经达到了历史的新高度，这也是前代以来"人事"因素日益重要的趋势所发展出的新认识。侯外庐先生曾评价杨朱学派说："这一理论的个人主义的思想背后，隐然潜伏着承认感觉体的光辉！"①经过这样一番历史过程的演进，"天道"与"人事"的关系也在悄然发生转变，那就是"个体"的价值在社会发展中的作用日益为史家所看重，"人事"所能及的范围越来越大，那么这种认识趋势必然会反映到新史书的写作中。

司马迁的《史记》以"人"为中心正是对这种"个体"价值日益凸显的历史发展的总结，其最具特色的写作部分是本纪、世家和列传等记人的内容。梁启超曾说："其（《史记》）最异于前史者一事，曰以人物为本位。"②钱穆先生更是说："七十篇列传，为太史公《史记》中最主要部分，是太史公独创的一个体例。但在《史记》以前，人物的重要地位，已经一天天地表现出来了。"③因此，司马迁在《史记》体例的编撰上能够大胆创变，是顺应了先秦以来"个体"价值日渐显现的历史趋

---

① 侯外庐等：《中国思想通史》第一卷，人民出版社，1957，第348页。
② 梁启超：《中国历史研究法》，华东师范大学出版社，1995，第20页。
③ 钱穆：《中国史学名著》，生活·读书·新知三联书店，2000，第70页。

势，不再按照史书中个人身份名位的自然属性来编排，而是重视个人事功在历史上的作用，并在此基础上将史书人物的范围大大地扩大了。例如，司马迁在《秦始皇本纪》和《高祖本纪》之间插入了《项羽本纪》，将农民起义首领陈胜和打破"学在官府"的孔子编入世家。这曾引起了后世一些史家的非议，如刘知己《史通》曰："盖纪之为体，犹春秋之经，系日月以成岁时，书君上以显国统。"然则项羽"未得成君"，"安得讳其名字，呼之曰王者乎？""况其名曰西楚，号止霸王者乎？霸王者，即当时诸侯。诸侯而称本纪，求名责实，再三乖谬。"如果我们能够联系先秦以来"个体"价值在思想史中的日益显现，那么司马迁以个人的实际功绩为标准来编排历史人物就顺理成章了，而项羽作为秦末战争中的杰出英雄，以其过人的功业，在司马迁的心目中列入本纪理所应当。

二、《史记·项羽本纪》中的"个人"观念和史书叙事

伴随着这种"个人"意识的逐渐觉醒，对"天人关系"的认识也日渐倾向于人事方面的探讨，但这并不意味着"天道"的隐秘影响就会彻底消失。面对"天人之际"所标志的"天道"与"人事"的分界，既然"人事"的因素在历史发展过程中起到的作用日益加深，而且相对于"天道"的不可捉摸，这种作用更易于通过历史人物的表现而为后人所把握，因此史书中以人物为中心便成为体例创新的方向和趋势。同时，史书叙事的内在要求也有利于完善历史人物的个性展现，进而探讨"个人"在历史发展进程中的作用，这无疑在新的历史条件下对深化"天人关系"的认识大有裨益。下面就以《史记》中的《项羽本纪》为例，进一步说明在"个人"意识觉醒的历史影响下，司马迁是如何借助史书的叙事功能来"究天人之际"的。

《史记·项羽本纪》是历代公认的名篇，很多学者在分析《史记》的艺术成就时多数以此篇为例，本文的分析也不例外。但前代对于"项

羽"其人的认识，有些问题值得再做思考，比如司马迁在《项羽本纪》最后的"太史公曰"中曾言："自矜攻伐，奋其私智而不师古，谓霸王之业，欲以力征经营天下，五年卒亡其国，身死东城，尚不觉寤而不自责，过矣。乃引'天亡我，非用兵之罪也！'岂不谬哉！"[①]后世学者往往抓住此点来极力剖析司马迁的个人思想，认为司马迁在这里是以一位历史学家的审慎态度，客观而公正地指出了项羽最终四面楚歌、兵败垓下的悲惨结局的真正原因。对于此点，这种分析不可谓不对，但在重视司马迁以"太史公曰"的史学评论方式对项羽的复杂一生进行总结的同时，我们还应从其他角度对此点作出一些更符合司马迁的认识并能反映《史记》中项羽的实际个性的判断，以期丰富对《史记》中"项羽"形象的认识。

项羽在司马迁的笔下是一位战功显赫、豪气盖世的英雄，他曾为自己的理想付出过艰巨的努力，在秦末乱世的混战中能够指挥各路诸侯推翻秦朝暴政就说明了项羽个人所独具的魅力以及他在当时社会发展过程中所起到的重要作用。因此，司马迁在项羽身上贯注了自己对"个人"作用的思考，而且项羽这样一位习万人敌之术的大英雄，其在历史中的表现也代表了"个人"力量所能达到的限度。这些方面都可说明司马迁所极力描写的"项羽"在历史的发展中确实具有典型意义。

首先，引人注目的是司马迁对项羽性格的认识，其实这种认识含有深刻的复杂性，这正与自先秦以来"个人"价值的日渐显现密切相关。对人物性格的复杂方面进行细致而周密的刻画本身就显示了"个人"在史家的认识中越来越具有独特的意义。到司马迁这里，展现"项羽"多面的个性也说明了史家对历史发展中"个人"价值和作用的认识所达

---

① 司马迁：《史记》卷七，裴骃集解，司马贞索隐，张守节正义，中华书局，1959，第339页。

到的新高度，而这一切都是在司马迁充满激情和智慧的叙事中来完成的。钱锺书先生在《管锥编》中曾分析道："范增起，出，召项庄谓曰：'君王为人不忍'。按《高祖本纪》王陵曰：'陛下慢而侮人，项王仁而爱人……妒贤嫉能，有功者害之，贤者疑之。'《陈相国世家》陈平曰：'项王为人恭敬爱人，士之廉节好礼者多归之；至于行功爵邑重之，士亦以此不附。'《淮阴侯列传》韩信曰：'请言项王之为人也。项王暗恶叱咤，千人皆废；然不能任属贤将，此特匹夫之勇耳。项王见人恭敬慈爱，言语呕呕，人有疾病，涕泣分食饮；至使人有功，当封爵者，印刓敝，忍不能予，此所谓妇人之仁也。'《项羽本纪》历记羽拔襄城皆坑之；坑秦卒二十余万人，引兵西屠咸阳。《高祖本纪》：'怀王诸老将皆曰：'项羽为人剽悍猾贼，诸所过无不残灭。'《高祖本纪》于刘邦隆准龙颜等形貌外，并言其心性：'仁而爱人，喜施，意豁如也，常有大度。'《项羽本纪》仅曰：'长八尺余，力能扛鼎，才气过人。'至其性情气质，都未直叙，当从范增等语中得之。'言语呕呕'与'暗恶叱咤'，'恭敬慈爱'与'剽悍猾贼'，'爱人礼士'与'妒贤嫉能'，'妇人之仁'与'屠坑残灭'，'分食推饮'与'玩印不予'，皆若相反相违；而既具在羽一人之身，有似两手分书，一喉异曲，则又莫不同条共贯，科以心学性理，犁然有当。《史记》写人物性格，无复综如此者。谈士每以'虞兮'之歌，谓羽风云之气而兼儿女之情，尚粗浅乎言之也。"[1]这里钱锺书先生是继承了前代学者所发现的《史记》叙事写人艺术中的"互见法"。最早论及"互见法"的是宋代的苏洵："迁之传廉颇也，议救阏与之失不载焉，见之赵奢传；传郦食其也，谋挠楚权之缪不载焉，见之留侯传；传周勃也，汗出沾背之耻不载焉，见之王陵传；传董仲舒也，议和亲之疏不载焉，见之匈奴传。夫颇、食其、仲舒皆功十而过一者也，苟列一

---

[1] 钱锺书：《管锥编》第一册，中华书局，1979，第275页。

以疵十，后之庸人必曰：'智如廉颇，辩如郦食其，忠如周勃，贤如董仲舒，而十功不能赎一过。'则将苦其难而怠矣。是故本传晦之，而他传发之，则其与善也，不亦隐而彰乎！"①苏洵认为，这种"互见法"就其所认识的限度而言只是对传主本人之事迹功过方面的安排，并指出司马迁以此法有在本传中突出传主的功业之意，仅限于史书写法的操作层面。其实，这种写法对后人认识《史记》中历史人物的丰富复杂性格的塑造有不可忽视的作用。钱锺书先生正是循着这样的思路将苏洵发现的"互见法"上升到人物个性的塑造方面，并以项羽为例，通过分析不同人对项羽的各种评价，深刻揭示了项羽身上所具有的"一喉异曲"的复杂个性，同时这些看似相反的个性又"同条共贯"，绝妙而真实地统一于项羽的身上，从而将一个栩栩如生的"项羽"形象立体地呈现于读者的面前。因此读者在评价项羽时如攻其一点而不计其余的话，只能得到一个残缺的"项羽"形象，如"每以'虞兮'之歌，谓羽风云之气而兼儿女之情，尚粗浅乎言之也"的凡庸谈士即是如此。

其次，钱锺书先生最后分析的"谈士"浅见只是以《垓下曲》和项羽动荡曲折的一生作对比，这种仅限于《项羽本纪》的认识显然缺乏以"互见法"全面观照项羽所获得的审美感受，同时这种方式也显得对项羽的理解在认识的深度方面过于肤浅。其实，"太史公曰"中的"自矜攻伐，奋其私智而不师古，谓霸王之业，欲以力征经营天下，五年卒亡其国，身死东城，尚不觉寤而不自责，过矣。乃引'天亡我，非用兵之罪也！'岂不谬哉"的评价也是有此一弊。项羽被困于垓下之围已走投无路，曾经叱咤风云的西楚霸王此时已经是英雄末路，面对四面楚歌的重重围困，项羽耳边回荡着的不再是亲切的乡音，而是充满悲凉和凄厉之气的末日丧歌。这时的项羽身边已没有了心爱的虞姬，曾经的"力拔山

---

① 曾枣庄、金成礼笺注《嘉祐集笺注》，上海古籍出版社，1983，第232–233页。

兮气盖世"让此刻的项羽更加感到无颜面对江东父老。因此，这时的项羽在乌江自刎前所说的"天之亡我，我何渡为"只能是末路英雄的悲怆之语，此刻的他不可能做到像一位理性的哲人那样保持清醒的头脑去分析自己曲折的一生所昭示的经验与教训，司马迁以"天之亡我，我何渡为"的言语恰好揭示出项羽此刻最为沉痛的心态，而且项羽此前也曾在垓下之围时说过"天之亡我"的话，对此钱锺书先生分析道："司马迁行文，深得累叠之妙，如本篇末（《项羽本纪》）写项羽'自度不能脱'，一则曰：'此天之亡我，非战之罪也。'再则曰：'令诸君知天亡我，非战之罪也。'三则曰：'天之亡我，我何渡为！'心已死而意犹未平，认输而不服气，故言之不足，再三言之也。"①钱锺书先生对项羽此时"天之亡我"的话语背后的微妙心态揭示得非常到位，而司马迁在这里再三以"天之亡我"描写项羽，也正是意在表现处于绝境之中的项羽所特有的悲剧心态，相比于"太史公曰"过于显露的理性表白而言，结合司马迁以"互见法"所展现的项羽个性，这种借助叙事而达到的曲折幽微和意在言外，更能说明司马迁对项羽的一往情深以及刻画项羽个性在《史记》写作中的重要意义。因此，我们应该从这种思路入手，才能更准确地把握司马迁笔下的"项羽"以及用语言和叙事描写表现"项羽"的司马迁。

明末清初的大儒顾炎武曾言："古人作史，有不待论断而于序事之中即见其指者，惟太史公能之。《平准书》术载卜式语，《王翦传》末载客语，《荆轲传》末载鲁句践语，《晁错传》末载邓公与景帝语，《武安侯田蚡传》末载武帝语，皆史家于序事中寓论断法也。后人知此法者鲜矣，惟班孟坚间一有之。如《霍光传》载任宣与霍禹语，见光多作威福；《黄霸传》载张敞奏见祥瑞，多不以实。通传皆褒，独此寓贬，可谓得太史

---

① 钱锺书：《管锥编》第一册，中华书局，1979，第272-273页。

公之法者矣。"①可见,《史记》的叙事中通过对人物个性的描写所提供给读者的审美感受更能说明司马迁与史传人物之间的情感共鸣,同时项羽作为失败的悲剧英雄的形象在这种充满同情和理解的叙事中也得到了深刻的展现。

司马迁在《屈原贾生列传》中曾言:"人穷则反本,故劳苦倦极,未尝不呼天也;疾痛惨怛,未尝不呼父母也。"这不仅是司马迁个人的一种心理感受,也是评论了中华文化的一种独特现象。司马迁所说的人在穷途之时会呼天,在受伤害疼痛时会呼父母,后来的韩愈也有相似记述。这种"呼天"现象是对我国古代文化中的敬天意识的集中体现。《论语·季氏》载:"子曰:'君子有三畏,畏天命,畏大人,畏圣人言。'""天"始终是古代人心中的至高主宰,也许百姓说不清原因,但正人君子心中始终是有"天"的概念。项羽在人生的穷途末路时笑言:"天之亡我,我何渡为!"也是对这种传统意识的体现,从根本上说这是不可得而闻的"天道"与个体之间的那种虽难以言明但确实存在的隐秘关系,也是"天人之际"中"人事"与"天道"的分际。此种关系更多地是以心理感受的形式抒发出来,那么揭示这种关系的最好方式便是叙事所特有的刻画人物个性。因此,面临绝境时的项羽之言饱含着他对自己人生遭际前后反差的无奈和英雄走投无路时心中所必有的痛楚。无论项羽在"人事"方面曾经做过怎样的努力,最终只能在他所认为的"天道"面前做一个失败的悲剧英雄。结合本文前半部分所说的司马迁继承了先秦以来日益重视"个体"价值的传统来看,《史记》中的"项羽"在司马迁的心目中不可谓不是一位英雄,被描写得如此栩栩如生,其个性的复杂又是如此的真实,足见司马迁对项羽的理解在心灵的层面上已经达到了契合无间的程度。因此,他才能将项羽跌宕起伏的一生予以艺术

---

① 黄汝成集释《日知录集释》卷二十六,岳麓书社,1994,第891-892页。

化的展现。钱锺书先生曾言："史家追叙真人实事，每须遥体人情，悬想事势，设身局中，潜心腔内，忖之度之，以揣以摩，庶几入情合理。盖与小说、院本之臆造人物、虚构境地，不尽同而可相通。"①以此标准反观司马迁的《史记》，《项羽本纪》正是司马迁极具匠心经营的篇章，在对项羽一生的叙述中渗透着司马迁的情感体验。既然司马迁是以"遥体人情，悬想事势"的精神在创作，那么读者对其书中人物的理解也须怀有理解之同情。因此，项羽的悲剧人生与"天人之际"的意义表达在司马迁的情感逻辑中便形成了默契的联系，项羽这样一位光彩照人的英雄的结局却是"天之亡我"，如果读者不是以绝对理性的认识去批评项羽为何不总结教训，而是从一种情感和时势的语境中去揣摩项羽的心态乃至司马迁对项羽的心态，那么司马迁在这里着力描写项羽的"天之亡我"，其实是以悲剧性的项羽来寓含了"人事"与"天道"之间的关系，"个人"的尽力而为与"天道"的不可捉摸在司马迁看来以悲剧的故事加以体现便是最好的表达，而这种人生感受，司马迁在《屈原贾生列传》中也写到了自己的身上。两相映照之下，司马迁笔下的"项羽"可以看作是其以叙事的篇章和情感的对比来"究天人之际"，既有对项羽悲剧一生的同情，更蕴含着司马迁对自我人生的反思。"人事"与"天道"的分际虽然无法以准确的言语表达出来，但通过描述项羽一生的征战以及最后的人生悲剧，可以让读者更加真切地体会"天人之际"背后所蕴藏的人生意义以及司马迁对此问题的理解。

史书的"征实"特点不同于诗歌的凿空想象，也区别于哲学的义理之辨，它必须有赖于史实的基本真实，而且对历史的描述也要求叙事必须成为史书的基本写作方法。不过司马迁的"寓论断于序事之中"让史书既遵循了叙事的内在要求，又成功地表达了司马迁的个人思想，同时

---

① 钱锺书：《管锥编》第一册，中华书局，1979，第166页。

他在艺术化的叙事中又不拘泥于史实罗列的资料汇编，而是饱含同情地"遥体人情，悬想事势"，这种写作的思想基础正是源于先秦以来"个体"价值的日益显现，因此史实求真、文学致美和哲学思理就在其富含深蕴的艺术化的叙事中得到和谐的统一，原本无法以言语表达的"究天人之际"也正是在这种充满激情的叙事中被最深刻地揭示出来。

第二节　《文选》西汉赋中的李善注引楚辞考

李善^①注的《文选》所选赋中有八篇西汉赋，虽不及西晋赋的数量多，但由于入选的赋中包括代表大赋成就的司马相如《子虚赋》和《上林赋》以及扬雄《甘泉赋》《长杨赋》和《羽猎赋》，足以反映西汉赋的成就。这几篇赋中出现了数十条《楚辞》注，同时司马相如和扬雄的五篇赋又被全文录入颜师古所注的《汉书》中。因此，我们可以通过比较李善和颜师古对这五篇赋的注释，联系所选其他西汉赋，对照王逸注《楚辞》，并结合训诂注疏史，来考察李善注西汉赋中所引《楚辞》的情况。^②

一、李善引《楚辞》注释的体例

通过对《文选》的这八篇赋注中所引《楚辞》的整理，可以总结出李善引《楚辞》注赋文的三种体例。

其一，以"楚辞曰"领起注文，这是直接选用《楚辞》正文注释赋文。例如，《子虚赋》中"楚辞曰：孅阿不御焉"。《上林赋》中"楚辞曰：驰椒丘兮焉且"。《甘泉赋》中"楚辞曰：历吉日吾将行"。《羽猎

---

① 李善（630—689），唐代著名的文选学家，其主要成就是注释《文选》，代表作是《文选注》《汉书辨惑》。

② 本文中所涉及的《文选》内容，可参见萧统编《文选》，李善注，上海古籍出版社，1986。

赋》中"楚辞曰：揽彗星以为旗"。

其二，以"王逸楚辞注曰"领起注文，这是选用王逸对《楚辞》的注释来注释赋文。例如，《子虚赋》中"王逸楚辞注曰：弭，案也"。《上林赋》中"王逸楚辞注曰：留夷，香草"。《甘泉赋》中"王逸楚辞注曰：总总搏搏，束聚貌也"。《长杨赋》中"王逸楚辞注曰：轫，支轮木"。《羽猎赋》中"王逸楚辞注曰：峤，举也"。

其三，以"楚辞曰"领起《楚辞》原文，并紧跟以"王逸曰"领起《楚辞》原文后的王逸注文，两条合注赋文。例如，《羽猎赋》中"楚辞曰：后飞廉使奔属。王逸曰：飞廉，风伯也"。

以上就是李善引《楚辞》注西汉赋的体例。根据统计，李善所注的八篇西汉赋中，共引《楚辞》注释47条，其中属于第一种体例的有28条，占绝大多数；属于第二种体例的有11条；属于第三种体例的只有8条。因此，李善在注释《文选》所选西汉赋时多用《楚辞》原文，同时在具体注释字词时兼采王逸的《楚辞》注。

二、李善注与颜师古注的比较——以司马相如和扬雄赋为例

司马相如的《子虚赋》和《上林赋》以及扬雄的《甘泉赋》《长杨赋》和《羽猎赋》都被录入《汉书》中，颜师古注《汉书》时也对这五篇赋进行了注释[①]，我们可以将这五篇赋中的李善引《楚辞》注赋的部分和颜师古的注释进行一番比较。

---

① 班固：《汉书》，颜师古注，中华书局，1962。

表1　《子虚赋》中引《楚辞》注赋的条目

赋文	郭璞注（《文选》）	颜师古注	李善注
孅阿为御	孅阿，古之善御者，见《楚辞》。	郭璞曰：孅阿，古之善御者。孅音纤。	善曰：楚辞曰：孅阿不御焉。
楚王乃弭节徘徊	弭，犹低也。	郭璞曰：弭，犹低也。师古曰：弭节者，示安徐也。	善曰：王逸楚辞注曰：弭，案也。

表2　《上林赋》中引《楚辞》注赋的条目

赋文	颜师古注	李善注
出乎椒丘之阙	服虔曰：丘名也，两山俱起，象双阙者。	服虔曰：丘名也，两山俱起，象双阙者也。善曰：楚辞曰：驰椒丘兮焉且。
杂以留夷	张揖曰：留夷，新夷也。师古曰：留夷，香草也，非新夷。新夷乃树耳。	张揖曰：留夷，新夷也。善曰：王逸楚辞注曰：留夷，香草。
步櫩周流	步櫩，言其下可行步，即今之步廊也。	步櫩，步廊也。周流，周遍流行也。楚辞曰：曲屋步櫩。
仰攀橑而扪天	橑，椽也。扪，摸也。橑音老。扪音门。	晋灼曰：扪，摸也。橑，音老。扪，音门。善曰：楚辞曰：遂倏忽而扪天。
灵圉间于闲馆	张揖曰：灵圉，众仙号也。师古曰：间读曰闲。	张揖曰：灵圉，众仙之号也。楚辞曰：坐灵圉而来谒。间，读曰闲。
于是乘舆弭节徘徊	郭璞曰：言周旋也。	郭璞曰：言周旋也。善曰：楚辞曰：飒弭节而高厉。
然后扬节而上浮	郭璞曰：言腾游也。	郭璞曰：言腾游也。善曰：楚辞曰：鸟托乘而上浮。
皓齿粲烂	郭璞曰：鲜明貌也。	（郭璞）又曰：鲜明貌也。善曰：楚辞曰：美人皓齿嫭而姱。
鸣玉鸾	郭璞曰：鸾，铃也，在轨曰鸾，在轼曰和。	郭璞曰：鸾，铃也。善曰：楚辞曰：鸣玉鸾之啾啾。

表3　《甘泉赋》中引《楚辞》注赋的条目

赋文	颜师古注	李善注
历吉日	历选吉日而合善时也。	楚辞曰：历吉日吾将行。
齐总总以撙撙	总总撙撙，聚貌也。	善曰：王逸楚辞注曰：总总撙撙，束聚貌也。
驰闾阖而入凌兢	入凌兢者，言寒凉战栗之处也。兢音巨陵反。	善曰：楚辞曰：令帝阍开闾阖而望予。王逸曰：闾阖，天门也。兢，巨陵切。
仰挢首以高视兮	挢，举也。挢与矫同，其字从手。	善曰：王逸楚辞注曰：挢，举也。挢与矫同。
犹仿佛其若梦	晋灼曰：方，常也。征，行也。言宫观之高峻，虽使仙人常行其上，恐遽不识其形观，犹仿佛若梦也。	晋灼曰：方，常也。征，行也。言宫观之高峻，虽使仙人常行其上，恐遽不识其形观，犹仿佛若梦也。善曰：楚辞曰：时仿佛以遥见。
折琼枝以为芳	无	善曰：楚辞曰：折琼枝以继佩。
行游目乎三危	张晏曰：三危，山名也。	善曰：楚辞曰：忽反顾以游目。
选巫咸兮叫帝阍	服虔曰：令巫祝叫呼天门也。师古曰：巫咸，古神巫之名。	服虔曰：令巫祝叫呼天门也。善曰：王逸楚辞注曰：巫咸，古神巫也。楚辞曰：吾令帝阍辟开兮。
乱曰	师古曰：乱者，理也，总理一赋之终也。	善曰：王逸楚辞注曰：乱，理也，所以发理辞指，总撮所要也。
敦万骑于中营兮	师古曰：敦读曰屯。屯，聚也。	善曰：敦与屯同。王逸楚辞注曰：屯，陈也。

表4 《长杨赋》中引《楚辞》注赋的条目

赋文	颜师古注	李善注
遂躏乎王庭	孟康曰：匈奴王廷也。	孟康曰：匈奴王庭。善曰：王逸楚辞注曰：躏，践也。
是以车不安轫	师古曰：车不安轫，未及止也。	善曰：王逸楚辞注曰：轫，支轮木。

表5 《羽猎赋》中引《楚辞》注赋的条目

赋文	颜师古注	李善注
峤高举而大兴	师古曰：峤，举步貌也，音去昭反。	善曰：王逸楚辞注曰：峤，举也。峤，音矫。
曳彗星之飞旗	无	善曰：穆天子传：日月之旗，七星之文。河图曰：彗星者，天地之旗也。楚辞曰：揽彗星以为旗。
蚩尤并毂	无	善曰：韩子曰：黄帝驾象车，异方并毂，蚩尤居前。楚辞曰：选众以并毂。
飞廉云师	无	善曰：楚辞曰：后飞廉使奔属。王逸曰：飞廉，风伯也。
啾啾跄跄	师古曰：秋秋跄跄，腾骧之貌。	善曰：郭璞三仓解诂曰：啾啾，众声也。啾或为秋。跄跄，行貌。楚辞曰：鸣玉鸾之啾啾。
望舒弥辔	师古曰：望舒，月御也。弥，敛也。言天子之车敛辔徐行，故假望舒为言耳。弥音莫尔反。	如淳曰：楚辞曰：前望舒使先驱。
饷屈原与彭胥	师古曰：彭，彭咸。胥，伍子胥。皆水死者。	郑玄曰：彭，彭咸也。晋灼曰：胥，伍子胥也。皆水没也。善曰：楚辞曰：愿依彭咸之遗制。王逸曰：殷贤大夫自投水而死。

在这五篇赋中，由于曹魏时的张揖和西晋的郭璞曾单独为司马相如的《子虚赋》和《上林赋》作注，因此李善注这两篇赋时以郭、张二注为基础而增加了若干材料。为示区分，李善曰："旧注是者，因而留之，并于篇首题其姓名。其有乖谬，臣乃具释，并称臣善以别之。"这种严格的体例使我们可以清楚地辨别出李善注与郭璞旧注的差异。而颜师古在为这两篇赋作注时也用到了郭、张二注，并以"郭璞曰"和"张揖曰"领起。

首先，通过上面前两个表格的比较，我们可以看到，李善和颜师古在注释《子虚赋》和《上林赋》时都以郭张旧注为底本，并加入了若干自己的注释。但李善将前人注中的模糊之处一一落实，而且还参考了颜师古注的内容，主要是注音方面的内容，并以《楚辞》原文和王逸注充实了两赋的旧注，可谓集前人之大成。颜师古则是大多沿袭郭张旧注，对少量条目作了删减，有的作了修正。颜注中的删减方面，以《子虚赋》中的"孅阿为御"为例，郭璞注中本已指明"孅阿"之典出自《楚辞》，只是未言明确切的篇目和语句。而在颜师古注中，将"见《楚辞》"省略，殊为遗憾。李善则沿着郭璞注，对此句的语典落实，指出了《楚辞》中的具体语句"孅阿不御焉"，因此显得更为严谨科学。至于颜注中的修正方面，以《上林赋》中的"杂以留夷"为例，张揖将"留夷"解释为"新夷"，而颜师古指明其非，释"留夷"为"香草"，"新夷乃树耳"。此点为李善所采，并进一步从王逸《楚辞》注中找到典故出处，由此可见颜师古注对李善注的启发之处。

扬雄的三篇赋中，根据前人的研究，李善的《羽猎赋》注多采颜师古《汉书》中的注。通过上面后三个表格，我们可以看出，李善在为扬雄的三篇赋作注时，的确多用颜师古注，而且有的错讹方面也相同，如扬雄《甘泉赋》中的"齐总总以撙撙"一句的注释，李善取王逸《楚辞》注曰："总总撙撙，束聚貌也。"而现存的《楚辞补注》中，王逸注为：“总总，犹傅傅，聚貌。”因此李善注的此处错讹应是受到了颜师古注中的“总总搏搏，聚貌也”的影响而出现的。又如对“仰挢首以高视兮”一句的注释，李善所注的“王逸楚辞注曰：挢，举也。挢与矫同”，也是受颜师古注“挢，举也。挢与矫同，其字从手”的影响所致，而现存的王逸《楚辞》注中只有“挢，一作矫”，可见李善注的这一失误当与颜师古注有关。《羽猎赋》中的“挢高举而大兴”一句也是具有上述同样的情况。当然，这样的影响只是不掩玉之瑕，更主要的方面是颜师古注对李善注的有益启发，如《甘泉赋》中的“乱曰”“敦万骑于中营兮”“选巫咸兮叫帝阍”等的注释，都可见李善注的完善应归功于颜师古的音读和注释。

除此之外，李善的贡献在于，他把颜师古注的简略之处进行了充实，使之显得更为科学，具有了学术史的意义和价值。如《甘泉赋》中的“乱曰”的注释，颜师古注为“乱者，理也，总理一赋之终也”。从颜注的内容看，这是颜师古的个人之见，但李善通过王逸《楚辞》注指出了颜注的原本所在，从而使我们对这点的认识具有了学术史角度的理解。《羽猎赋》中的“饷屈原与彭胥”的注释更是如此。

综上所述，在这五篇赋中，颜师古注对前人的总结和自己的理解为李善进一步完善这几篇赋的注释起到了积极作用，而李善以《楚辞》和王逸注为依据，更加充实了自己注释的内容，提升了这几篇西汉赋注释的学术价值，从而为后人的学术研究提供了可靠的材料，这是李善注的价值所在，也是李善注的主要方面。当然，对于李善注中某些受颜师古注误导的失当之处，我们也须清楚辨析，但考虑到李善以一人之力完成对《文选》的注释，殊为不易，我们也不必过于苛责古人了。

三、李善注所引《楚辞》与《楚辞》原文的比较

现存《楚辞》及王逸注的内容都见于宋代洪兴祖的《楚辞补

注》①，因此我们可以此为基准，来对李善在《文选》所选八篇西汉赋中有关《楚辞》和王逸注的条目进行比对，以总结其经验得失。

表6　《子虚赋》中的《楚辞》注释与《楚辞》原文的比较

赋文	李善注引《楚辞》	《楚辞》和王逸注原文
孅阿为御	善曰：楚辞曰：孅阿不御焉。	《九叹·思古》：孅阿不御，焉舒情兮？王逸注曰：孅阿，古善御者。
楚王乃弭节徘徊	善曰：王逸楚辞注曰：弭，案也。	《九歌·湘君》：夕弭节兮北渚。王逸注曰：弭，按也。

表7　《上林赋》中的《楚辞》注释与《楚辞》原文的比较

赋文	李善注引《楚辞》	《楚辞》和王逸注原文
出乎椒丘之阙	善曰：楚辞曰：驰椒丘兮焉且。	《离骚》：驰椒丘且焉止息。
杂以留夷	善曰：王逸楚辞注曰：留夷，香草。	《离骚》：畦留夷与揭车兮。王逸注：留夷，香草也。
步櫩周流	楚辞曰：曲屋步櫩。	《大招》：曲屋步壛。王逸注曰：壛，一作櫩。
仰攀橑而扪天	善曰：楚辞曰：遂倏忽而扪天。	《九章·悲回风》：遂倏忽而扪天。
灵圄间于闲馆	楚辞曰：坐灵圄而来谒。	《九叹·远游》：悉灵圄而来谒。
于是乘舆弭节徘徊	善曰：楚辞曰：飒弭节而高厉。	《远游》：徐弭节而高厉。王逸注曰：徐，一作飒。
然后扬节而上浮	善曰：楚辞曰：鸟托乘而上浮。	《远游》：焉托乘而上浮。
皓齿粲烂	善曰：楚辞曰：美人皓齿嫮而姱。	《大招》：朱唇皓齿，嫮以姱只。

①洪兴祖补注《楚辞补注》，中华书局，1983。

赋文	李善注引《楚辞》	《楚辞》和王逸注原文
鸣玉鸾	善曰：楚辞曰：鸣玉鸾之啾啾。	《离骚》：鸣玉鸾之啾啾。

表8　《甘泉赋》中的《楚辞》注释与《楚辞》原文的比较

赋文	李善注引《楚辞》	《楚辞》和王逸注原文
历吉日	楚辞曰：历吉日吾将行。	《离骚》：历吉日乎吾将行。
齐总总以撙撙	善曰：王逸楚辞注曰：总总撙撙，束聚貌也。	《离骚》：纷总总其离合兮。王逸注曰：总总，犹傅傅，聚貌。
驰闾阖而入凌兢	善曰：楚辞曰：令帝阍开闾阖而望予。王逸曰：闾阖，天门也。	《离骚》：吾令帝阍开关兮，倚闾阖而望予。王逸注曰：闾阖，天门也。
仰挢首以高视兮	善曰：王逸楚辞注曰：挢，举也。挢与矫同。	《远游》：意恣睢吕担挢。王逸注曰：挢，一作矫。
犹仿佛其若梦	善曰：楚辞曰：时仿佛以遥见。	《远游》：时仿佛以遥见兮。
折琼枝以为芳	善曰：楚辞曰：折琼枝以继佩。	《离骚》：折琼枝以继佩。
行游目乎三危	善曰：楚辞曰：忽反顾以游目。	《离骚》：忽反顾以游目兮。
选巫咸兮叫帝阍	善曰：王逸楚辞注曰：巫咸，古神巫也。楚辞曰：吾令帝阍辟开兮。	《离骚》：巫咸将夕降兮。王逸注曰：巫县，古神巫也。《离骚》：吾令帝阍开关兮，倚闾阖而望予。
乱曰	善曰：王逸楚辞注曰：乱，理也，所以发理辞指，总撮所要也。	王逸注曰：乱，理也。所以发理辞指，总撮其要也。
敦万骑于中营兮	王逸楚辞注曰：屯，陈也。	《离骚》：屯余车其万乘兮。王逸注曰：屯，陈也。

表9　《长杨赋》中的《楚辞》注释与《楚辞》原文的比较

赋文	李善注引《楚辞》	《楚辞》和王逸注原文
遂躏乎王庭	善曰：王逸楚辞注曰：躏，践也。	《九歌·国殇》：凌余阵兮躏余行。王逸注曰：躏，践也。
是以车不安轫	善曰：王逸楚辞注曰：轫，支轮木。	《离骚》：朝发轫于苍梧兮。王逸注曰：轫，搘轮木也。

表10　《羽猎赋》中的《楚辞》注释与《楚辞》原文的比较

赋文	李善注引《楚辞》	《楚辞》和王逸注原文
峤高举而大兴	善曰：王逸楚辞注曰：峤，举也。峤，音矫。	无
曳彗星之飞旗	楚辞曰：揽彗星以为旗。	《远游》：揽彗星以为旍。
蚩尤并毂	楚辞曰：选众以并毂。	《远游》：选署众神以并毂。
飞廉云师	善曰：楚辞曰：后飞廉使奔属。王逸：飞廉，风伯也。	《离骚》：后飞廉使奔属。王逸注曰：飞廉，风伯也。
啾啾跄跄	楚辞曰：鸣玉鸾之啾啾。	《离骚》：鸣玉鸾之啾啾。
望舒弥辔	如淳曰：楚辞曰：前望舒使先驱。	《离骚》：前望舒使先驱兮。
饷屈原与彭胥	善曰：楚辞曰：愿依彭咸之遗制。王逸：殷贤大夫自投水而死。	《离骚》：愿依彭咸之遗则。王逸注曰：彭咸，殷贤大夫，谏其君不听，自投水而死。

表11　《长门赋》中的《楚辞》注释与《楚辞》原文的比较

赋文	李善注引《楚辞》	《楚辞》和王逸注原文
魂踰佚而不反兮，形枯槁而独居	楚辞曰：神倏忽而不反兮，形枯槁而独留。	《远游》：神倏忽而不反兮，形枯槁而独留。
夫何一佳人兮	楚辞曰：闻佳人兮召予。	《九歌·湘夫人》：闻佳人兮召予。

续表

赋文	李善注引《楚辞》	《楚辞》和王逸注原文
廓独潜而专精兮	楚辞曰：悲愁穷戚兮独处。	《九辩》：悲忧穷戚兮独处廓。
神怳怳而外淫	王逸楚辞注曰：怳，失意也。	《九歌·少司命》：临风怳兮浩歌。王逸注曰：怳，失意貌。
天窈窈而昼阴	楚辞曰：日窈冥兮羌昼晦。	《九歌·山鬼》：杳冥冥兮羌昼晦。
举帷幄之襜襜	楚辞曰：裳襜襜以含风。王逸曰：襜襜，摇貌。	《九叹·逢纷》：裳襜襜而含风兮。王逸注曰：襜襜，摇貌。
时仿佛以物类兮	楚辞曰：时仿佛而不见，心淳热其若汤。	《九章·悲回风》：存仿佛而不见兮，心踊跃其若汤。《七谏·自悲》：身被疾而不闲兮，心沸热其若汤。
徂清夜于洞房	楚辞曰：姱容修态亘洞房。	《招魂》：姱容修态絙洞房些。
舒息悒而增欷兮	楚辞曰：憯悽增欷。	《九辩》：憯悽增欷兮。
魂迋迋若有亡	楚辞曰：魂迋迋而南行。王逸曰：迋迋，惶遽貌。	《九叹·思古》：魂迋迋而南行兮。王逸注曰：迋迋，惶遽之貌。
众鸡鸣而愁予兮	楚辞曰：目眇眇兮愁予。	《九歌·湘夫人》：目眇眇兮愁予。
夜曼曼其若岁兮	楚辞曰：终长夜之曼曼。	《九章·悲回风》：终长夜之曼曼兮。
澹偃蹇而待曙兮	楚辞曰：思不眠而极曙。王逸曰：曙，明也。	《九章·悲回风》：思不眠以至曙。王逸注曰：曙，明也。

表12　《洞箫赋》中的《楚辞》注释与《楚辞》原文的比较

赋文	李善注引《楚辞》	《楚辞》和王逸注原文
原夫箫干之所生兮	王逸楚辞注曰：干，体也。	无
瞋以纡郁	楚辞曰：郁结纡轸。王逸曰：纡，曲也。	《九章·怀沙》：郁结纡轸兮。王逸注曰：纡，屈也。
悲怆恍以恻恲兮	楚辞曰：怆恍懭悢兮。	《九辩》：怆恍懭悢兮。
吹参差而入道德兮	楚辞曰：吹参差兮谁思。王逸曰：参差，洞箫。	《九歌·湘君》：吹参差兮谁思。王逸注曰：参差，洞箫也。

上面七个表格是李善在为《文选》所选的八篇西汉赋（其中贾谊《鵩鸟赋》没有楚辞注）注中用到《楚辞》和王逸注的情况以及《楚辞》和王逸注在《楚辞补注》中的原文。我们可以通过比较看出它们之间的异同。

首先，有的《楚辞》注与现存《楚辞补注》的相应内容完全一致。如《上林赋》中的"仰攀橑而扪天"条、"鸣玉鸾"条，《长杨赋》中的"遂躏乎王庭"条，《甘泉赋》中的"折琼枝以为芳"条，《羽猎赋》中的"飞廉云师"条，《长门赋》中的"魂踰佚而不反兮，形枯槁而独居"条、"众鸡鸣而愁予兮"条等。这些条目反映了李善在以《楚辞》的内容注释《文选》中的西汉赋时所具有的科学严谨的态度，但这些条目并不占多数。

其次，有些李善在注释《文选》西汉赋时所选取的《楚辞》内容不见于现存《楚辞补注》中，如上述表格第三栏中标"无"的条目即是，未详其中原因。当然，这种情况的数量也很少。

再次，上列表格中出现最多的是《文选》李善注所用《楚辞》和王逸注的部分，由现存《楚辞补注》的内容有所增删而成。但这其中仍然有较为一致的体例。我国台湾学者王礼卿曾在《〈选〉注释例》一文中总结出《文选》李善注的五十余种体例①，这比李善在《文选》注中自

① 郑州大学古籍所编《中外学者文选学论集》，中华书局，1998，第643–694页。

己标出的体例多出近四十种。依照他的说法，上列表格中李善注西汉赋时所引的《楚辞》内容与今本《楚辞补注》不同的条目也可以归入王礼卿先生总结的若干体例中，具体情况如下：

《子虚赋》中的"楚王乃弭节徘徊"条符合《〈选〉注释例》所列的"通用字引证例"。李善以己之"案"改王逸注中的"按"。这种体例是由高步瀛先生首先发现的，"李注引书，遇有其字不同而通用者，则云某与某同。然亦有人所共知，不加申释者。亦有径改所引书，以就本文者。其例未甚划一"。《洞箫赋》中的"瞋以纡郁"条之注释亦如是。

《羽猎赋》中的"饷屈原与彭胥"条符合王礼卿先生总结的"节引例"。李善将王逸注中的"彭咸，殷贤大夫，谏其君不听，自投水而死"改为"殷贤大夫自投水而死"，此例为"但有删节，而无改易尔。凡引书有所删节，而无变改者"。

《长门赋》中的"时仿佛以物类兮"条符合王礼卿先生的"以意缀引例"。李善将"存仿佛而不见兮，心踊跃其若汤"和"身被疾而不闲兮，心沸热其若汤"两句《楚辞》中的原文合并为"时仿佛而不见，心淳热其若汤"一句作为注释。

《子虚赋》中的"孅阿为御"条符合王礼卿先生的"申补旧注例"中的"证其训诂之所本"。原来郭璞旧注为"孅阿，古之善御者，见《楚辞》"，李善将"见《楚辞》"补足为"楚辞曰：孅阿不御焉"。

《甘泉赋》中的"选巫咸兮叫帝阍"条符合王礼卿先生的"改书以就文义例"。李善将《楚辞》原文中的"吾令帝阍开关兮，倚阊阖而望予"改为"吾令帝阍辟开兮"，使之更适合赋文中的意思。

除以上符合之例，还有一些差异值得我们关注。如王礼卿先生根据高步瀛先生的发现而总结出"句末加也字例"。高步瀛先生曾言："唐人引书，往往于最后句末加也字，不泥原书有无。"但在上列七个表格中，却有一些句末去也字例，如《上林赋》中的"杂以留夷"条、《长杨赋》中的"是以车不安轫"条等。另外，李善在一篇赋中注释赋文时，两次引到《楚辞》中的同一处原文，却有不同的引文，如《甘泉赋》中的"驰阊阖而入凌兢"与"选巫咸兮叫帝阍"，对这两句的注释都是引《离骚》中的"吾令帝阍开关兮，倚阊阖而望予"，但引文出现两种情况，此点疑问首先由清代学者梁章钜在《文选旁证》中指出。对此疑问的解释，我想有两种可能性可作原因，一是这种引文属于王礼卿先生上述体例中的"改书以就文义例"，二是李善以一人之力注释三十卷的《文选》，且引书颇多，难免有疏漏之处。

四、李善引《楚辞》注释《文选》西汉赋的学术史意义

李善生活于初唐时期，此前的魏晋六朝是我国古代学术大发展的时期，在文献学、训诂学、文学批评等方面都取得了长足的进步。例如，文献学初步形成了"四部分类法"，而且这种较为科学的图书分类已在李善生活的时代运用于书籍整理上，即魏征等史官应唐太宗之诏修《隋书·经籍志》，这一对魏晋六朝书籍作全面整理而形成的图书目录就是用"经史子集"四部分类编目，这是我国官制目录中首次运用四部分类法。而训诂学在此时更是有较大发展，出现了很多字书著作，日益系统化的雅学和音学知识已被学者广泛运用于古籍注释中，很多学者对古代作品进行注释，包括文学作品的集部，这在《隋书·经籍志》中著录很多。以辞赋为例，如王逸注《楚辞》，蔡邕注班固的《典引》，郭璞注司马相如的《子虚赋》和《上林赋》，薛综注张衡的《二京赋》，张载、刘逵注左思的《三都赋》，徐爰注潘岳的《射雉赋》，孙壑注曹植的《洛神赋》，沈约注《梁武连珠》，何承天注陆机的《连珠》等，可见当时有名的学者都曾对前代或当代的名作进行过注释，这为初唐时期义疏学的勃兴奠定了基础，而且前代学者对文学作品的注释更为李善注《文选》提供了便利的条件。前代旧注，李善在注释《文选》时多采用之。至于文

学批评，更是出现了像《文心雕龙》和《诗品》这样体大而虑周的巨著，对初唐时期的文论风气有很大的影响。

李善引《楚辞》注《文选》西汉赋的条目有数十条之多，已经大大超出了最早引《楚辞》注《文选》西汉赋的郭璞旧注，甚至还涉及王逸的《楚辞》注，可见李善对引《楚辞》注释《文选》中的西汉赋已有自觉的认识。众所周知，西汉赋是有汉一代的文学代表体裁，西汉赋本身就是承接战国楚辞发展而来的，两者之间在文学演变上存在千丝万缕的联系，加之西汉时代是"政沿秦制，文尚楚风"，很多西汉帝王和知名赋家在创作上受到楚国文风的熏染，因此他们的作品中具有《楚辞》的影子也就不足为奇了。对于这一点，古人的认识有一个发展过程，班固是较早注意到《楚辞》与西汉赋之间存在深刻关联的学者，他在《汉书·艺文志》中对"赋"的分类就表露出了这一看法。班固把屈原的作品称作"赋"，而且以之领起第一类赋，后续的赋家多为西汉时期的大文人，如枚乘、司马相如、刘向、王褒等。由此可见，班固已经自觉地认识到屈原所代表的《楚辞》和西汉赋之间存在密切的承继关系。其后，南朝后期的刘勰对此问题的认识又有新的进展，他在《文心雕龙·辨骚》中曰："自风雅寝声，莫或抽绪，奇文郁起，其离骚哉！固已轩翥诗人之后，奋飞辞家之前。"《诠赋》曰："赋也者，受命于诗人，拓宇于楚辞也。"可见刘勰对西汉赋与《楚辞》的渊源关系看得很清楚，而且成为当时的不易之论。

虽然刘勰已经在理论上说明了《楚辞》对西汉赋的影响，但在西汉赋的注释方面还鲜有对这种理论认识的回应。《文选》李善注总结前人对西汉赋的注释成绩，并将之保留在自己所注的《文选》中，但通过前面表格的整理，除《子虚赋》中的郭璞注和《羽猎赋》中的如淳注各一条材料以外，前人还极少认真细致地指出西汉赋中很多化用《楚辞》的事典和语典，这一遗憾直到李善这里才算得到弥补。

李善引用《楚辞》的材料注释《文选》中的西汉赋有以下几点值得注意：

首先，李善多是着眼于西汉赋中词句典故对《楚辞》的化用，这种注疏风格与后人评价他"释事而忘义"是一致的。

其次，据前表所列，李善引《楚辞》注西汉赋时，并不拘泥于《楚辞》原文，而是以汉赋为基准，对所需《楚辞》材料"以意缀引"，这更能看出汉赋对《楚辞》的接受风貌。

再次，《楚辞》以悲怨风格为主，且想象瑰丽、语多夸诞。就悲怨来说，《文选》所选西汉赋中，司马相如的《长门赋》与《楚辞》最为契合。而李善在注释此赋时，所用《楚辞》材料最多，可见他对《长门赋》和《楚辞》之间的相似风格深有慧心。至于想象和语言风格方面，《文选》中的西汉赋多有神仙奇异境界的描写和铺排，这其中就有《楚辞》的深刻影响，《文心雕龙·辨骚》曰："名儒辞赋，莫不拟其仪表，所谓金相玉质，百世无匹者也。及汉宣嗟叹，以为皆合经术；扬雄讽味，亦言体同风雅。"针对西汉赋中的这些内容，李善多以《楚辞》注释其渊源，如《子虚赋》中的"孅阿为御"，《上林赋》中的"鸣玉鸾"，《甘泉赋》中的"驰阊阖而入凌兢""选巫咸兮叫帝阍"，《羽猎赋》中的"飞廉云师"等。

李善引《楚辞》注释《文选》中的西汉赋，就其方法源流来说，应该受到了郭璞的启发。在前面部分的表格中，李善在《子虚赋》的郭璞注中就已引出郭璞首先在《子虚赋》中运用了《楚辞》的材料，而且据《晋书·郭璞传》载，郭璞也曾注释过《楚辞》，可见他对《子虚赋》《上林赋》和《楚辞》都相当熟稔，因此这就使郭璞具备引《楚辞》注西汉赋的学术条件。但《文选》李善注所引到的郭璞对《子虚赋》《上林赋》的注释中只出现过一条用到《楚辞》之处，因此大致可以说郭璞对引《楚辞》注释西汉赋还没有自觉的意识。

李善之所以能有这样的表现，除受到郭璞的启发之外，当与《文心雕龙》的认识和影响有关。《文心雕龙》自产生之日起，其传播途径和影响范围很难确切考知。学术界也未见关于这方面有价值的看法，但根据现有材料，至少从初唐时代，一些著名的学者和文士应该是接受了《文心雕龙》的认识，尤其是南方的文士，如初唐四杰之一的卢照邻曾在自己的文章中提到过《文心雕龙》和《诗品》这两部文学批评作品，而他曾受业于当时南方的著名学者曹宪，学习《苍》《雅》及经史，就是这位曹宪又曾做过李善的老师，其对"文选学"在江淮间的兴盛功不可没，李善的"文选学"就是源自曹宪的指导。将这两条材料合而观之，我们可以推测，既然受业于曹宪的卢照邻曾读过《文心雕龙》，而且此事又发生于《文心雕龙》产生的南方，那么生活于南方且曾问学于曹宪的李善应当也知道《文心雕龙》的情况。另外，即使《文心雕龙》在当时还未能得到广泛传播，但依卢照邻的情形以及后来著《史通》的著名学者刘知几也曾提到过《文心雕龙》，那么也可初步判定《文心雕龙》至少已在当时的上层知识界有了一定的传播。因此，李善作为当时学者中的翘楚，其博学多识为人所知，他能了解《文心雕龙》的情况也是情理中事。综合这些材料，李善接受《文心雕龙》的认识大致可以成立。顺此思路，李善引《楚辞》注释《文选》中的西汉赋就有了特殊的意义。

《楚辞》是古代集部的首部经典作品，这在《隋书·经籍志》中已经得到确认，王逸注《楚辞》就排在《隋书·经籍志》的首位。同时，魏晋六朝到初唐时期，很多学者曾对《楚辞》进行过研究，《世说新语·任诞篇》载："王孝伯言：名士不必须奇才，但使常得无事，痛饮酒，熟读离骚，便可称名士。"[1]《隋书·经籍志》中有隋代释道骞《楚辞音》一卷，魏征曰："隋时有释道骞，善读之，能为楚声，音韵清切，

---

① 余嘉锡笺疏《世说新语笺疏》，中华书局，2011，第660页。

至今传《楚辞》者，皆祖骞公之音。"李善作为一位博识的学者，其注《文选》引用《楚辞》应与当时这种研究《楚辞》的浓郁氛围有关。而汉赋又是当时文人心目中的名作，萧统的《文选》把"赋"排在所有文学体裁的首位就可见一斑。李善将这两类存在渊源关系且在时人心中居于很高地位的文学作品联系起来，以注释的方式指明西汉赋在遣词造句方面受到《楚辞》的深刻影响。同时，李善又吸收了魏晋到初唐时期文献学和训诂学的成就，西晋的郭璞曾引《方言》以证《尔雅》，初唐时的曹宪"精诸家文字之书"，而李善曾受业于曹宪，因此郭璞"以字书证字书"的方式必然会沿着这一学术师承影响到李善。李善在注释西汉赋时也曾借鉴过郭璞的训诂注释内容，那么郭璞在训诂学上的成就必然会从方法论上对李善以集部的《楚辞》证集部的"西汉赋"之语句渊源有所启发。

关于西汉赋化用《楚辞》语句的特点，清代学者梁章钜在《文选旁证》中分析扬雄《羽猎赋》之"天与地杳"条时就曾指出"子云盖祖屈原之语"①。如果我们联系李善引《楚辞》注释《文选》西汉赋的情况后，再结合从魏晋到唐代的学术发展，便更能感觉到李善是以此为后人提供一种对《楚辞》与西汉赋之间文学史演变关系的深刻认识，而这一认识与当时以《文心雕龙》为代表的文学批评趋向是一致的。

---

① 梁章钜：《文选旁证》，穆克宏点校，福建人民出版社，2000，第283页。

第三节　《文心雕龙》对初唐文学的影响

　　《文心雕龙》作为一部体大思精的文论著作，曾对我国古代文学创作和文学理论认识产生深远影响。这种影响虽然在其成书之初的南北朝后期未能得到充分重视，但随着时代文化趋向的转移和发展，初唐时期的文人学士普遍对《文心雕龙》有浓厚的兴趣，其中涉及政治、文学、历史等各个文化领域有代表性的文人，从他们的认识中或多或少、或明或隐地透露出《文心雕龙》的影响因素。因此通过考察《文心雕龙》在当时的影响，我们可以对初唐时期的文化建设和状态有更加深刻的认识。而且此前的研究中，大多集中于《文选》对初唐文化文学的积极推动作用，而对与《文选》成书时代相近、思考更加严密庞杂的《文心雕龙》缺乏必要的重视，因此对初唐文化文学的一些问题未能给予合理的解释。本文试图在这方面做一些尝试，以期动态地把握初唐文学文化的基本走向。

一、初唐时人对《文心雕龙》的关注

　　《文心雕龙》在初唐文人的著作中得到了此前未曾有过的广泛重视。在其产生之初，除沈约曾经表示推许外，其他文人鲜有提及此书的。但在初唐时，上至掌握史书编撰的史官，下至普通文士，《文心雕龙》中的很多卓识成为他们表达自己文学文化观念的核心内容，该书成为当时文坛除《文选》之外的又一为人津津乐道的大著。《文心雕龙》对初唐文学观影响最大者，莫过于其"原道、征圣、宗经、正纬、辨骚"的"文之枢纽"，这也是刘勰宏观把握文学史所得到的深刻见识。这里不仅把文章创作的渊源追溯到上古经典和圣贤制作那里，而且通过重视颇具审美性的屈原"骚体赋"以表明对文学本体的关注，可见这种认识既保证了文学审美的应有之义，又没有走向那种偏激的"以道废文"的儒学文道观，可以说代表了一种健康积极的文学认识。这在初唐史家那里得到了积极回应，其中以令狐德棻修撰、岑文本所写的《周书·王褒庾信传论》的认识为代表："原夫文章之作，本乎情性。覃思则变化无方，形言则条流遂广。虽诗赋与奏议异轸，铭诔与书论殊途，而撮其指要，举其大抵，莫若以气为主，以文传意。考其殿最，定其区域，摭《六经》百氏之英华，探屈、宋、卿、云之秘奥。"①这里明显吸收了《文心雕龙》"文之枢纽"的思想，把文章创作的源头归为上古经典，同时注意吸取以屈原为代表的骚赋作家的审美特色，以增强文学创作的美感，而且其中对各个文章体裁都作审美化的要求也与《文心雕龙》的杂文学观是一致的。

另外对《文心雕龙》作出至高评价的是初唐著名史学家刘知几，他在《史通》中曰："词人属文，其体非一，譬甘辛殊味，丹素异彩，后来祖述，识昧圆通，家有诋诃，人相掎摭，故刘勰《文心》生焉。"②刘知几视《文心雕龙》为整合当时混乱文坛、提出文章创作规范、展望文章创作未来发展方向的著述，而且他把《文心雕龙》与《淮南子》《论衡》《法言》等标志一代学术最高成就且对后世文化发展产生深刻影响的书相并列，可见《文心雕龙》在刘知几心目中的地位之崇高。因此，《史通》在创作目的和一些具体观念上曾受到《文心雕龙》的深刻影响。《史

---

① 令狐德棻等修撰《周书》卷四十一，中华书局，1971，第744-745页。

② 刘知几：《史通》，辽宁教育出版社，1997，第85页。

通》不仅从理论上对魏晋南北朝时期的史学发展作出了论述和总结，其史学思想和成就在我国史学史上可谓独树一帜，这与《文心雕龙》在我国文论史上的意义相仿佛。而且《史通》中的一些观点也与《文心雕龙》相一致，如对班固的评价高于司马迁，且称赞班氏"辞惟温雅，理多惬当，其尤美者，有典诰之风"，这与刘勰在《史传》中对班固的推崇极为类似。

除此而外，当时魏征等人在奉旨编撰《隋书》时曾对前代图书做过一次极为全面的整理，《隋书·经籍志》就是此次校书的成果，后人在研究唐前书籍流传时莫不以此为基本材料。而《隋书·经籍志》在"文集"类中列有《文心雕龙》十卷①，并标有"梁兼东宫通事舍人刘勰撰"，可见魏征此时见过刘勰所著的《文心雕龙》，该书并未随战火湮灭，而是在辗转中逐渐传到了北方，并为当时的上层文士所知，又流入宫廷。同时，魏征将之与挚虞的《文章流别集》、李充的《翰林论》、昭明太子萧统等编撰的《文选》等文章总集归于一类，这不仅表现了初唐时期刘勰《文心雕龙》所受到的重视，更从深层反映了时人对《文心雕龙》在书籍分类中所处位置的认识观念。

上述数条材料说明，《文心雕龙》在初唐时期已经得到了一些著名文士的注意，并在此时的书目整理和个人著作中体现出来，因此我们有充分的理由和直接的证据说成书于南齐时的《文心雕龙》在初唐时已进入文人的关注视野之内，并对他们的创作和文学观念产生或隐或显的影响。

二、《文心雕龙》与初唐文学批评之关系

一部书在产生之后会通过日渐广泛的传播而在后世的文人中得到越

---

① 魏征等撰《隋书》卷三十五，中华书局，1973，第1082页。

来越多的关注，其中有的是通过文人在自己的作品中明确说明对此书的重视，而更多的则是透过后世的文学创作和思潮来从更深的思想层面反映出此书在后世所得到的接受和继承情况。当然，这种判断需要以对这部书所体现的思想与后世的文学思潮之间的关系进行切实可靠的比较研究为基础。我们分析《文心雕龙》在初唐时的处境也可以此为切入点，通过分析其文学思想与初唐文学思潮的关系来判断初唐时人对《文心雕龙》的认识。

初唐诗坛继承南朝诗风，宫廷诗的创作成为此时上层文人诗歌的重要组成部分，这些诗歌体物细腻，文字精美，对偶工稳，但缺乏深厚的生活内容和真挚的情感抒发，因此被后来的初唐四杰之一的杨炯批评为"骨力都尽，刚健不闻"。与这种诗风相表里，当时兴起了编撰类书之风，如《艺文类聚》《瑶山玉彩》《初学记》等分别是由此时宫廷著名文士欧阳询、许敬宗、徐坚等主持的。这些类书的出现适应了初唐宫廷诗歌创作重词采而轻情感的特点，或集中历代典故以满足诗歌用典，属于对偶中的"事对"，如《艺文类聚》；或收集以往丽词秀句为时人诗歌语言的创新提供素材，属于对偶中的"言对"，如《瑶山玉彩》。闻一多先生在《唐诗杂论·类书与诗》中曾将这一文学现象归结为"把文学当作学术来研究"[1]，换言之，即初唐时的文人以近似科学的学术研究态度来对待诗歌创作，其中最为明显的是此时"文选学"的兴起，包括从音义、训诂、注释等各个角度对《文选》进行研究。这反映了随着魏晋六朝文学的发展，对文学的理论认识也日益完善，文学自觉程度的提高必然要求突破此前对文学理解的模糊态度，形成更科学的认识。当然这种科学性也是由浅入深的，作为尚未完善的产物，受初唐类书风气影响的诗歌有诸多缺点，但毕竟类书的编撰可以为诗人的创作提供很多材料，

---

① 闻一多：《唐诗杂论》，上海古籍出版社，1998，第1页。

同时对前代文学成就和经验的继承也可以启发诗人的创作灵感和思维。相比于以往诗歌创作的偶感兴会，显然这种风气代表的是更为科学谨严的态度。

这种"文学的学术化"的实践在初唐时出现，有着深刻的理论渊源，那就是对南朝文学理论有集大成意义的《文心雕龙》所体现的文学创作思想。这可以从两个方面论述。首先，"文学的学术化"要求人们对待文学要有科学的学习态度，要从历代文学史的实际出发，科学地总结以往的创作经验教训，从而为后人超越前辈创造条件。因此，对前代文学作品的学习就成为题中应有之义，文学成就的取得必须是一个逐渐积累的过程，"学"的重要性不言而喻。中古时期的文学理论对前代文学的继承有着深入的探讨，归纳起来，以两种意见为主：其一，曹丕《典论·论文》中的"文气论"强调作家先天个性的"才"和"气"而轻视后天的学习，这种个性"虽在父兄，不能以移子弟"，就是说一经形成即很难受到后天的改变；其二，与曹丕的观点不同的是刘勰的《文心雕龙》，刘勰承认先天个性的存在，但更多的则是后天的学习和努力，而且先天的因素必须赖于后天的努力才能成功。由此可见，刘勰已经把"学习"视为文学创作成功的决定因素。正如曹道衡先生在《曹丕和刘勰论作家的个性特点与风格》中指出的："刘勰并没有完全抛弃曹丕所谓'气之清浊有体'之说，还承认'才有天资'。但他着重讲的是人要在文学上有所成就，光有'天资'是远远不够的，主要还在于'学'。"[1]曹道衡先生还指出《文心雕龙》对学习的理解主要指书本知识，并结合当时的文学风气论述之。因此，初唐时期类书的编撰这一现象背后所隐藏的理论根源是《文心雕龙》的这种"重视学习前代文学经验"的认识，这构成了初唐"文学的学术化"的首个前提。

---

① 曹道衡：《中古文学史论文集》，中华书局，2002，第165页。

　　其次，"文学的学术化"要求文学研究要有科学方法，必须把文学当作一门科学，并对文学形成较为完备的理性认识，这就需要把原本难以把握的文学创作化为具体细致的要素分析，通过这些科学的研究推动文学的发展。而《文心雕龙》的思想核心正是以这种科学态度对待文学，将看似虚幻缥缈的文学创作落实到可操作的层面，而前面提到的对后天学习的重视就是要作家勤加练习，通过不断的实践提高自己的创作水平，"由技进乎道"，从而推动文学的发展。除这种总体要求以外，刘勰还具体分析了文学作品的基本构成要素，大的方面诸如文章的篇章结构和艺术特色，参见《定势》《情采》等，小的方面诸如词句、创作方法及格律，参见《丽辞》《章句》《声律》《比兴》《事类》等。通过这些对具体文学要素的认识，既可以在学习前代优秀作品时有章可循，也可以使自己在创作时有法可依，不必再像以前那样受到认识模糊的限制而无从下手，这种文学欣赏和创作的科学化分析就构成了"文学的学术化"的第二个前提。初唐时期的类书对文学的作用正是由此而来，欧阳询的《艺文类聚》以收集诗歌和文章典故为主，这与《文心雕龙·事类》认为合理的用典有益于文学创作是相一致的。《瑶山玉彩》汇聚了以往诗歌中的雕章绘句，对后来的对偶精切、绮错婉媚的"上官体"有直接影响，这与《文心雕龙·丽辞》重视骈文、讲究词采对偶相一致。这种风气延续到盛唐，唐玄宗时的《初学记》是应皇子"欲学缀文，须检事及看文体"[1]之用而产生的一部类书，其编撰宗旨就是"撰集要事并要文，以类相从"，由此可见当时对文学的认识已经达到非常科学的层面了，欲研究文章必先从语言、声律、用典入手，进而把握其文体和文学风格的总体特征，这些都与《文心雕龙》在此方面取得的巨大进步密切相关，这对唐代文学的繁荣起到了直接的推动作用。

---

　　[1] 刘肃：《大唐新语》，中华书局，1984，第137页。

三、《文心雕龙》的文学史观对初唐文学的影响

《文心雕龙》的"通变观"对初唐时期南北文风的融合有着深刻的影响。作为前承魏晋风度、后启盛唐气象的关键时期，初唐文学的最大任务是融合原本殊源分流、风格迥异的南北文学，推动文学进程的快速发展，其中以《隋书·文学传序》为代表："江左宫商发越，贵于清绮，河朔词义贞刚，重乎气质。气质则理胜其词，清绮则文过其意，理深者便于时用，文华者宜于咏歌，此其南北词人得失之大较也。若能掇彼清音，简兹累句，各去所短，合其两长，则文质彬彬，尽善尽美矣。"①这里不仅比较了南北文学的美学差异及优劣得失，而且指明了以后文学发展的方向。以往我们理解这段话时，一般只注意其中南北文学的地域性差别，其实在这种表象背后还隐藏了审美风格的时代性特征。从时代的传承上说，河朔地区"重乎气质"的美学特征明显继承了汉魏时期文学中的古朴凝重、寡文尚气。陈寅恪先生对这一点在《隋唐制度渊源略论稿》中曾有论述，当时北魏在汉化政策方面受河西文化影响甚深，而此时河西的世家大族的文化多以汉魏古法传家，因此北方文化的特点中不可避免地带有汉魏古风。而江左的文化发展进程未曾中断，从魏晋到南朝，文学一直沿着踵事增华的新变之路向前发展。就时代先后看，相比于北方文学的古朴质素之风，显然"宫商发越"的江左文学更具有超前的时代特点。《文心雕龙·通变》突破当时"求新变于俗尚之中"的弊端，强调必须追求革新与研究传统并举，斟酌古今、隐括雅俗、华实相符，可以说这对扭转当时的文学颓势具有鲜明的指导作用。黄侃先生在《文心雕龙札记·通变篇》中说："通变之道，惟在师古，所谓变者，变世俗之文，非变古昔之法也。"②此种认识可谓深得刘勰通变观的精

---

① 魏征等撰《隋书》卷七十六，中华书局，1973，第1730页。

② 黄侃：《文心雕龙札记》，上海古籍出版社，2000，第104页。

髓，由此可见通变之法要求以古变今，并非陈陈相因的模拟，而是要古今结合，文质兼善。初唐南北文风之间时代和美学对比的关系与《文心雕龙》"通变观"的思想深相契合。同时，《文心雕龙·通变》批评时人"今才颖之士，刻意学文，多略汉篇，师范宋集"，强调应该多向两汉时的刘向、扬雄等文章家学习以改革当时绮靡文风，可见刘勰本意也是以汉法变今文，实现古今结合。因此，初唐统治者和史官倡导的融合南北文风的建议，实际上是对《文心雕龙》"通变观"的具体实践，这从根本上改变了浮靡轻艳文风的蔓延，指出了健康积极文学样式的正确道路。《文心雕龙》对初唐时期的文化政策的指导性作用和深刻影响由此可见一斑。

此外，《文心雕龙》中关于"文质论"的二重性对初唐乃至唐代文人的文学认识有深远影响。初唐时期围绕在唐太宗身边的文人学士一方面对南朝文化的绮靡之风深表不满，但同时通过自己的文学创作又在延续宫廷诗风的余流，而且后来的很多文人在谈及自己的文学认识时，总会与自己的创作所体现的思想相矛盾，这种情况与《文心雕龙》中的"文质论"有密切的关系。郭绍虞先生曾经把《文心雕龙》中的"文质论"分为两种：一种是以《通变篇》为代表的"文质论"，这是针对文化整体风气而言的，《文心雕龙·通变》曰："黄唐淳而质，虞夏质而辨，商周丽而雅，楚汉侈而艳，魏晋浅而绮，宋初讹而新。"①刘勰把商周时代视为文化氛围最好的时代，之前过于质朴，之后过于浮艳，这种观念显然受到儒家传统文化观"重道轻文"的影响，这里带有理想化色彩的"道"属于"质"的方面，并未对文学问题进行具体分析，而是就整体而言的，因此这里的"文质论"偏重于由文返质，具有浓厚的复古色彩。另外一种就是《情采篇》中的"文质论"，这是针对文学作品

---

① 范文澜注《文心雕龙注》，人民文学出版社，1958，第520页。

中具体的内容和形式的关系而言的，受到当时重视文章词采华丽的风气影响，刘勰在此篇中对文采并未完全否定，而是充分肯定文学作品的审美性。①郭绍虞先生的这种认识极为深刻，《文心雕龙》的这种"文质论"二重性对初唐乃至唐代文人的文学认识的矛盾产生深刻影响。以唐太宗为例，他曾经对周代文化推崇备至，但对其后的时代一概否定，这与《文心雕龙》中的第一种"文质论"相似。同时，就文学创作本身来说，唐太宗自己曾经创作很多宫廷诗歌，表现了对南方文化中的审美特征的极大兴趣，对南朝诗风在初唐的延续产生重要作用，这显然是受到第二种"文质论"的影响。因此，"文质论"的不同内涵对文人的思想认识会产生不同的影响，初唐文人在文学创作和理论认识上的矛盾正根源于此。当然这种情况一直延续到盛唐，像李白的文学观及创作中的矛盾也与《文心雕龙》的这种认识密切相关。②

综上所述，初唐文化和文学深受《文心雕龙》的影响，这时文人对《文心雕龙》的接受不仅有通观全局的整体意识，也有具体问题的深入思考，但总结的大多数经验是以一种宏阔的理论胸襟着眼于文化和文学健康积极发展的大方向。例如，"通变观"的引入突破了已经不适应时代状况的"新变观"，对初唐南北文风融合起到积极的推动作用，而且对"文学的学术化"的推进和对文学声律的肯定为文学创作提供了具体可行的章法，有利于文学创作的科学进步，同时加强了文学作品的声韵、对偶、工整之美，推动了近体诗的成熟。而"文质论"的二重性对盛唐文人的理论认识和文化心态的影响之巨更是显而易见的。因此可以说盛唐文学的高潮是由于初唐文学近百年的深厚积累所致，而其中《文心雕

① 郭绍虞：《照隅室古典文学论集》，上海古籍出版社，1983，第157页。
② 关于李白文学观念中的复古问题，可参见拙文《李白〈古风〉其一再探讨》，载张伯伟、蒋寅主编《中国诗学》第十四辑，人民文学出版社，2010。

龙》所起到的积极主导作用无疑是巨大的，这对保证初唐文风延续南朝文学的审美特色并涤荡其中的颓靡因素有着决定性的意义。相比于《文选》只能对当时南朝文化的发展起推波助澜的作用，《文心雕龙》的很多认识可以超越时代指向未来，对时代文化的转折产生既深且巨的影响。正是受此影响，初唐时代的文学文化可以沿着健康的方向稳步前进，推动了盛唐文学高潮的到来。

第四章
文艺融通与中古
文学创作因革

　　究其实质而言，文学创作从属于艺术发展的整体范畴，特别是文学的艺术风貌大多受到时代艺术思潮的制约与影响。因此，考察文学创作的嬗变，立足于文艺融通的视角是文学史研究的重要方法之一。我国的汉唐时期，文学与艺术的各个领域声气相通，其创作表现受到当时其他艺术领域的思潮濡染的情形所在多有。本章从题材史与艺术表现、文学创作与书法思想、诗学艺术嬗变等多重维度入手，深入探讨送别诗的艺术发展、初唐文化渊源和李白的诗学思想等重要问题，以期对汉唐文学内部发展及其与相关艺术领域的复杂关系予以揭示。

第一节　魏晋南朝时期别情诗中的山水描写

在我国古代文学发展史中，作为一类重要的诗歌表现题材的离别相思之诗，其中所体现出的深厚婉转的惆怅情感是决定其能够成为单独类别的主要原因。但要将那种蕴含于心的情感委婉而含蓄地表现出来，并为读者所感知，就需要诗人借助形象化的诗歌表现手段来对离别相思的愁绪加以艺术化呈现。正是在这个意义上，以山水为代表的景物描写便成为我国古代别情诗中表现情感的重要组成部分，寓情于景的表现手法不仅可以使诗人幽渺含蓄的情感得到艺术化展现，形成含不尽之意而见于言外的艺术境界，而且别情诗中的山水描写在不断发展的过程中与当时山水诗本身的发展历程形成互动，从而对推动山水诗创作的深入产生深刻影响。本文循着这种思路，通过考察魏晋南朝时期别情诗中山水描写的发展特点，进而与此时同步发生的山水诗题材独立做比较，来分析两者之间存在的复杂关系。

一、魏晋之前离别诗的回顾

我国文学史上最早出现离别描写的诗歌是《诗经》中的《燕燕》《渭阳》《高》《烝民》《韩奕》《采薇》《有客》等篇章。其中《采薇》的最后一节是以景物描写烘托出主人公的相思哀愁。全诗的主题是征战在外的士卒所面对的艰苦生活和思归故乡的渴望之情，采用以薇起兴的艺术手法，辅之以章法和词法上的复沓叠奏，从而将戍役军士远别家乡、历久不归的军旅生活层层写出，最后以"昔我往矣，杨柳依依，今我来思，雨雪霏霏"一节结束全诗，突出了还乡之人在路上饱受饥寒、痛定思痛的哀苦之情。这里最为人所称道的是景物描写与诗歌抒情之间的对比和烘托，"杨柳依依"和"雨雪霏霏"不仅从季节转换的角度暗示了征人出征和还乡之间所度过的漫长时间，而且通常认为的美景在这里却触发征人心底的思乡悲情，更加从反面烘托出了背井离乡带给征人的哀伤痛苦，因此王夫之曾评价此段为"以乐景写哀，以哀景写乐，一倍增其哀乐"[①]。景物的前后对比深刻地概括了时序的流转无常、今昔的物是人非和人生的年华易逝，可见这种情景反衬的艺术表现手法使《采薇》取得了独特的情感表现效果，并使全诗的离别相思主题得到深化。此后以景物描写离别相思之情的传统正是在《采薇》的启发下逐渐为后人所吸收，东晋名士谢玄就曾认为此诗的"杨柳依依"一节为《诗经》中最好的诗句。同时需要指出的是，由于《诗经》时代诗歌艺术表现所处的发展阶段，本诗中的景物描写是选取了具有典型意义的场景作为表现征人生活的背景，而且杨柳之"依依"和雨雪之"霏霏"也说明了作者在抓住景物的突出特征时并没有做更细致的描写，这与其主要作用是从侧面烘托主人公的生活之艰辛有关，虽然在景物描写中也蕴含着深幽的悲情，但全诗的最后依然还是要通过主观的直抒胸臆即"我心伤悲"来凸现诗歌的主题。因此《采薇》标志着别情诗中以景物写离别相思的开端，虽然此时的景物描写是以作为诗歌表现的背景为主，但这为后来别情诗中艺术表现手法的开拓指出了方向。

到了汉末时期，《古诗十九首》意味着文人五言诗在中古时代的崛起，并以游子思妇的离别相思扭转了汉赋以铺张扬厉为主的艺术潮流，而代之以抒情性的诗篇，开启了诗歌重视情感寄托的主流。在描写游子

---

① 王夫之：《姜斋诗话》，人民文学出版社，1961，第140页。

思妇的离别相思时,《古诗十九首》中大量运用了比兴寄托的艺术表现手法,其中多是外在的自然景物,如以"胡马依北风,越鸟巢南枝"来反衬出游子难以归家的苦闷之情,以"芙蓉兰草"的无人可遗象征了思妇对远游他乡的夫君的思念,以"兰蕙花"的过时枯萎暗示了思妇对自己韶华易逝的喟叹并寄托了盼望夫君早日归来的渴望之情,以"文采双鸳鸯"揭示出游子和思妇虽相隔万里却时刻相思的心情。当然《古诗十九首》中也有对《诗经·采薇》将景物作为背景的继承,比如《青青河畔草》中描述的园柳郁郁和青草茂盛,《青青陵上柏》中对洛阳繁华景象的描写,这些都是为了从正面或反面突出诗中主人公的悲伤心境。同时相比于《诗经·采薇》的传统,《古诗十九首》中以景物描写别情的手法已经有了很大的进步,不仅表现为景物的描写范围更大,如胡马、越鸟、芙蓉、兰草、松柏、蟋蟀、明月等都被用来作为诗歌表现的意象,其中既有以背景的设置来烘托气氛,更有作为创作主体的情感象征来寄托游子思妇的离别相思,这种比兴寄托的艺术表现手法正是对《诗经·采薇》传统的重要发展,这也说明了景物描写在表现主体情感方面所起的作用日益深化,作者已经可以通过情感的默契联系来寻找创作主体与外在景物之间的相似关系,并借助这种相似的联系表现自己的内心感情,从而使原本需要直白陈述的感受可以得到含蓄委婉的表达。当然《古诗十九首》中的一些诗歌也具有直抒胸臆的词句,如"荡子行不归,空床难独守""何不策高足,先居要路津""同心而离居,忧伤以终老"等,但诗中那些具有象征意味的景物意象本身就已包含了作者的情感趋向,这些意象由于和作者的情感形成比附的关系而可以直接显示作者的意旨。从这个方面来说,《古诗十九首》中的景物描写的确在艺术表现上有了很大的发展,这也是文人诗主观创作意识的显露。

二、魏晋时期以山水写离别的诗歌创作

通过追溯前代离别相思诗歌中景物描写的发展，可以发现魏晋南北朝时期的别情诗歌创作正是在此基础上继续向前推进。此时的景物描写中开始出现山水成分，这是景物范围扩大的必然结果。三国时期的曹植在《赠白马王彪》中首先以山水表现离情，该诗作于曹植在回藩的路上与曹彪分别之时，此时的他已受到其兄曹丕的排挤，心情极为苦闷，可以说此诗就是曹植心境的真实写照。该诗中写到曹植与曹彪分别时的情形：

> 秋风发微凉，寒蝉鸣我侧。原野何萧条，白日忽西匿。归鸟赴乔林，翩翩厉羽翼。孤兽走索群，衔草不遑食。感物伤我怀，抚心长太息。①

此段是对当时两人分别场景的展现，"秋风发微凉"交代了此时的季节，同时秋天的萧瑟阴沉也加重了分别时的悲伤气氛。在悲秋的氛围中，诗人的视角从近处的寒蝉哀鸣逐步伸展到萧条原野的尽头，那是已经暮霭沉沉的夕阳。天色已晚，倦鸟归巢，孤兽逐群，眼前之景使得面临分别的诗人心头所笼罩的孤独之感更加沉重。曹植的此段山水描写是借鉴了《诗经》中的《君子于役》的场景，辅之以《古诗十九首》利用景物作情感寄托的传统手法，从而使诗人的孤独感得到艺术化的呈现。最为重要的是，曹植已经懂得场景的安排，观察视角由近及远，个中景物与整个场景能够统一于诗人的情感色彩之中，既有对景物细致的刻画，更有对整体氛围的把握，这种独具匠心的巧意经营与此时诗歌文人

---

① 赵幼文校注《曹植集校注》卷二，人民文学出版社，1998，第297-298页。

化的趋势是一致的，即诗人对以景写情已有自觉的认识。

由于两晋时期的诗人游宦行旅较多，因此别情诗的创作开始呈现繁荣的景象，最为突出的是祖饯诗和游宦诗。这两类诗歌在创作氛围、诗歌风格和创作意识方面都有显著区别，此时的祖饯诗多为群体创作，是在正式的送行场合进行创作。《晋书》曾记载过很多次这样的祖饯之事，如《卫瓘、张华附刘卞传》载："初，卞之并州，昔同时为须昌小吏者十余人祖饯之。"①《刘隗、刁协、戴若思列传》载："（元）帝亲幸其营，劳勉将士，临发祖饯，置酒赋诗。"②《宗室列传》载："江州刺史褚裒当之镇，无忌及丹阳尹桓景等饯于版桥。"③《武十三王列传》载："俄而玄至西阳，帝戎服饯元显于西池，始登舟而玄至新亭。"④据这些记载可知，两晋时期的祖饯诗受制于这种正式场合的群体创作特点，其诗歌中所呈现的个性特征并不突出，而且多为应景文字，因此语言风格典雅有余而个性不足，情感色彩较为欠缺。如陆云作《太尉王公以九锡命大将军让公将还京邑祖饯赠此诗》，赞美王公得到天子的褒奖，荣归京邑，大家聚集此地为之饯行，嘉乐盈耳，虽有离别之悲，但更多的是祖饯气氛的热烈。该诗中也曾以山水写离情：

昔乃云来，春林方辉。岁亦暮止，之子言归。⑤

这是完全模仿《诗经》中的《采薇》末节的场景，而失去了原诗那种以写景烘托悲伤的氛围，因此这时的祖饯诗在山水描写方面由于其创

①房玄龄等撰《晋书》卷三十六，中华书局，1974，第1078页。
②同上书，第1847页。
③同上书，第1106页。
④同上书，第1739页。
⑤逯钦立编《先秦汉魏晋南北朝诗》，中华书局，1983，第699页。

作个性的欠缺而较少关注有价值的开拓。

相比于此，游宦诗由于多为诗人个体情感的抒发而更多地具有主体的色彩，同时诗人远离家乡，游历各地，眼界开阔，地域的差异很容易对诗人的心境产生影响而使之将所看到的不同景色写入诗中，因此在游宦诗中以山水写别情就成为此时别情诗的重要特征。其中最有特色的是陆机、潘岳和曹摅等诗人。陆机身为东吴名门之后，西晋统一全国后，他也从家乡来到都城洛阳以求仕进之路，《赴洛道中作诗二首》就是作于他赶赴洛阳途中，其一曰：

> 总辔登长路，呜咽辞密亲。借问子何之，世网婴我身。永叹遵北渚，遗思结南津。行行遂已远，野途旷无人。山泽纷纡余，林薄杳阡眠。虎啸深谷底，鸡鸣高树巅。哀风中夜流，孤兽更我前。悲情触物感，沉思郁缠绵。伫立望故乡，顾影凄自怜。[1]

此诗写出了陆机只身赴洛途中的孤独之感，辞别亲人，虽明知有世俗之网婴身，但陆机还是赶去洛阳寻找进身之阶。该诗中的主要部分是描写途中所见之景，空旷的野林已距离家乡很远了，连绵的远山湖泽、雾霭之中的树林更显缥缈遥远，这既写出了陆机行程的路途之远，其实也暗示了陆机未来所期望的仕途。虎啸深谷和鸡鸣树巅虽非视野所及，但听觉上的感受更能激起此时孤独的诗人心头的凄清悲伤之感。至于"哀风"和"孤兽"显示了陆机创作中曾受到了曹植《赠白马王彪》景色描写的启发，因此陆机在此既有对传统的继承，更有所发展，即诗中的景色经过诗人的剪裁而更具典型特征，几句山水描写的点染，疏落有

---

① 逯钦立编《先秦汉魏晋南北朝诗》，中华书局，1983，第684页。

致，野途、山泽、树林、虎啸、鸡鸣等意象简单而含蓄地组成了一幅山
野行旅图，而且视觉和听觉的双重感受也成为触发诗人悲感的重要因
素，这种诗人的有意安排已显示了山水描写与别情悲感之间正在逐步走
向情景交融的境界。潘岳和张协的诗歌中也有此类描写，如潘岳《内顾
诗》其一曰："静居怀所欢，登城望四泽。春草郁青青，桑柘何奕奕。
芳林振朱荣，渌水激素石。初征冰未泮，忽焉振绤绤。"曹摅《答赵景猷
诗》其五曰："越登关阻，踰历山川。峻阜隆崇，流水泉泫。旷野冥莽，
修途泯绵。鸟鸣雍雍，木落缤翩。薄寒吹凄，微风交旋。"

南朝晋宋之交的著名田园诗人陶渊明在别情诗中也曾以山水写离
别，历来的研究者只是认为陶诗中的《游斜川》是山水诗，其实陶诗中
写别情的山水成分也值得关注。如《于王抚军座送客》曰：

> 冬日凄且厉，百卉具已腓。爰以履霜节，登高饯将归。寒
> 气冒山泽，游云倏无依。洲渚思绵邈，风水互乖违。瞻夕欲良
> 讌，离言聿云悲。晨鸟暮来迟，悬车敛余晖。逝止判殊路，旋
> 驾怅迟迟。目送回舟远，情随万化遗。①

该诗开篇首先运用总体写景来渲染离别气氛，点明题目主旨。冬日
凄厉，枯草丛生，在这浓霜笼罩的寒冷时节，大家聚会于此为王抚军饯
行。随后又以近于水墨画的笔致描写寒气中的远山、飘荡无依的游云，
视野在由近及远的同时由上到下，从高远到平远，一直伸向远方的洲渚
和即将载客远行的水路，既写出了王抚军此行的路途遥远，更将离别的
伤感寓情于景，最后全诗是以景和情并举作结，尤其是"目送回舟远"
隐含了一位久立岸边、不肯离去的诗人形象，看着回舟渐行渐远，这将

---

① 袁行霈笺注《陶渊明集笺注》卷二，中华书局，2003，第150–151页。

诗人心中对友人离去的怅惘之情很形象且含蓄地表现出来，后来大量唐诗绝句的结尾对此多有继承。难怪方东树《昭昧詹言》曰："景与情俱带画意。"这说明陶渊明此诗中的山水景色描写淡而有味，在写意之中饱含对友人离别的深情厚谊，这与其田园诗中的自然之趣是一致的，疏淡之中别有一番意味。除此之外，陶渊明还有一些别情诗中具有山水描写的成分，如《庚子岁五月中从都还阻风于归林》其二曰："崩浪聒天响，长风无时息。久游恋所生，如何淹在兹。"《辛丑岁七月赴假还江陵夜行途中一首》曰："凉风起将夕，夜景湛虚明。昭昭天宇阔，晶晶川上平。"这些诗句体现了陶渊明在写景时的自然真趣，如果说"崩浪聒天响"还只是以典型化的景色来烘托自己久别家乡的悲情，那么"夜景湛虚明"则是对虚空澄澈的月明之景富含概括的把握，显示了山水景色在别情诗中已具有了独立的审美意义，其中山水景色自身的魅力与后来的山水诗几无二致，这其实预示了此时山水逐渐走出理窟而为人所欣赏的趋势。

南朝时期，谢灵运作为我国首位大力创作山水诗的著名诗人，其诗中不仅有大量纯粹的登临游览的山水诗作，这是确定山水作为我国古代诗歌中一类重要题材的基本因素，同时他在某些离别之作中也写到了山水，如《永初三年七月十六日之郡初发都》中的"秋岸澄夕阴，火旻团朝露"，《邻里相送至方山》中的"析析就衰林，皎皎明秋月"，《登临海峤初发强中作与从弟惠连见羊何共和之》中的"秋泉鸣北涧，哀猿响南峦"等。相比于谢灵运那些以"移步换形"的手法形成大全景式构图的山水诗，这些别情诗中的山水成分已经显得十分精练。秋天的傍晚，江水里倒映着山岸和云霭，阴沉凝重；秋天的清晨，晶莹圆实的露珠转动于草尖树叶，摇摇欲坠。这些途中所见的秋景就在"秋岸澄夕阴，火旻团朝露"中得到极富概括的呈现，所描写的景色本身就值得细细品味。而"析析就衰林，皎皎明秋月"和"秋泉鸣北涧，哀猿响南峦"则是继承了汉魏古诗传统中的对偶描写，尤其是第二句的上句写水，下句写山，这是谢灵运一般山水诗描写的惯例，而此句的景色在其他意象的映衬下更显凝练。同时，这些诗句语言清新自然，这与"大谢体"一般的典涩凝重、苍硬奇崛的风格已大不同。继大谢之后，对山水诗的创作有突出贡献的是南齐时的谢朓，他以清新流利的诗歌风格而与大谢划出分界，因此其诗俗称"小谢体"。其中最能体现小谢风格的山水诗就是谢朓的行役离别诗，如《临溪送别》曰：

> 怅望南浦时，徒倚北梁步。叶下凉风初，日隐轻霞暮。荒城迥异阴，秋溪广难渡。沫泣岂徒然，君子行多露。①

相比于以往的送别诗，谢朓此诗的首句以大家熟识的典故点出送别的主题，既交代了送别的地点，又将此地点虚化而产生出送别所共有的悲伤气氛。中间写景的几句通过对江南烟景的轻灵描写以平远的视角点出了送别之时的环境，暮霭笼罩，日色渐隐，此时的荒城更显孤寂阴沉，原本并不宽广的溪水也难辨涯际，隐含了远行路途的渺无尽头。这种朦胧山水的描写之中实际蕴含了诗人临别之时的伤感悲凄，青烟薄暮，如梦似幻，却笼罩诗人心头挥散不去。最后两句点出了临行分别的悲伤。因此，成倬云评此诗曰："起结将正意点清，中间写景处即有情在。"此诗的关键正在中间的几句寓情于景的山水描写，诗人送别的不尽之意都隐含于这短短四句所描写的景色之中了。除此诗外，谢朓另有《新亭渚别范陵零》曰："洞庭张乐地，潇湘帝子游。云去苍梧野，水还江汉流。"《送江水曹还远馆》曰："高馆临荒途，清川带长陌。上有流思人，怀旧忘归客。塘边草杂红，树际花犹白。日暮有重城，何由尽离席。"《送江兵曹檀主簿朱孝廉还上国》曰："方舟泛春渚，携手趋上

---

① 曹融南校注《谢宣城集校注》卷三，上海古籍出版社，1991，第249页。

京。安知慕归客，讵忆山中情。香风蕊上发，好鸟叶间鸣。挥袂送君
已，独此夜琴声。"谢朓在这里不再如谢灵运那样铺叙路途的所见所闻、
堆砌繁复众多的自然意象，而是抓住山水自然中最具特点的生动灵机，
淡笔点染，疏朗勾勒，简单之中却境界全出，如"云去苍梧野，水还江汉
流"通过视野的远近交错不仅写出了整个送别景色的苍茫低沉，更从音
节字面上形成回环往复之美。而"塘边草杂红，树际花犹白"则从色彩
的对比搭配上造成视觉的美感，缤纷的红白花朵在绿意的映衬下更显可
爱，同时又以这种乐景的描写反衬出离别的愈加悲伤。可见，谢朓已经
充分吸收了齐梁体诗中的精巧构思，将山水描写化繁为简，从而包蕴着
诗人不尽的情思，尤其像"独此夜琴声"这般以景结情，这就摆脱了汉
魏以来古诗多以直接抒情结尾的传统，对此后绝句的发展影响深远。

　　南朝后期，以山水写别情最著名的诗人是何逊，翻检其诗作，我们
可以发现何逊大部分的创作属于离别相思之作，而且诗中的山水描写比
比皆是。如《与胡兴安夜别》曰：

　　　　居人行转轼，客子暂维舟。念此一筵笑，分为两地愁。露
　　湿寒塘草，月映清淮流。方抱新离恨，独守故园秋。[①]

　　此诗中"露湿寒塘草，月映清淮流"明显体现了齐梁诗风体物细致
的特征，意象虽多却注意彼此之间的搭配，丝毫没有大谢体式意象堆砌
的生硬之感，而且这里经过诗人有意识的组合还会透出很多言外之意。
草带寒露，说明此时夜已深沉；江侵月色，是说舟已远行，帆影消失在
茫茫月色之中，唯见"月映清淮流"，同时景色之外还暗示了诗人自己
目送友人离去而孤凄怅惘的心境。诗篇最后以"独守故园秋"结尾，这

────────────

① 何逊：《何逊集》，中华书局，1980，第38页。

也是受到了谢朓别情诗的影响，从这里我们也可看出小谢体在此方面对后世同类诗歌的启发。何逊所创作的此类诗歌很多，他最值得推崇之处是在情景交融方面能够"善于捕捉特定时刻的景物特征以烘托气氛，使大致相似的离情别绪在不同的境界和氛围中各具特色"[1]。如他的《相送》曰：

客心已百念，孤游重千里。江暗雨欲来，浪白风初起。[2]

此诗已经完全脱去了送别诗"点题—写景—抒情"的以往套路，只是呈现了一位孤独游子临行时的江上景色，尤其是"江暗"两句，舟将行，而江上云暗风起，既通过特定时刻的景色写出了离别时的氛围，更寓有游子所面临的旅途艰难和凄苦之意。诗人只是选取了一个送别的镜头，却将百念的客心都隐含于这个镜头所展现的景色中了，读者在品味景色之余更可以体会游子此时的心境。因此，陈祚明评价曰："此景何湛！'山雨欲来风满楼'，不似此二句生动中富有高浑之气。"[3]到何逊这里，魏晋南朝别情诗中的山水描写已经达到了情景交融的境界，而且齐梁诗特有的体物细致的手法也为塑造山水意境在艺术上准备了充分的条件，唐诗中以山水写别情的佳作正是循着这种创作的线索发展而来的。

三、魏晋南朝以山水写离别创作的文体论辨析

魏晋南朝诗歌的发展繁荣给此时的诗人提出了从题材方面作分类的要求，越到后来，南朝时期的文学总集不断产生，文学理论中注重文体

① 葛晓音：《山水田园诗派研究》，辽宁大学出版社，1993，第62页。
② 何逊：《何逊集》，中华书局，1980，第47页。
③ 陈祚明：《采菽堂古诗选》，上海古籍出版社，2008，第851页。

分类的趋势也日渐明显，这方面以刘勰的《文心雕龙》和萧统的《文选》最具代表性。《文心雕龙》着重作文体的分类，而《文选》作为文学总集是从诗、赋、文等文学性较重的文体方面再作题材上的细致区分，其中寓有深刻的题材分类意义和编者的文学观念，如赋被分为京都、郊祀、畋猎、纪行、游览、江海、物色、鸟兽、志、论文、音乐、情等十余类，诗被分为补亡、述德、劝励、献诗、公宴、祖饯、咏史、百一、游仙、招隐、反招隐、游览、咏怀、临终、哀伤、赠答、行旅、军戎、郊庙、乐府、挽歌、杂歌、杂诗、杂拟等二十余类。①如果将这些类别名称和所选赋诗进行对比，我们可以发现萧统在这里是以内容为标准，也就是现在通常所言之"题材"。当然这种分类反映了萧统的文学观念，与我们今天的题材类别有同有异。本文涉及的别情诗和山水诗在萧统的《文选》中虽没有明确的对应类别，但根据诗歌的内容而言，别情诗多存于"祖饯"和"赠答"两类，而山水诗则多见于"游览"和"行旅"两类。

这种诗歌的题材分类必须以其内容的确定性为前提，诗中描写的内容必须带有区别于其他的本质特征，这是题材可以单独成为一类的最基本条件。别情诗是以离别相思的内容为主，而山水诗则以描写山光水色为重，当然这种对于内容本质的发现必须要在创作过程中逐步完成。《文选》中的诗歌选择也体现了这种趋势，以祖饯诗为例，《文选》中有曹植的《送应氏诗二首》、孙楚的《征西官属送于陟阳侯作诗》、潘岳的《金谷集作诗》、谢瞻的《王抚军庾西阳集别时为豫章太守庾被征还东》、谢灵运的《邻里相送方山诗》、谢朓的《新亭渚别范陵零诗》、沈约的《别范安成诗》，这些诗作都鲜明地体现了祖饯送别诗的基本特点，诗中包括送别地点、送别之人、送别之事以及送别中的伤感之情，可见这些都

---

① 萧统等编《文选》，李善注，中华书局，1977。

是祖饯诗构成一类题材的标志。山水诗也是同理，"游览"和"行旅"是《文选》中最符合我们今天所谓的山水诗定义的两类，其中入选最多的是谢灵运，包括《从游京口北固应诏》《晚出西射堂》《登池上楼》《游南亭》《游赤石进帆海》《石壁精舍还湖中作》《登石门最高顶》《于南山往北山经湖中瞻眺》《从斤竹涧越岭溪行》《初发郡》《过始宁墅》《富春渚》《七里濑》《发江中孤屿》《初去郡》《初发石首城》《道路忆山中》《入彭蠡湖》等，如此多的诗作入选"游览"和"行旅"，这与谢灵运作为文学史上首位倾力创作的山水诗人是相称的。可见萧统的意识中已具备了对别情和山水观念本质的准确判断。从谢灵运入选的诗作来看，多为典重凝涩、深雅奇崛之作，这也是山水诗中"大谢体"的基本特征，可见此时萧统所认为的山水诗是以"大谢体"为代表的。

带着这样的标准，我们反观魏晋南朝时期别情诗，其中的山水描写其实是在山水诗向大谢体发展线索之外的另外一路。到了南朝时期，谢灵运的创作标志着山水诗成为诗歌中独立题材的开始，萧统的观念中也有此认识，但别情诗中的山水描写也在逐步走向成熟，到谢朓那里则以"小谢体"的特点而成为山水诗发展的重要一支。大谢运用移步换形的创作手法，按行途中的游踪层层铺展，形成大全景式的构图特点，极貌写物，穷力追新，在精细刻画景色的同时造就了繁复、典重、深丽的艺术境界。而小谢则注重景物剪裁、意象组合，通过对山水景色的整体把握形成了清逸秀丽的审美之境。最关键的是大小谢在山水与情感的表现关系方面存在差异，大谢继承赋法写作的铺叙传统，较少个人情感的渗透，而小谢则渊源于以山水写别情，山水中必然紧密联系着诗人创作送别诗时的主观感情。这种差异在南朝时期很多诗人的创作中有着复杂的表现，尤其是大小谢的山水创作形成特点后，一些山水诗人的作品中并存着这两种风格的诗作。谢朓就有大谢体式的创作，如《游山诗》《游敬亭诗》等，风格酷似大谢全景构图的特点。何逊也有《渡连圻二首》，以奇崛生涩的文字表现了山势的险峻高耸，字句的生僻和描写的繁复明显取法于大谢，这与何逊诗中清旷淡远的风格差异甚大。但由于此类诗歌数量较少，其主要创作倾向是注重情景交融式的以山水写别情之作。另外一些山水诗作，如宋孝武帝刘骏的《游覆舟山》《登作乐山》《登鲁山》，江夏王刘义恭的《登景阳楼》，鲍照的《登庐山》《从庚中郎游园山石室诗》等也都与大谢体的艺术风格相近，从这些诗歌的题目可见大谢体的风格多在登临游览之作中最为鲜明，而萧统所选谢灵运的诗作中也以此类为主。山水诗在谢灵运手中形成其基本特征之后，后来者也是多在登临游览中模仿大谢体，这就在无形中与以山水写别情所形成的小谢体自然区分开了，而魏晋南朝以来别情诗的山水描写经谢朓的创作后形成一种崭新而固定的山水诗创作传统，其中受到送别诗情感趋向制约的寓情于景和情景交融在艺术描写手法的日渐完善中逐渐获得展现，这决定了此种山水描写与登临游览之作在写作风格上存在明显的差异。同时，山水景物本身在山水描写中所呈现的审美意义也得到很好的保留，这就使得山水诗从大谢式的古意走向小谢式的近调，主体的创作情感在日益精致的山水描写中得到更好的寄托和显现，并为后来唐诗中山水题材的继续开拓准备了艺术经验，在此基础上，小谢式的传统才能超越大谢式风格而对此后我国的山水诗创作产生深远影响。

综上所述，魏晋南朝时期别情诗中的山水描写是在继《诗经》中的背景烘托、汉末《古诗十九首》中的情感寄托和象征的传统之后，开始了探索山水诗自身的描写经验及其与诗人情感的融合之路。在此过程中，山水诗作为一类重要的诗歌题材在谢灵运手中变成现实，并受到萧统等《文选》家的重视，然而别情诗中的山水描写在经过长时间的创作经验积累后，到此时也在谢朓的创作中臻于成熟，其以写景凝练和情景交融的特点形成大谢体之外的另一支，并被此后的山水诗所继承，从而成为以后山水诗创作的主要方向。

第二节　从崇尚王羲之书法看唐太宗朝文化渊源和审美理想

"书圣"王羲之在唐太宗时期曾受到书法艺术界的普遍推崇，唐太宗御撰《晋书·王羲之传》，把王羲之视为理想书风的代表。前人对此现象从书法艺术史的角度进行了深入的研究，并能从中见出当时的审美风尚，体现了跨学科门类横向研究的开阔视野。但这也就说明了较少从纵向发展的线索发掘崇尚王羲之书风的渊源。同时，已有成果中存在着一些对王羲之书风所代表的审美风尚的误解，这就影响了对唐太宗审美理想的判断。本文拟针对这两个问题进行探讨，以期加深对唐太宗朝文化渊源和审美理想的理解。

一、唐太宗崇尚王羲之书法的历史渊源

初唐时期，书法艺术界被以东晋王羲之为代表的传统书风所笼罩，不仅由南入北的大书法家欧阳询、虞世南等在创作上直接受到王羲之的影响，更为重要的是唐太宗从理论上不遗余力地大加推崇王羲之的书法，其提倡之功必然会对当时书法界学习王羲之的风气产生积极的推动作用。在这样的时代背景下，唐太宗在《晋书·王羲之传》中以"传论"的方式赞誉王羲之的书法："详察古今，研精篆素，尽善尽美，其惟王逸少乎！观其点曳之工，裁成之妙，烟霏露结，状若断而还连；凤翥龙蟠，势如斜而反直。玩之不觉其倦，览之莫识其端，心慕手追，此人

而已。其余区区之类，何足论哉！"①这一评价把王羲之的书法推到了至高的位置，更奠定了后世对王羲之的总体认识。

唐太宗的这种理解并非来得突兀，而是有着深远的历史渊源。对此的追溯必须从这时的书法史大背景去寻找。魏晋南北朝时期是我国古代书法艺术取得突飞猛进的时期，产生了一大批享誉书法史的大书法家，他们的书法成为后世书家取法描摹、心慕手追的对象，其中以王羲之、王献之父子最为著名，对后来者的影响也更大。虽然王氏父子出现的时代较为接近，但是他们所代表的书法风格及其对后世的影响却有很大的不同。王献之的书法产生之后，即在南朝宋齐时期得到大多数书家的推崇，形成"比世皆高尚子敬"的局面，成为当时的主流书风。像晋宋时期的羊欣和邱道护，刘宋时期的谢灵运和范晔等当世书法名家都是王献之书法的传人，甚至于文化建设方面颇有建树的宋文帝刘义隆在书法上也"规模子敬"，其中尤以羊欣最为著名，时有"买王得羊，不失所望"之谚，羊欣摹习王献之书法的近似程度由此可见一斑，这也反映了时人受到王献之影响之大。

这种书法界重视王献之的风气到了南朝萧梁时期才得到扭转。梁武帝萧衍是促成此一转变的关键人物。作为南朝时期在文化上最具修养的帝王，萧衍提倡复古之风，其初衷并非以王羲之反对王献之的书风，而是主张师法曹魏书法大家钟繇。但是由于当时距离钟繇所处的时代已远，其作品存留无多，因此学习钟书在当时是有心无力，难以推广。这时只能退而求其次，那就是学习王羲之的书法，且此时其书迹尚多。因此，当时的名家都以王羲之为取法对象。《颜氏家训·杂艺》曰："梁氏秘阁散逸以来，吾见二王真草多矣，家中尝得十卷，方知陶隐居、阮交州、萧祭酒诸书，莫不得羲之之体，故是书之渊源，萧晚节所变，乃是

---

① 房玄龄等撰《晋书》卷八十，中华书局，1974，第2018页。

右军年少时法也。"①根据颜之推的描述，陶弘景、阮研等萧梁书家的风格与"羲之之体"相似，而萧子云"晚节所变"也为王羲之早年的书法风格。萧梁大同年间的周兴奉梁武帝之命编撰的《千字文》，其中负责抄写的殷铁石以羲之之体书之，此书后被梁武帝分赐诸王，在当时上流阶层造成很大影响，王羲之书法也因此流行开来。这种《千字文》到陈朝时已在民间流传，而且当时的书家智永以弘扬王羲之书法为己任，可见原来在上层社会流传的王羲之书风此时已深入民间。

这种崇王羲之之风不仅在南方兴起和传播，而且也随南北文化交流日盛而影响到北方风气，当然北方对王羲之书法的学习有一个由浅入深的过程，北魏后期时，王羲之《小学篇》就已传入北方。《魏书·任城王传附元顺》曰："顺，字子和，九岁事师乐安陈丰，初学王羲之《小学篇》数千言，昼夜诵之，旬有五日，一皆通彻。"可见元顺所学的《小学篇》是以王羲之字体写就，这也和北魏实行汉化政策后于文化方面取法南朝的大趋势相一致。而要说北方大规模接受南朝文化的标志性事件，那就是西魏末年南方大书法家王褒入关。《周书·王褒传》曰："褒识量渊通，志怀沉静。美风仪，善谈笑，博览史传，尤工属文。梁国子祭酒萧子云，褒之姑父也，特善草隶。褒少以姻戚，去来其家，遂相模范。俄而名亚子云，并见重于世。"可见王褒书法源自萧子云，而据《颜氏家训·杂艺》的记载，萧子云的书法源自王羲之早年之体，那么王褒的书法必然会受到王羲之书风的影响。而且王褒也属琅琊王氏之后，和王羲之同属一门，渊源一脉，在入关之时曾携带世代相传的王家书迹北来，其中唐代武周时由王褒曾孙进献的王羲之作品《万岁通天帖》，就是王褒所携之物。最为重要的是，王褒的到来引起了北朝书风的彻底转变，正如庾信的到来之于北朝文学的作用一样。《周书·赵文深传》曰："及平

① 王利器撰《颜氏家训集解》，中华书局，1993，第572页。

江陵之后，王褒入关，贵游等翕然并学褒书。"这正说明南朝文学艺术的发展水平远高于北方，因此南方文士的到来促进了南学北渐的过程，加速了南北文化的交融。

当时北周学习王褒书法的贵族中就有唐太宗的父亲李渊。唐朝窦蒙《述书赋注》载："高祖（李渊）师王褒得其妙，故有梁朝风格焉。"① 不仅李渊之书师法王褒，而且据《旧唐书·后妃传上》载："高祖太穆皇后窦氏……善书，学类高祖之书，人不能辨。"② 可见唐太宗父母的书风都属王褒遗脉，这必定也对唐太宗的书法审美趋向产生深刻影响。

通过对南朝萧梁到初唐太宗时期书法史的简单勾勒，我们可以清晰地看到由最初弃王献之而慕钟繇，进而学习王羲之，最终确定以王羲之为主流书风的书法演变历程，贯穿其中的是对王羲之的推崇由自发自为到自觉学习。随着这种认识的逐步加深，唐太宗对王羲之近乎痴迷的崇尚也就成为书法史发展的必然结果。由此我们可以看到两点艺术发展的规律：首先，通常所讲的"复古"并非简单地学习古人，更不是泥古，而是斟酌古今、扬弃并举的辩证过程。梁武帝最初欲以钟繇古法改变王献之的妍媚"今体"，但是在当时崇尚文采的意识深入人心且于文化艺术有所裨益的情况下，完全抛弃"今体"成就中的审美因素而回到钟繇代表的古朴鄙质的汉隶古意，明显是抱残守缺的泥古败举。因此，推崇王羲之所代表的文质彬彬、耀文含质的书风，既能达到梁武帝变革"今体"的复古初衷，也能吸收当时已经充分发展的"今体"书风中的审美特色，传统与当代的结合必然指示的是未来书法文化发展的正确道路，唐代书法的兴盛正是这种发展观催生出的优秀成果。其次，魏征在《隋书·文学传序》中所言之南北文化交融问题，并非两种地域文化的简单

---

① 张彦远撰《法书要录》，刘石校点，辽宁教育出版社，1998，第98页。
② 刘昫等撰《旧唐书》卷五十一，中华书局，1975，第2163页。

相加，具体到实践层面则是一个复杂漫长的历程，其中北方文化要想取得进步，必要经历学习模仿南方先进文化的过程，在这种学习之中逐步渗透进北方文化的可取因素以变革之，最后才能达到南北文化的交融。因此，这种在政治家宏观视野观照下的问题往往显得粗略，而艺术家对此的实践则要复杂艰难得多。

唐代书法艺术的发展过程正是在首先学习南朝书法的基础上进行的，最后还是初唐时期欧阳询、虞世南等南方书家在接受南朝艺术的熏陶下开始探索将北朝险劲质朴的汉碑书风融入王羲之的书法，使之更具骨力，从而超越前代结出了初唐书法的硕果，并深刻影响了后来诸如褚遂良、薛稷等书法家。由此可见初唐的文化艺术是从南朝的文化传统中走出的，而其中梁武帝时期文化的审美趋向对初唐的影响更是不可忽视。因此我们有理由说，在文学艺术领域，南朝特别是梁武帝时期的文化建设是初唐文化的一个极为重要的渊源。

二、唐太宗崇尚王羲之书法所代表的审美理想

关于对王羲之书法的崇尚之风代表的是何种审美理想，有一些认识的误区，其中代表性的观点认为这是推崇南方文化的鲜明体现，甚至有的学者在分析唐太宗时期文化中的南方文化审美特征时，都会例举对王羲之书法的崇尚作为重要的论据。其实，这其中隐含着一个理解的前提，那就是对"南方文化"内涵的认识问题，换言之，就是看待"南方文化"的角度，对此问题的不同理解将会影响到如何判断王羲之书风与"南方文化"的关系。如果仅从出现的地域方面考虑，东晋时的王羲之及其书法显然可以归到"南方文化"的范畴内，这也是大多数人分析此问题的基本思路。

相对于这种较为简单表面化的认识，美学意义上的"南方文化"则一直为人所忽视，而从这一角度再来分析王羲之书法与"南方文化"的

关系，我们可以有一个更为深刻的认识。魏晋南北朝时期的书法艺术对我国书法史最明显的贡献是日趋妍媚的"今体"书法占据了主流书风，得到当时多数书家的认同，并体现于很多书家的创作实践中。这种"今体"书风是相对于"汉隶古意"而言的。刘师培先生在《中国美术学变迁论》中所说的"南派疏放妍妙，行草之体盛行，羊、刘、萧、王，师法羲、献，姿态既逞，隶意日泯"①，就是说的这种情况。就书法家推动书风发展来说，以"今体"入古意的书法家是王羲之，而对这种风尚推波助澜并向妍媚之风更进一步的是王献之，因此王氏父子的书法是变革汉法、趋向"今体"的标志。这种变化趋势并非孤立出现的，而是有其深刻的审美文化背景，美学意义上的"南方文化"正是其核心概念。

当时的各种文学艺术创作领域，都出现了质朴之气渐隐、尚丽之风日盛的美学转变趋势。以诗歌为例，承接东晋质木无文、淡乎寡味的"玄言诗"之后，南朝开启了中古诗歌的新变，即清代诗论家沈德潜所言之"性情渐隐，声色大开"的"诗运转关"②。这时的诗歌大家多崇尚文字的华美、色彩的鲜艳和结构篇章的精心组织，而在情感表达和言志抒情方面开拓无多。像著名的山水诗人谢灵运就是其中的代表，他的诗歌讲究铺排意象，用心于文采的华丽和词句的对偶，描写山水景物时采取的视角多为"移步换景"式的逐个取景，在这种细致的观察中力图全面地把所观之景反映到作品中，因此谢灵运笔下的山水景致近似于我国古代绘画中的"工笔画"，其创作方法也是以穷形尽相的"赋"法为主，而缺乏比兴寄托和情感体悟。这当然是山水诗歌在发展之初艺术经验逐步完善过程中的必要环节，但也对当时乃至后来的诗风产生深刻影响，此后的诗歌沿着这条道路踵事增华、变本加厉，最后是情感更为浮

---

① 赵慎修编《清末民初文人丛书·刘师培》，中国文史出版社，1998，第117页。
② 沈德潜：《说诗晬语》，霍松林校注，人民文学出版社，1998，第203页。

靡纤弱而文采更见华丽的宫体诗。对这段诗史，刘勰在《文心雕龙·明诗》中曰："俪采百字之偶，争价一句之奇，情必极貌以写物，辞必穷力而追新，此近世之所竞也。"①《定势篇》则具体论述道："自近代辞人，率好诡巧，原其为体，讹势所变，厌黩旧式，故穿凿取新，察其讹意，似难而实无他术也，反正而已。故文反正为乏，辞反正为奇。效奇之法，必颠倒文句，上字而抑下，中辞而出外，回互不常，则新色耳。"②由此可见南朝诗歌沉浸在崇尚俪采之风中，只是在文字的安排和句法的运用上求得点滴的创新，风气之末流近乎文字游戏，而把抒情言志的优良传统弃之不顾，美学意义上的"南方文化"即指这种弃骨而尚丽之风。

此风蔓延所及，书法亦有这种趋势。曹魏书法家钟繇继承的汉魏古隶在书法界日渐式微，为更具审美性的"今体"书风所取代。王羲之将隶书的平板质朴推进到具有欹侧之态，化字势的横张为纵敛修长，体态更趋匀称整饬，融隶书骨力于妍巧之形，尤其是王羲之的正楷，既得钟繇之神，又将笔势、笔意推向内敛，因此其楷书的端庄精致具有形巧势纵的境界，这点深得唐太宗的赞许，可见王羲之的书法集前辈各家之长而去其所短，成为书法史上承前启后的里程碑。但是王献之相比于王羲之，则在新妍的方面更进一步，这就造成其书法骨力的某些弱化，因此有"骨势不及父而媚趣过之"的说法。王献之的书法给人以逸气纵横、超凡洒脱之感，这与王羲之的将法度和超越两相结合还是有区别的。沈尹默先生曾指出，笔法方面，大王主要是内压，小王是外拓，内压重骨力，外拓重风采。因此王羲之趋古，王献之尚新，这两种审美趋向构成了中国古代书法不同特质的重要分野，而这与当时南北文化的美学意蕴

① 范文澜注《文心雕龙注》，人民文学出版社，1958，第67页。
② 同上书，第537页。

差别是一致的。地域之南北古已有之，但审美文化的南北差异则要根据艺术发展的过程来分析。而且相比于政治的分裂，书法美学的南北之分并非同步进行，而是要更晚一些。对于这点，刘师培先生在《中国美术学变迁论》中指出："美术之分南北始于东晋。"[1]这是就时代而言的。具体到个人，则是王羲之和王献之，其书风差异代表了这种书法史上审美风尚转变的分界。

就审美风格而言，王献之新妍的"外拓"之法具有明显的丽采气息，这符合美学意义上的"南方文化"的尚丽特色，而王羲之的书法则具有亦古亦今、既文且质的审美风格，因此从美学意义上说，唐太宗推崇王羲之书法并非因为欣赏具有丽采之气的南方文化，而是与其在初唐呼唤"文质彬彬"的审美理想密切相连，这在唐太宗和当时的主要文士那里随处可见。唐太宗希望自己创作的诗歌能够"皆节之以中和，不系之于淫放"，显然是要以儒家倡导的文质彬彬的"中和"之风革新南朝齐梁以来流荡文坛的浮靡之气。以魏征为代表的初唐史官更是此种理想的推波助澜者。《隋书·文学传序》曰："若能掇彼清音，简兹累句，各去所短，合其两长，则文质彬彬，尽善尽美矣。"也就是说，应调和南北文风，折中不同的美学特色，最终达到"文质彬彬，尽善尽美"的理想，因此这些认识都可以为唐太宗推崇王羲之书法作注脚。那么从这种美学意蕴的角度分析，唐太宗心中的王羲之书法是其"中和"审美理想的最佳代表，而不是体现了"南方文化"的妍丽之态。《书断·行书》对此曾有明确评价："若逸气纵横，则羲谢于献；若簪裾礼乐，则献不继羲。"[2]这就是说，王羲之的书风更趋于儒家礼乐审美理想的典雅中正，与王献之代表的"南方文化"之新妍媚趣有明显不同。

---

① 赵慎修编《清末民初文人丛书·刘师培》，中国文史出版社，1998，第117页。
② 张彦远撰《法书要录》，刘石校点，辽宁教育出版社，1998，第119页。

综上所述，通过对南朝到初唐时期书法史的梳理，主流书风发生了由学习王献之向崇尚王羲之的转变，而这与由梁武帝开启的复古之风紧密相连。当时北方文化的复苏也正与这种风气遥相呼应，最终在唐太宗时期取得合流的结果，王羲之书法的崇高地位因而得以确立，由此可见南朝萧梁的文化建设在文学艺术方面成为初唐时期文化的一个重要渊源，初唐艺术的发展很大程度上是从学习南朝成果开始的。同时，对王羲之书法的推崇成为唐太宗在初唐时期提倡"中和"审美理想的重要内容，而这正是变革"南方文化"尚丽美学风格的举措之一，我们对此应从美学艺术的角度予以理解，才会有清醒的认识。

第三节　诗法传承与理念创新

——南朝文学和李白创作中"清"概念的比较

　　李白创作的审美艺术风格是"清新明快"，这已成为学者共识。同时，李白也以"清"来评价和规范其他作品，因此对"清"的认识理解便构成了李白文学思想的重要组成部分。作为唐代伟大的诗人，李白如此推崇具有"清"的风格的诗作且身体力行之，绝非凭空产生，而应该是渊源有自的。通过对其诗文的考察总结，可以发现李白的这种创作倾向和南朝文学有着极为密切的关系，那么以李白诗文中体现的"清"概念为终点，将其与南朝文学及文论中对"清"的认识进行比较，做一番文学史的溯源，便显得很有必要。①

　　在正题开始之前，需要澄清两个问题。第一个问题是关于"清"概念使用的问题。由于我国古代文化较少西方式的严密的逻辑论证，更多地具有感性直观的特征，甚至还有比喻等用法，因此在使用某个概念时，经常缺乏对其外延和内涵的深入辨析，这让后世研究者捉摸不定，"清"这一概念也不能避免此种弊端。故必须先要明确概念使用，唯有正本，才能展开下一步的讨论。本文中的"清"是指运用于文学创作和

---

　　① 从中国古典文论的角度，对"清"的概念进行深入阐释的论文，可参见蒋寅：《清：诗美学的核心范畴——诗美学的一个考察》，载蒋寅《古典诗学的现代诠释》，中华书局，2003。

文学批评领域的概念术语，当然对其哲学学术思想上的认识也有涉及，至于其他内容和用法则溢出我们的讨论范围。另外一个问题是，李白的文学创作和理论建树存在着相悖离的倾向，这里我们要去伪存真，以李白的创作为基础，兼顾其理论主张，发掘其真正的文学思想，还李白所认识的"清"概念以本来面目。

按照文学史的一般规律，作家的创作是对其理论的实践，理论则是创作经验的提炼和升华，理论和创作应该保持高度一致，这样的例子不胜枚举。但是在我国的文学史上却出现了一些特例，即创作与理论相悖离，李白就是其中的代表。那么这就必须理清缘由，作出取舍，寻找李白真实的文学思想，为进一步的讨论打下基础。①

就现存的资料来看，李白的文学理论认识大都散见于其创作的诗辞文赋中，缺乏系统的总结，如《古风》其一、其三，孟棨的《本事诗》中关于李白的一段记载，这些是较为集中的体现；其他还有一些零星片断，如《上安州裴长史书》《泽畔吟序》《王右军》《送储邕之武昌》《经乱离后天恩流夜郎忆旧游书怀赠江夏韦太守良宰》《宣州谢朓楼饯别校书叔云》《金陵城西楼月下吟》《秋夜板桥浦泛月独酌怀遐谢朓》等。从这些或长或短的论点中，我们可以发现很多值得注意之处。

首先，李白的《古风》其一历来受到文学史家和诗论家的重视，被认为是李白文学思想的纲领性认识，这其中表现出明显的厚古薄今的复古意识，而且对《诗经》以后的文学发展史的认识有诸多偏颇之处。李白把"雅、颂"视为正声，自从衰落后，文学再未达到此高度，曰："大雅久不作，吾衰竟谁陈。……正声何微茫，哀怨起骚人。"在李白看来，

① 关于文学史上文论与文学思想的问题，可参见罗宗强先生在《李杜论略》中的相关论述，而其研究成果则以《隋唐五代文学思想史》与《魏晋南北朝文学思想史》为代表。他以对"文学思想"问题的开拓成为这方面最早将理论付诸研究实践的学者。

不仅以"哀怨"为特征的《离骚》等《楚辞》文学很难企及"正声"传统，而且自汉代以降文学就处于大倒退中，毫无可取之处。"扬马激颓波，开流荡无垠。……自从建安来，绮丽不足珍。"李白认为，扬雄、司马相如的汉大赋在文学史上开启了一股颓波浊流，对以后的文学发展起了很不好的作用，建安时期以后的魏晋南北朝文学更是不足称道。这样说来，李白几乎把《诗经》以来的文学史一笔抹杀了，《楚辞》、汉大赋、魏晋五言诗等在我国文学发展中的贡献被全盘否定。

其次，与《古风》其一的认识相表里，李白对诗歌形式的看法也带有浓厚的复古色彩。孟棨《本事诗·高逸第三》载："白才逸气高，与陈拾遗齐名，先后合德。其论诗云：'梁陈以来，艳薄斯极，沈休文又尚以声律。将复古道，非我而谁欤？'故陈、李二集，律诗殊少。尝言：'兴寄深微，五言不如四言，七言又其靡也，况使束于声调俳优哉！'"[①]这里李白明确地把自己的文学观定位于"将复古道"之路上，在诗歌形式上极为推崇四言诗，而把五言诗和七言诗视为"声调俳优"之作加以贬抑，因此这真可算是《古风》其一观点的注脚。

但是把李白其他关于诗歌的认识和以上复古思想加以对照，我们就会发现，李白的理论认识本身存在着自相矛盾之处，而且焦点就集中在对魏晋南北朝文学的认识上。一方面，他强调"自从建安来，绮丽不足珍"，另一方面却在一些诗歌中称赞魏晋南北朝的诗人，如"蓬莱文章建安骨，中间小谢又清发"（《宣州谢朓楼饯别校书叔云》），"解道澄江净如练，令人长忆谢玄晖"（《金陵城西楼月下吟》），"我家敬亭下，辄继谢公作。相去数百年，风期宛如昨"（《游敬亭寄崔侍御》），"独酌板桥浦，古人谁可征？玄晖难再得，洒酒气填膺"（《秋夜板桥浦泛月独酌怀遐谢朓》）。由此可见李白对谢朓是推崇备至的，同时《经乱离后天恩流

---

① 丁福保辑《历代诗话续编》，中华书局，1983，第13页。

夜郎忆旧游书怀赠江夏韦太守良宰》曰"览君荆山作，江鲍堪动色"，说明他对江淹和鲍照的评价也是颇高的。所以在李白的许多短小评论中，六朝文学的地位还是非常高的。

李白不仅在其理论评价上表现出这样的矛盾，在其创作实践和理论认识上更显扞格难通。据《本事诗》记载，李白把四言诗作为诗歌中表现"兴寄深微"的最佳形式，但是现存李白的诗作中只有《上崔相百忧草》和《雪谗诗赠友人》两首四言诗，而且写得质木无文，并不成功。李白写得最好的诗歌还是乐府歌行体诗，大部分是五言和七言诗。同时，李白在创作中模仿六朝诗歌的作品也很多，如他特别欣赏谢灵运《登池上楼》中的"池塘生春草"那一浑然天成的佳句，因而其诗有云："梦得池塘生春草，使我长价登楼诗。"（《赠从弟南平太守之遥》）又云："他日相思一梦君，应得池塘生春草。"（《送舍弟》）鲍照的诗歌也是李白经常学习的对象，"长风破浪会有时，直挂云帆济沧海"（《行路难》其一）的用意亦与鲍照《拟行路难》十八中的"莫言草木委霜雪，会应苏息遇阳春"近似，其对南朝乐府的"吴声""西曲"也有深入的学习。

通过以上分析可知，李白的复古理想只是其文学理论的极少部分，在他对六朝文学的大多数评论以及创作实践中，称许和学习占据了主流的倾向。关于李白文学思想中的复古意识，应该是有其产生原因的，那就是他将政治代替文学，对文学的评论其实表达的是心目中的政治理想。①像这样的情况，文学史上不乏其例。而且一个诗人文学理论思想的形成受到许多因素的制约，政治因素是其中一种。李白在盛唐气象的激荡下始终洋溢着文人特有的积极用世精神，"申管、晏之谈，谋帝王之

---

① 关于李白《古风》其一之文学思想的内涵，可参见拙文《李白〈古风〉其一再探讨》，载张伯伟、蒋寅主编《中国诗学》第十四辑，人民文学出版社，2010。

术。奋其智能，愿为辅弼，使寰区大定，海县清一"（《代寿山答孟少府移文书》），所以这种宏大的政治理想也会不自觉地渗透到李白的文学理解中，使得他的文学理论被夸张和歪曲而与其真正的文学实践相背离，很多评论也失之偏颇。袁行霈先生在《李白〈古风〉（其一）再探讨》中对此有过精辟论述，明确指出此诗主要不是论诗，而是论政，重点在论政治与诗歌乃至整个文化的关系。因此，我们要准确把握李白的文学思想，不能被《古风》和《本事诗》的材料所局限，应该从整体上有一个更为全面而深刻的认识。要想如此，李白的创作实践可说是最准确的途径。罗宗强先生早在《李杜论略》中曾指出："事实上创作实践才是他（李白）的文学思想的更为直接、更为真实的体现。一个时代的文学主张也是一样，它不仅反映在文学理论批评的著作里，而且更充分、更广泛、更深刻地反映在当时的创作倾向里，只根据当时的文学理论和批评去判断当时的文学思想是远远不够的，还必须全面而广泛地分析当时的创作倾向。"[1]受到这种认识的启发，李白的创作实践让我们有充分的理由相信他对六朝文学的认识决非"自从建安来，绮丽不足珍"一句可以代替，李白的文学思想和创作经验与六朝文学特别是南朝文学密切相连。

至于具体分析李白的创作与南朝文学的关系，可以有很多途径，"清"的艺术风格便是其中之一。李白经常以"清"和带"清"的词语来表述自己的审美理想和艺术风格，如在《古风》其一中强调"圣代复元古，垂衣贵清真"，把"清真"作为最高的审美追求。《上安州裴长史书》曰："诸人之文，犹山无烟霞，春无草树。李白之文，清雄奔放，名章俊语，络绎间起，光明洞彻，句句动人。"李白在此以己文对诸人之文，激赏自己"清雄奔放"的艺术风格，而且评论他人之文"犹山无

---

① 罗宗强：《李杜论略》，内蒙古人民出版社，1980，第136页。

烟霞，春无草树"，推崇自己之意不言自明。同时，他也以"清"极力称赞别人的佳作，如《经乱离后天恩流夜郎忆旧游书怀赠江夏韦太守良宰》曰："览君荆山作，江鲍堪动色。清水出芙蓉，天然去雕饰。"《泽畔吟序》曰："崔公忠愤义烈，形于清辞。恸哭泽畔，哀形翰墨。犹《风》《雅》之什，闻之者无罪，主之者作镜。"不仅李白对此有自觉意识，后人的研究亦多重视此处，杜甫称赞李白之诗"清新庾开府，俊逸鲍参军"，司空图《题柳柳州集后》论李白曰："宏拔清厉，乃其诗歌也。"明代诗论家李东阳曰："太白天才绝出，真所谓清水出芙蓉，天然去雕饰。"这种评价与李白的创作实践是一致的。按照文学史的普遍规律，任何诗人都应当有其文学渊源，那么李白也应如此。翻阅李白的作品，他以"清"评价魏晋六朝特别是南朝文学甚多。如《王右军》曰："右军本清真，潇洒在风尘。"《送储邕之武昌》曰："诺谓楚人重，诗传谢朓清。"《宣州谢朓楼饯别校书叔云》曰："蓬莱文章建安骨，中间小谢又清发。"李白的"清水出芙蓉，天然去雕饰"也是受到南朝时人对谢灵运清新自然诗风的评价的启发。除王羲之是东晋人外，其余诸人都是南朝文学的代表诗人。因此，南朝文学成为李白文学思想中的"清"概念的重要理论来源。

自从曹丕在《典论·论文》中指出"气之清浊有体，不可力强而至"开始，以"清"来评论文学创作成为一时风气，到南朝时期尤为炽烈，这与魏晋时期由清谈发展而来的玄学思想密切相连。

"清"是南朝文学评论中使用频率最高的词汇之一，大到对文化形态的判定，小到对具体诗人及作品风格的评价，从创作实践到文学理论，无不如此。要解决"清"这一概念所代表的内容，必须了解当时使用时针对的对象、含义、倾向和思想背景。根据对南朝时最有代表性的文学批评著作《文心雕龙》和《诗品》的统计，《文心雕龙》中使用"清"评价文学有30次，《诗品》中也出现了15次之多。而且《诗品》的宗旨是评价历代五言诗人之优劣，将112位诗人分为三等，以"清"而论的人数，上品11人中有3人，中品39人中有5人，下品72人中有5人，因此在上、中品诗人中出现的比率较高，这些诗人代表了各个时代的最高成就（在其《诗品序》中还出现两次）。这时"清"大多是与其他词语连用，如"清绮""清铄""清切""清省""清英""清和""清峻""清畅""清雅""清巧"等。由此可见，"清"在南朝时期的文学生活中被广泛应用，是当时重要的评价标准。除使用数量多之外，受到此风熏染的诗人都是一时之选，在诗坛上具有重要地位。例如，评何逊诗"实为清巧，多形似之言"（《颜氏家训·文章》）[1]，评沈约诗"不闲于经纶，而长于清怨"（《诗品》）[2]，评吴均诗"文体清拔有古气，好事者或效之，谓为吴均体"（《梁书·吴均传》）[3]，评范云诗"清便宛转，如流风回雪"（《诗品》）[4]。又如，唐初李百药评自己的学诗心得："吾上陈应、刘，下述沈、谢，分四声八病，刚柔清浊，各有端序，音若埙篪。"（《中说·天地》）[5]这里特意指出沈约"刚柔清浊"的"四声八病"说。另外，有的诗人虽未明确有这方面的记载，如谢朓，但是谢朓属于"永明体"的代表，与沈约过从甚密，而且其诗与何逊作品相似，故而他的艺术风格亦属"清"的范畴之列。

当时以"清"评价文学，大多含有称赞颂扬的意味，属于褒义词。例如，刘勰在《文心雕龙》中提到了许多具有"清"的风格的作家，包括贾谊、张衡、曹丕、嵇康、张华、潘岳、陆云等，并对他们在文学发展中的作用给予很高的评价。在《明诗篇》中，将张衡的"清典可味"

---

① 王利器撰《颜氏家训集解》，中华书局，1993，第298页。
② 王叔岷：《钟嵘诗品笺证稿》，中华书局，2007，第310页。
③ 姚思廉撰《梁书》卷四十九，中华书局，1973，第698页。
④ 王叔岷：《钟嵘诗品笺证稿》，中华书局，2007，第310页。
⑤ 张沛校注《中说校注》，中华书局，2013，第43页。

和"古诗十九首"并提，而"古诗"本身也具有"清音独远"的特征（《诗品》），因此崇"清"之意甚明；论嵇康时曰"及正始明道，诗杂仙心，何晏之徒，率多浮浅。唯嵇诗清峻，阮旨遥深，故能标焉"，强调北魏正始时期的诗歌唯"清峻"的嵇诗和"遥深"的阮籍最佳；《时序篇》以"结藻清英，流韵绮靡"总结西晋一代文学，论东晋文学时单独拈出简文帝的"渊乎清峻"加以赞扬。由此可见具有"清"的特征的作家作品在文学史上被屡次褒扬。当时的"潘陆优劣之争"也可见出南朝时人对"清"的风格的推崇。对于西晋最著名的两位诗人潘岳和陆机，《世说新语·文学》载："孙兴公曰：'潘文浅而净，陆文深而芜。'"①《诗品》记载谢混的论述："潘诗烂若锦绣，无处不佳；陆文如披沙拣金，往往见宝。"通过比较，时人大多认为潘岳的成就更高。而潘岳之文"藻清艳"（《文选·籍田赋》注引臧荣绪《晋书》）、"清绮绝世"（《世说新语·文学》注引《晋阳秋》），可见潘文美于陆文的重要原因就是潘岳之文具有"清"的风格。当然此时也有极少的不同意见，《颜氏家训·文章》载："何逊诗实为清巧，多形似之言，扬都论者，恨其每痛苦辛。饶贫寒气，不及刘孝绰之雍容也。"其实，颜之推和刘孝绰欣赏典正雅润的文风，以雍容为特色，何逊的诗歌当然不合他们的审美趣味，但是我们还应看到代表当时文学发展方向的是以沈约为主的"永明体"诗人，而他们及萧绎对何逊诗是称赞和喜爱的。同时，《文心雕龙》在总结创作经验的篇目中也屡次推崇"清"的要求。例如，《养气》曰"是以吐纳文艺，务在节宣，清和其心，调畅其气"，《风骨》曰"意气骏爽，则文风清焉。……若能准乎正式，使文明以健，则风清骨峻，篇体光华"，《定势》曰"赋、颂、歌、诗，则羽仪乎清丽"，《声律》曰"又《诗》人综韵，率多清切"，《章句》曰"句之清英，字不妄也"。又如，

---

① 余嘉锡笺疏《世说新语笺疏》，上海古籍出版社，1983，第327页。

《才略》中列举了许多具有"清"的特色的作家事例，包括"议惬而赋清"的贾谊、"洋洋清绮"的曹丕、"奕奕清畅"的张华、"循理而清通"的温峤等。因此"清"代表的文学特色是南朝大多数诗人所具有的，也为时人所欣赏，反映了文学发展的方向。难怪魏征在总结南朝文学时说："江左宫商发越，贵于清绮，……文华者宜于咏歌。"（《隋书·文学传序》）他希望能吸收南朝的"清音"优长以促进未来健康文学样式的形成。

　　"清"在南朝时多指明确简约之意，《世说新语·文学》载："褚季野语孙安国云：'北人学问，渊综广博。'孙答曰：'南人学问，清通简要。'"①褚季野和孙安国在此区分了南北学术的不同特点，孙安国指出了南方所重的"清通简要"，这种文化的特长与上文的分析不谋而合，这里需要注意的是"清"的含义。当时还有关于南北文化分野的讨论，如《世说新语·文学》载支道林的一段话，他指出"南人学问，如牖中窥日"，而《北史·儒林传序》曰："南人约简，得其英华；北学深芜，穷其枝叶。"支氏之意是说南人的学术以小见大，正与《北史》所说的"约简"相合。所以"清通简要"之"清"亦是约简之意。通过考察，文学中的用法亦如斯。《文心雕龙·诔碑》曰："其叙事也该而要，其缀采也雅而泽。清词转而不穷，巧义出而卓立。"此"清"就是"该而要"的简约。《奏启》曰："必敛饬入规，促其音节，辨要轻清，文而不侈，亦启之大略也。""清"在这里指"文而不侈"，即有文采但不繁杂淫靡，还是简约之意。《熔裁》曰："士衡才优，而缀辞尤繁；士龙思劣，而雅好清省。"以"繁"与"清"相对，则此"清"指"繁"的反面，即简约。其他的例子还有不少，如《颂赞》曰"原夫颂惟典雅，辞必清铄"，《章表》曰"观其体赡而律调，辞清而志显"，《书记》曰"敬而不慑，简而

---

　　① 余嘉锡笺疏《世说新语笺疏》，上海古籍出版社，1983，第264页。

无傲，清美以会其才，炳蔚以文其响"。和陆机相比，潘岳的"清"指其文写得清新流畅、简约自然，他最擅长的是哀诔之文，这种文体以"该要雅泽"为特色，语言精练。由此可见，南朝时人所说之"清"是指简约明确。

在明确了"清"的含义之后，还需对其使用对象有所认识。任何术语在使用时，都有较为集中的对象，当然这种使用受到时代思维的局限。通过整理归纳可知，这时"清"的使用对象集中在下列一些方面。一是语言词汇，如《世说新语·文学》曰"林公辩答清析，辞气俱爽"，《颜氏家训·文章》曰"何逊诗实为清巧，多形似之言"，《隋书·经籍志》曰"梁简文之在东宫，亦好篇什，清辞巧制，止乎衽席之间；雕琢蔓藻，思极闺闱之内"[1]，《文心雕龙·章句》曰"句之清英，字不妄也"[2]，《颂赞》曰"原夫颂惟典雅，辞必清铄"[3]。又如《诗品》评班婕妤曰"《团扇》短章，词旨清捷"，评戴逵曰"安道诗虽嫩弱，有清上之句"，虽是评价前人，但反映的是钟嵘的认识。二是音韵格律，如《文心雕龙·声律》曰"又《诗》人综韵，率多清切"，《中说·天地》记载李百药的诗学渊源"上陈应、刘，下述沈、谢，分四声八病，刚柔清浊，各有端序，音若埙篪"，《诗品序》曰"余谓文制，本须讽读，不可蹇碍，但令清浊通流，口吻调利，斯为足矣"[4]，《诗品》评"古诗十九首"曰"人代冥灭，而清音独远"，《文心雕龙·才略》曰"《乐府》清越"，这里指的是《乐府》歌诗音韵流畅、悦耳动听。三是一种艺术风格，包括文体和诗人，如《文心雕龙》中的篇章，《宗经》曰"风清而不杂"，《定势》曰"章、表、奏、议，则准的乎典雅；赋、颂、歌、诗，

---

① 魏征等撰《隋书》卷三十五，中华书局，1973，第1090页。
② 范文澜注《文心雕龙注》，人民文学出版社，1958，第570页。
③ 同上书，第158页。
④ 王叔岷：《钟嵘诗品笺证稿》，中华书局，2007，第111–112页。

则羽仪乎清丽",《诏策》曰"晋世中兴,唯明帝崇才,以温峤文清,故引入中书",《铭箴》曰"唯张载《剑阁》,其才清采"等等,其例甚多,兹不赘述。

因此"清"所修饰的对象大多是文学的细节问题,这与当时处于文学觉醒期相一致,很多本质问题刚开始得到讨论。"永明体"是当时最有代表性的文学样式,这标志着在我国文学史上第一次对音韵格律有了自觉意识,而且其主要倡导者沈约曾提出"三易说",即"易见事,易识字,易读诵"(《颜氏家训·文章》),这都是为文的基础和细节,并没有很深的道理,但在此时提出已属难能可贵。钟嵘《诗品》中的"自然英旨"说的确很好,但他在具体操作时也不得不从最基本的问题入手,前有反对大明、泰始时期"文章殆同书钞"的不良倾向,这与沈约的"易见事、易识字"一致,要求创作时用典不宜过多,以免影响清晰流畅的文风;后有关注文学的音韵格律,要求"清浊通流,口吻调利",与沈约的"易读诵"相仿。而这些要求与"清"所标示的文学特征类似,即指语言简约精练、音韵和谐流畅,只有这样的作品才会"易见事,易识字,易读诵",达到谢朓提出的"好诗圆美流转如弹丸"的要求(《南史·王筠传》)。此外,"清"在这时已是构成文学作品本质性的重要标准,《文心雕龙·明诗》曰:"若夫四言正体,则雅润为本;五言流调,则清丽居宗。"虽然刘勰强调四言诗为"正体",但其衰落在南朝已是不争的事实,联系钟嵘《诗品序》所说的"五言居文词之要,是众作之有滋味者也",那么此时真正代表文学本质特征的是五言诗,《文心雕龙·定势》曰"赋、颂、歌、诗,则羽仪乎清丽",也把"清"作为这几种文学体裁的特征,可见这已是共识。

通过以上分析可知,南朝时期对"清"所代表的文学意义已经有初步认识,成为时人普遍欣赏的艺术风格,也是文学作品必不可少的审美特征。尽管对它的运用和认识只是文学作品的语言、韵律和艺术风格之一种，但是从其受关注的热烈程度，我们明显可以断定"清"所凝聚的成果反映了南朝文学向隋唐文学演进的趋势和文学本质特征的发展方向。

就文学自身发展规律而言，南朝的成就要远远领先于北朝，因此唐代文学必然是站在南朝文学的基础上来寻求进一步的突破，初唐时期沿袭南朝末期宫体诗风的状况就是明证，当然这其中也会孕育变革和发展。"清"的演变轨迹与此文学背景息息相关，当盛唐文学和李白诗歌达到中国诗歌史的顶峰时，"清"所代表的内涵就有了质的飞跃，这其中以李白的认识最为深刻。

明代《唐音癸签·法微（一）》曰："诗最可贵者清。然有格清、有调清，有思清、有才清。才清者，王、孟、储、韦之属是也。若格不清则凡，调不清则冗，思不清则俗。王、杨之流丽，沈、宋之丰蔚，高、岑之悲壮，李、杜之雄大，其才不可概以清言，其格与调与思，则无不清者。魏文帝《典论》云：'文以气为主，气之清浊有体，不可力强而致。'其论七子诗与文章，未尝不并重清云。"[1]这里把"清"作为盛唐诗歌的主导艺术风范，可谓灼见。不论是王昌龄、孟浩然之清新自然，高适、岑参之慷慨悲壮，抑或是李白、杜甫之雄浑博大，虽然在细微处有具体的不同，但都可以"清"来总结当时最核心的文学风格。作为盛唐气象的杰出代表，李白诗歌中的"清"要高出众人之上，"才清""格清""调清""思清"是就文学的才气、格调、韵律、思想等具体问题而言，可李白是"其才不可概以清言，其格与调与思，则无不清者"，说明其诗表现的"清"也有上述的风格，但同时又超越了那些具体范畴而有了不可言说却实实在在的境界感，是自然而然、无心自通形成的。

李白对"清"的风格的推崇，在其文学理论中有所表述，但更多地是通过其创作实践呈现出来。李白在《古风》其一中梳理了《诗经》以

---

① 胡震亨：《唐音癸签》，人民文学出版社，1981，第13页。

来的文学变迁，提出要想改变日益衰颓的文学风气，必须"圣代复元古，垂衣贵清真"，把"清真"作为由以往文学实践得出的审美理想加以肯定，指导当时的创作。同时把"清"的内涵上升到"自然"的高度，作为最高的美学风范，《古风》三十五曰："丑女来效颦，还家惊四邻。寿陵失本步，笑杀邯郸人。一曲斐然子，雕虫丧天真。棘刺造沐猴，三年费精神。功成无所用，楚楚且华身。大雅思文王，颂声久崩沦。安得郢中质，一挥成风斤？"①可以说本诗为《古风》其一的"清真"作了很好的展开和注释，那就是诗歌要写得天真自然，像西施的美貌那样，出自本色，而东施效颦、邯郸学步这样的行为却虚伪地模仿他人，矫揉造作，是可笑的、不足取的。李白在《经乱离后天恩流夜郎忆旧游书怀赠江夏韦太守良宰》中曰"清水出芙蓉，天然去雕饰"，不仅再次申明主张，而且暗含了自己的思想渊源。南朝时鲍照赞美谢灵运曰："谢五言如初发芙蓉，自然可爱。"李白的认识就由此而出，他在创作中也对谢诗很推崇，因此这时的李白把"清"的风格与"自然"的审美理想联系起来。

首先，李白诗歌中表现的"清"和南朝时的认识有继承关系，如语言、用典、韵律和思想感情的表达等，都有淋漓尽致的呈现。李白诗歌中出现最多的典故是《庄子》的"大鹏"意象和"功成不受赏"的鲁仲连。《上李邕》曰："大鹏一日同风起，扶摇直上九万里。假令风歇时下来，犹能簸却沧溟水。时人见我恒殊调，见余大言皆冷笑。宣父犹能畏后生，丈夫未可轻年少。"②还有一篇《大鹏赋》，李白始终把《庄子》中自由自在的"大鹏"视为自己的精神象征，在运用此典时丝毫不隐瞒自己的雄心壮志，写得清楚明白，用得贴切恰当，把自己的精神追求形象地展现出来，而且在临死时也以"大鹏"的衰落自比。鲁仲连的典故

---

① 王琦注《李太白全集》，中华书局，1977，第133页。
② 同上书，第312页。

出现得也很多,《古风》其十曰:"齐有倜傥生,鲁连特高妙。明月出海底,一朝开光耀。却秦振英声,后世仰末照。意轻千金赠,顾向平原笑。吾亦澹荡人,拂衣可同调。"①鲁仲连"却秦振英声",而且"意轻千金赠",李白将之视为自己的"同调"以表达"澹荡"的人生哲学,可谓深得古人用心。李白用典虽用语不多,却能恰如其分地表现思想,由此就可看出李白诗歌中的"清"的特色。

其次,在语言和韵律上,李白的诗歌高度凝练纯净,看似口语般通俗易懂,却令人回味无穷,这是根据"清水出芙蓉"的要求提炼出的诗化语言,读来珠圆玉润,音韵和谐流畅。"白发三千丈,缘愁似个长",只用十个字便将个人的心灵愁绪清晰形象地呈现出来;同为写愁,"抽刀断水水更流,举杯消愁愁更愁"不仅形象,而且音韵婉转,有回环往复的流动感,这让读者在欣赏时不禁心有所动。李白的诗歌之所以流传甚广,其原因就是语言明白如话,韵律流畅,读来朗朗上口。例如,《玉阶怨》曰:"玉阶生白露,夜久侵罗袜。却下水晶帘,玲珑望秋月。"《赠汪伦》曰:"李白乘舟将欲行,忽闻岸上踏歌声。桃花潭水深千尺,不及汪伦送我情。"《黄鹤楼送孟浩然之广陵》曰:"故人西辞黄鹤楼,烟花三月下扬州。孤帆远影碧空尽,惟见长江天际流。"《闻王昌龄左迁龙标遥有此记》曰:"杨花落尽子规啼,闻道龙标过五溪。我寄愁心与明月,随风直到夜郎西。"《望庐山瀑布》曰:"日照香炉生紫烟,遥看瀑布挂前川。飞流直下三千尺,疑是银河落九天。"这些诗歌没有生僻的字词,意思简明易懂,正反映了"清"所指的语言音韵特点。而且李白创作最多的是乐府诗,吸收了南朝"吴声""西曲"的艺术特色,语言清丽明快,情感真挚朴实,富有极强的韵律感,如《子夜吴歌》《采莲曲》《长干行》《清平调》等。胡适指出,李白"是有意用'清真'

① 王琦注《李太白全集》,中华书局,1977,第101页。

来救'绮丽'之弊的，所以他大胆地运用民间的语言，容纳民歌的风格，很少雕饰，最近自然"（《白话文学史》）。由此可见，李白诗歌的"清"与南朝文学存在着不少的联系。

再次，李白是一位极富理想色彩的诗人，那么天真、自由、傲岸，从没有要刻意隐藏自己的思想情感，反而时刻充满青春式的激情，敞开自我的心扉，书写属于自己的豪情壮志，所以李白诗歌的情感完全是爆发式的，犹如滔滔江水，倾泻不尽，仿佛只有这样才是他最佳的情感表达方式。因此，他的诗情像排山倒海的激流涌动着无尽的生命力，呈现给读者一个完全坦诚、清晰的李白。如荡气回肠的《蜀道难》、激情澎湃的《将进酒》、坚定执着的《行路难》等，这些最有代表性的诗作无不洋溢着李白式的情感涌流，这种明确的情感表达也是"清"的内容之一。

最为重要的是，李白把"自然"这一最高的审美理想充实到"清"的内涵中，从而做到了钟嵘试图想做而未实现的事，超越了南朝的认识程度，将"清"这一极具美学意蕴的概念提高到了崭新的美学境界。当然，这主要体现于李白的诗歌创作上，既有"桃花流水杳然去，别有天地非人间"的道家式的超凡脱俗，也有"长风破浪会有时，直挂云帆济沧海"的儒家式的积极进取；不仅有"抽刀断水水更流，举杯消愁愁更愁"的婉转低回，还有"天生我才必有用，千金散尽还复来"的自信满怀，抑或"安能摧眉折腰事权贵，使我不得开心颜"的傲岸独立。李白的诗歌总是直抒胸臆般自然流出，抒写的就是他那飘逸潇洒的风采神韵和不可遏抑的生命活力，每首能激起欣赏者共鸣的好诗都是李白真正的心声，表达的都是他的真性情，丝毫没有刻意雕琢，也没有欲说还休般的矫揉造作。读李白的诗，欣赏到的是畅快淋漓的情感宣泄和精神激越，他完全把自己的所知、所想、所感清楚无遗地呈现在世人眼前，难怪任华论其诗曰："文章有奔逸气，耸高格，清人心神，惊人魂魄。"所以，当"自然"与"清"联系起来时，"清"的意义就具有理想境界的价值，真是有"斯人清唱何人和"的喟叹，此种涵泳不尽的诗情是最自然的声音，恐怕后人再难以企及，所以明代王世贞说李白的诗"以自然为宗"，"太白诸绝句，信口而成，所谓无意于工而无不工者"，赵翼说其诗"工丽中别有一种英爽之气，溢出行墨之外"，此即自然之气。李白"清雄奔放"之"清"与南朝认识的最大不同正在于"自然"含义的引入，这是最高的审美理想境界。

对"清"在文学中的认识是随着不断地创作来丰富和发展的，任何文学现象都要经历这样由浅入深的认识过程。就"清"来说，南朝的认识尚浅，反映的是文学创作的细节问题，而且当时的"清"大多与别的词连用，含义还不确切，说明这是一个低层次的阶段。但毕竟时人已对"清"的风格取得很大认同，折射出文学未来的发展方向。顺着南朝文学开辟的道路，李白通过创作将"清"的认识带到了非常深入的境地，既包含了对南朝认识成果诸如语言、音韵等的继承，更有用"清水出芙蓉，天然去雕饰"之"自然"来提升其价值意义的巨大创新。这正是文学发展的辩证过程，同时体现了对李白的认识要放在文学史的纵向进程中来完成，他的成就是以南朝文学为基础的，我们从对"清"的历史比较中可以深刻感受到这一点。

第五章 文化复古与盛中唐时代的文学嬗变

　　我国古代的文化传统具有显著的"复古"色彩，这在先秦时代的儒学和道家思想中就有明确的表现，如孔子是在继承夏商周三代文化遗产的基础上创造性地建立了以"仁"和"礼"为中心的儒家思想，而老庄的道家思想则是在今不如古的思想中强调向自然天道的复归。与"复古"观念紧密相关的是，"文学"所属之"文"的概念渗透于人文主义的大背景中。然而到了汉魏六朝时期，这种"复古"倾向开始受到挑战，"文学"逐渐摆脱原有宏观的人文背景而走上"自觉"的发展之路，显示出对审美与抒情特征的重视，这一趋势对盛唐文学高潮的到来产生重要的推动作用。到了盛中唐之际，安史之乱打破了盛唐时代的繁华，"文学自觉"的发展重新引起时人的思考，强调文学与时代的关系成为大家关注的焦点，促使人们从时代背景出发重新思索"文学"的价值意义，其中以"复古"为核心而思考"文学"与文化传统的关系问题，构成一种较为普遍的思路。这大致可以反映出汉唐文学发展的总体趋向。因此，本章从文化复古的角度，结合李白、韩愈以及中唐诗文革新等经典作家和文学现象，将其置于上述汉唐文学嬗变的总体线索中，探讨在复古思潮影响下盛中唐"文学"与文化传统的关系。

第一节　李白《古风》其一再探讨

在唐代文学批评史上，对李白《古风》其一①的理解始终是古今学者争议的焦点。综合前人研究，概括起来，不外乎以下两大观点：一派是以刘克庄和胡震亨为代表，他们认为李白的《古风》其一主要是评论古今诗歌发展的历史，如刘克庄《后村诗话》云："此今古诗人断案也。"②胡震亨《李诗通》云："统论前古诗源，志在删诗垂后，以此发端，自负不浅。"③这一点后来为清乾隆帝继承，并在《御选唐宋诗醇》中又有细致的发挥。④当代的多数学者也赞成此说，如王运熙先生等。⑤另一派则以当代的俞平伯和袁行霈为代表，俞平伯先生在《李白〈古风〉第一首解析》中提出了"这诗的主题是借了文学的变迁来说出作者对政治批判的企图"的观点。⑥袁行霈先生对这一全新的观点给予充分肯定，并有进一步的发挥，他认为李白的《古风》其一"主要不是

---

① 本文用王琦注《李太白全集》，中华书局，1977。

② 刘克庄：《后村诗话》，台北广文书局有限公司，1998，第10页。

③ 胡震亨评注《李杜诗通》，清顺治七年朱茂时刻本，第5页。

④ 《御选唐宋诗醇》卷一，清乾隆间浙江书局重刻本，第12页。

⑤ 详见王运熙著《中国古代文论管窥（增补本）》（上海古籍出版社2006年版）以及《李白〈古风〉其一篇中的两个问题》《略谈李白的文学思想》和《李白文学思想的复古色彩》。

⑥ 见俞平伯：《李白〈古风〉第一首解析》，载《文学遗产增刊》第七辑，中华书局，1959，第97–104页。

论诗，而是论政，重点在论政治与诗歌乃至整个文化的关系"。①就目前
研究的情况来说，王运熙先生和袁行霈先生在前人思考的基础上又取得
了更深入的认识，他们既关注李白此诗前半部分的文学评论，又对该诗
后半部分的"我志在删述"所代表的内容进行了细致的解析。王运熙先
生认为该诗中的"我志在删述"隐含了李白以删述和编选诗歌来歌颂清
平盛世的文化理想，而袁行霈先生则对此做了另一番解释，他认为李白
的志向不仅仅是要做诗人，更重要的是做政治家，李白所谓"我志在删
述"，并不是要学孔子删诗，而是想效法孔子写一部《春秋》，总结历代
政治的得失，以此流传千古。他们最后得出的观点针锋相对，并且所采
用的研究方法各异，王运熙先生是将《古风》其一置于当时的文学观念
演变中来认识，而袁行霈先生则是从字句的训诂入手，对其中的一些关
键字句获得深入的而非泛泛的理解，进而联系李白的思想、志趣及其诗
歌的风格来把握全诗的主旨。虽然如此，但他们的分析所隐含的研究趋
向是一致的，那就是要更为准确、全面、深入地理解李白在该诗中的思
想和认识。从某种意义上说，这种"知其然"的研究实质上是不可避免
地忽略了"知其所以然"的方面，换言之，也就是对《古风》其一所体
现的思想缺乏追根溯源的研究，尤其是不能将其置于汉魏六朝以后文论
发展的大线索中来把握，其实这才是揭示李白《古风》其一所体现的文
学观念的关键。因此本文欲从此角度展开讨论。

一、李白文学观念与文学思想的辨析

在追溯李白《古风》其一的文学思想渊源之前，还是要对该诗的一
些具体问题予以澄清。

---

① 袁行霈：《李白〈古风〉（其一）再探讨》，《文学评论》2004年第1期，第
59-65页。

　　首先，最有争议的问题是关于"扬马激颓波，开流荡无垠"一句的理解。袁行霈先生认为司马相如、扬雄等人激荡骚体已颓之波，变化出汉赋这种新的体裁，由此汉赋广为流传，而且李白是肯定了他们开流之功。①安旗先生的观点与此相异，她指出，"扬马"即两汉赋家扬雄、司马相如。颓波，谓诗道颓坏之趋势。扬、马为赋家代表，故曰"开流"；汉赋阂丽恣肆，故曰"无垠"。此句言汉赋发展情形。②这就是说，李白认为汉赋是在楚骚颓坏的趋势上愈走愈远。其实，对此句的认识必须结合下句"废兴虽万变，宪章亦已沦"来分析，袁行霈先生指出这里的"废兴"之"兴"应当指汉代扬、马之开流，但李白心中更加看重的还是大雅正声所代表的"宪章"，相比于此，"废兴"纵有万变，也无法挽回正声的日渐微茫之势，这也就是"废兴虽万变，宪章亦已沦"一句的深层含义。以"宪章"的标准再看扬、马的开流之功，李白其实在这里还是继续否定了汉赋在文学史上的成绩，当然这种否定的前提是与大雅正声相比。因此，李白在该诗的前半部分就开宗明义地表明《诗经》所代表的大雅传统早已衰落，而以哀怨为主要特色的楚骚显示了这种雅正之音的沉沦，即使后来的汉赋在文学的发展史上有兴起的迹象，但与"宪章"所代表的大雅正声相比，仍属衰世文学。"自从建安来，绮丽不足珍"更是对建安时期以后的文学成就全部否定。经过一番辨析后，我们可以清晰地看出，李白是把《诗经》中的"大雅正声"视为文学的理想代表，而将从楚辞到初唐文学的成就一概抹杀。③

---

　　① 见袁行霈：《李白〈古风〉（其一）再探讨》，《文学评论》2004年第1期，第59–65页。

　　② 安旗主编《李白全集编年注释》，巴蜀书社，1990，第937页。

　　③ 参见葛晓音：《论南北朝隋唐文人对建安前后文风演变的不同评价——从李白〈古风〉其一谈起》，载葛晓音《汉唐文学的嬗变》，北京大学出版社，1990，第37–55页。

其次，关于"我志在删述"中李白的自我期望为何，学者们也莫衷一是。袁行霈先生指出，李白在此表达了自己欲效法孔子评判历史政治得失的愿望，这是由于"绝笔于获麟"代指孔子所修的"上记隐，下至哀之获麟"的《春秋》。王运熙先生则认为李白是要像孔子删诗那样编一个诗歌选集，以歌颂自己身处的盛世时代。而且王运熙先生对"获麟"的解释也有一得之见，他根据卢照邻《南阳公集序》的"自获麟绝笔"来说明李白此时的"获麟"意义已不再专门指示孔子修《春秋》，而是宽泛地成为一个时间概念，李白只是借此说明自己编选的诗歌都是盛世时代的优秀作品。以上两位先生关于"获麟"的见解，应以王运熙先生之见为妥当。理由有二：第一，王运熙先生所持卢照邻的论据从训诂学上讲对解释李白诗中的"获麟"更有说服力，毕竟他们生活的时代更为接近，彼此之间思想认识的共通性也更多。第二，李白《古风》其一的后半部分是对"文质相炳焕"的"圣代"抱有歌颂赞扬之意，认为自己生活的时代已经达到了古圣先贤所向往的"垂衣而治"，文人置身其中而"乘运共跃鳞"，自己的聪明才智得到用武之地，国家也是一派兴盛繁荣的景象，因此李白是以"获麟"特指清平盛世的时间下限，而并非效法孔子通过修《春秋》褒贬政治得失以使"乱臣贼子惧"。

再次，《古风》其一到底是李白的"文学观念"还是"文学思想"，也是需要辨清的问题，这决定了我们要从何种角度来考察该诗的思想渊源。古人对文学的理解往往是以两种形式流露出来，一种是较为系统而集中的理论阐释，另一种则是体现于古人创作作品的艺术审美趋向中，这两种表现方式既有联系，又有所区别。一般情况下，理论阐释和创作倾向在同一个作家身上是一致的，作家在创作中形成的经验是其理论思考的基础。但作家对文学的理论思考并非只局限于一己的创作经验，前人对文学的理论认识和传统思想根深蒂固的影响都可能会左右作家对文学的看法，因此作家所表露出的理论认识有时与其创作倾向并非完全一致，这在我国中古时代的作家中体现得尤为明显。鉴于此，罗宗强先生根据这种作家对文学的理论认识与其创作倾向的矛盾，将作家的理论认识和创作趋向区分为"文学观念"和"文学思想"两大概念。他在《李杜论略》中曾指出："事实上创作实践才是他（李白）的文学思想的更为直接、更为真实的体现。一个时代的文学主张也是一样，它不仅反映在文学理论批评的著作里，而且更充分、更广泛、更深刻地反映在当时的创作倾向里，只根据当时的文学理论和批评去判断当时的文学思想是远远不够的，还必须全面而广泛地分析当时的创作倾向。"[1]罗宗强先生也正是沿着这样的方向开创了"文学思想史"的研究，从而打破了以往文学理论批评研究中只是关注作家理论认识的局限。同时，我们由此也可做逆向思考，在分析作家对文学的认识时必须时刻保持对其"文学观念"和"文学思想"的区分，否则就会混淆这两种情况而产生理解上的歧义。

具体到李白《古风》其一中的文学认识，前人就曾在此方面纠缠不清，归根结底，都是片面地以李白"文学思想"的内容去规范其"文学观念"的认识。如周中孚云："太白云：自从建安来，绮丽不足珍。昌黎云：齐梁及陈隋，众作等蝉噪。二公俱有鄙弃六朝之意。严久能注云：鄙意谓太白、昌黎诗亦自六朝出，此云云者英雄欺人语耳。少陵云：李侯有佳句，往往似阴铿。此亦以六朝许之。"[2]他注意到李白在创作方面经常汲取六朝诗歌的艺术经验，显然不合于《古风》其一中的"自从建安来，绮丽不足珍"的论断。沈德潜也有同感，并将此归因于李白"是从来作豪杰语"。当代的王运熙先生分析此种情况时也说："对于李白思想中的矛盾，受制于诗人的气质和性格特征。李白是一位性格狂放、讲

---

[1] 罗宗强：《李杜论略》，内蒙古人民出版社，1980，第183页。
[2] 安旗主编《李白全集编年注释》，巴蜀书社，1990，第940页。

话常常夸张过分的浪漫诗人。"如果我们以罗宗强先生所持的"文学观念"和"文学思想"二分的标准反观李白的《古风》其一与其创作的关系，前代学者在此方面的困扰就很好解决了。显然，李白在《古风》其一中表达的是一种受到传统思想深刻影响的"文学观念"，而与其创作所体现的"文学思想"有很大距离。有关李白"文学观念"的材料并非只有《古风》其一，《本事诗·高逸第三》载："白才逸气高，与陈拾遗齐名，先后合德。其论诗云：'梁陈以来，艳薄斯极，沈休文又尚以声律。将复古道，非我而谁欤？故陈、李二集，律诗殊少。尝言：'兴寄深微，五言不如四言，七言又其靡也，况使束于声调俳优哉！'"①此处表明李白极力推崇四言诗的"兴寄深微"而否定五言及七言诗的"声调俳优"，这与李白的诗歌创作实际也不相符，因此《本事诗》中的材料也是李白"文学观念"的反映。

二、李白文学观念的历史溯源

既然李白《古风》其一所表达的是"文学观念"，那么我们在追溯其渊源时应首先考察此前"文学观念"的发展线索。在李白时代乃至更往前的初唐时代，形成一股推崇《诗经》时代并贬抑后世文学的思潮，如王勃的《上吏部裴侍郎启》、卢照邻的《驸马都尉乔君集序》和杨炯的《王勃集序》等。他们都把从《诗经》到屈宋"楚辞"在风格上的差异视为一种文学史的剧变，《诗经》雅颂所反映的是一种礼乐之道大兴的清平盛世，而屈原、宋玉以哀怨为主的文学作品是对《诗经》雅颂传统的偏离，这意味着文学发展已经无可挽回地走上了日益颠坠的末衰之路，而且导源于屈、宋创作的这种文学衰变在后来距离《诗经》的传统愈走愈远。这种"文学观念"的认识从表面上看是《诗经》雅颂传统的典雅

---

① 孟棨：《本事诗》，载丁福保辑《历代诗话续编》，中华书局，1983，第14页。

醇正与屈宋创作的哀怨缠绵的文学风格的差异，而实质上是反映了不同时代的文学与其时代政治关系之间存在的深层联系。从内容方面来说，这种认识在汉魏六朝时期突出地表现在"诗教说"的影响方面。

汉魏六朝时期"诗教说"在强调文学的伦理政治教化功能方面延续了诸多传统的认识，这主要体现在注重文学与时代政治的关系问题。任何文学创作都有其产生的时代背景，文学作品的内容和风格与时代风气紧密相关，因此文学作品的风格特征必然会反映出时代政治的面影，并且时代风气的转移和变化会深刻影响到文学创作风格的变化。除此以外，这一时期的"诗教说"也随着时代的发展而在一些具体内涵方面悄然发生着变化。这种变化主要表现为"诗教说"在汉魏六朝时期经历了三个发展阶段，即由两汉时期的美刺讽喻，到西晋时期的颂美雅正，再到南北朝时期的宗经述圣。关于这一问题，葛晓音先生在《论汉魏六朝诗教说的演变及其在诗歌发展中的作用》一文中已经有很充分的论证。[1]李白《古风》其一前半部分有关"文学观念"的内容正是对汉魏六朝时期"诗教说"内涵演变的继承，把《诗经》中的大雅正声看作后代难以企及的理想高峰，同时把屈原的怨刺之作作为此后文学创作走上不良文风之路的源头而大加贬抑。就其内容方面来说，李白《古风》其一对文学的认识与汉魏六朝时期"诗教说"的演变是一种认识上的"源"与"流"的关系，两者前承后续而共同构成了"诗教说"这一重要文论命题的发展线索，它呈现出的是此命题内涵变化的阶段特征和现象，如果只是从这一层面说明李白《古风》其一的渊源，仍没有跳出"文学观念"本身演变的范畴。因此探讨"诗教说"如何变化为这样一种状态，即影响这一命题出现变化的思想背景，才是更为关键的研究问题，换言之，即有必要从更广阔的文化背景方面来进一步分析"诗教

---

① 葛晓音：《汉唐文学的嬗变》，北京大学出版社，1990，第16—36页。

说"在汉魏六朝时期发生变化的原因，只有这样才能准确解释李白在继承前代"文学观念"方面体现于《古风》其一中的认识。

"诗教说"内涵演变中最明显的变化就是由原本的美刺并举发展为以颂美为主，影响这一转折的深层因素首先是"诗教说"本身自产生之初就存在着"风雅正变"的认识。《毛诗序》曰：

> 上以风化下，下以风刺上，主文而谲谏，言之者无罪，闻之者足以戒，故日风。至于王道衰，礼义废，政教失，国异政，家殊俗，而变风变雅作矣。国史明乎得失之迹，伤人伦之废，哀刑政之苛，吟咏性情，以风其上，达于事变而怀其旧俗者也。故变风发乎情，止乎礼义。发乎情，民之性也；止乎礼义，先王之泽也。是以一国之事，系一人之本，谓之风。言天下之事，形四方之风，谓之雅。雅者，正也，言王政之所由废兴也。政有小大，故有小雅焉，有大雅焉。颂者，美盛德之形容，以其成功，告于神明者也。①

从这段表述中可以清楚地看出"诗教说"虽然在起初之时表面上是将美政与怨刺两种功能并举，但实际内涵中有"雅者，正也"的判断和产生于"王道衰，礼义废，政教失，国异政，家殊俗"的"变风变雅"，因此"雅"与"风"之间就存在着"正变"关系，而"变风变雅"的出现也说明了王道不兴、礼崩乐坏的时代背景，由此可见这种"正变"关系在根本上是反映了政治的盛衰变迁。"正"体现了斯文鼎盛的圣贤政治，而"变"则折射出礼崩乐坏的混乱时局，前者主要表现在"颂"与"大雅"中，"变风变雅"则是后者的反映，而且象征王道政治的"正"

---

① 李学勤主编《毛诗正义》，北京大学出版社，1999，第13–18页。

显然要高于政教失范时代的"变",这种内在价值的差异就决定了如果遇到一定条件,后代文人在接受"诗教说"时便很容易只注重颂美政治的方面。与此相关但在理论表述上更简明的是《礼记·乐记》所表述的认识。《礼记·乐记》曰:

> 凡音者,生人心者也。情动于中,故形于声,声成文,谓之音。是故治世之音安以乐,其政和;乱世之音怨以怒,其政乖;亡国之音哀以思,其民困。[①]

这种"审声以知音,审音以知乐,审乐以知政"的认识与《毛诗序》的观念如出一辙,而且《礼记·乐记》中更以"安以乐""怨以怒"和"哀以思"概括了"治世之音""乱世之音"和"亡国之音",这种对应关系对屈宋作品的艺术品格在后来的"文学观念"中被否定产生深刻影响。李白《古风》其一中的"正声何微茫,哀怨起骚人"一句,前代学者在解释此句时多引《史记·屈原贾生列传》中的"屈平之作《离骚》,盖自怨生也",但具体到李白本诗中的语境,将"正声"与屈原的作品相对比,并把这种变化视为"宪章已沉沦",因此这两者之间的关系在李白诗中应是由"安以乐"的"治世之音"到"怨以怒""哀以思"的"乱世之音"与"亡国之音"的转折,《诗经》所代表的大雅正声在李白的文学观念中才是"治世之音",而屈原作品的哀怨风格是被作为"乱世之音"与"亡国之音"的代表来认识的,正是在此种意义上,从《诗经》到屈原作品才被许多文人从"文学观念"方面理解为文学史发展的巨大转折。

---

① 孙希旦撰《礼记集解》卷十九,沈啸寰、王星贤点校,中华书局,1989,第978页。

　　虽然"诗教说"在起始就存在偏向颂美一端的可能，但这种可能变成现实，还需要一定的社会历史条件，这种条件出现于魏晋易代之际。此时的一些文人在探讨往代的政治发展时总是不约而同地将上古三代的清明盛世想象成一种社会发展的最理想状态而大加赞美，同时上古三代以后的政治演变被看成一个世风日下、政教沦丧的过程，难以再现当初上古时期的那种人伦有序、彼此仁爱的自然平和景象。这种认识以嵇康的《太师箴》最具代表性：

　　　　浩浩太素，阳曜阴凝。二仪陶化，人伦肇兴。爰初冥昧，不虑不营。欲以物开，患以事成。犯机触害，智不救生。宗长归仁，自然之情。故君道因然，必托贤明。茫茫在昔，罔或不宁。华胥既往，绍以皇羲。默静无文，大朴未亏。万物熙熙，不夭不离。降及唐虞，犹笃其绪。体资易简，应天顺矩。缔褐其裳，土木其宇。物或失性，惧若在予。畴咨熙载，终禅舜禹。夫统之者劳，仰之者逸，至人重身，弃而不恤，故子州称疾，石户乘桴；许由鞠躬，辞长九州。先王仁爱，愍世忧时，哀万物之将颓，然后莅之。下逮德衰，大道沉沦。智惠日用，渐私其亲。惧物乖离，攘臂立仁。名利愈竞，繁礼屡陈。刑教争施，天性丧真。季世陵迟，继体承资。凭尊恃势，不友不师。宰割天下，以奉其私。故君位益侈，臣路生心。竭智谋国，不吝灰沉。[①]

　　在这种充满理想色彩的社会发展描述中，嵇康将上古三代的"君道因然""大朴未亏"与后来的"大道沉沦""季世陵迟"形成鲜明的对

---

① 鲁迅辑《嵇康集》，载《鲁迅全集》第九卷，同心出版社，2014，第84页。

比，把自己的社会理想寄托于三代的贤明政治，其中饱含对后世乃至自己生活之时政治形势的极端不满。与这种社会历史观相联系的是，阮籍在《乐论》中极力赞美圣人作乐的"顺天地之体，成万物之性"，完全否定了后世的文艺创作，其《乐论》曰：

> 昔者圣人之作乐也，将以顺天地之体，成万物之性也，故定天地八方之音，以迎阴阳八风之声，均黄钟中和之律，开群生万物之情，故律吕协则阴阳和，音声适而万物类，男女不易其所，君臣不犯其位，四海同其观，九州一其节，奏之圜丘而天神下，奏之方丘而地祇上，天地合其德则万物合其生，刑赏不用而民自安矣。乾坤易简，故雅乐不烦；道德平淡，故五声无味。不烦则阴阳自通，无味则百物自乐，日迁善成化而不自知，风俗移易而同于是乐，此自然之道，乐之所始也。其后圣人不作，道德荒坏，政法不立，智慧扰物，化废欲行，各有风俗。故造始之教谓之风，习而行之谓之俗。[①]

由此可见，阮籍《乐论》中的"文学观念"是根源于嵇康所代表的对三代盛世理想的想象和对后世政治的完全否定，这种社会历史观念与"诗教说"相结合，必然会产生一种新的文艺观，即三代作为贤明政治时代所产生的是符合中和之律与万物之情的美好作品，而此后的衰世末俗导致了文艺品格的浇漓流宕，这就决定了两个时期的文艺作品有价值上的高下之分，而且也较《毛诗序》中对《诗经》与时代背景之间关系的分析更加简单直接。

西晋时期，很多文人在论述政治发展线索时都采用了嵇康的社会历

---

① 陈伯君校注《阮籍集校注》，中华书局，1987，第78–82页。

史发展认识。例如，刘寔的《崇让论》认为，由于圣王的谦让之风泽被天下，保持了民风的纯朴和天下的安定，这才有了"《南风》之诗"和"五弦之琴"，此后"推让之风息，争竞之心生"致使人心不古，天下分崩。《晋书·刘毅传》载，刘毅在上疏中也把前圣之世的风俗敦朴视为盛世的典范，而后世则是"任己则有不识之弊，听受则有彼此之偏"，法度大乱，社会政治难以恢复到往古的盛世。《晋书·刘颂传》载，刘颂把三代政治的安定归功于当时"列爵五等""藩屏帝室"的封建制度，而将此后秦汉时期的郡县制视为"强弱不适，制度舛错"，并导致国家衰亡。上述认识发展到郄诜时，进一步把"文质代变"的理论框架引入分析历史演变的过程中，《晋书·郄诜传》载：

> 诏曰："盖太上以德抚时，易简无文。至于三代，礼乐大备，制度弥繁。文质之变，其理何由？虞夏之际，圣明系踵，而损益不同。周道既衰，仲尼犹曰从周。因革之宜，又何殊也？圣王既没，遗制犹存，霸者迭兴而翼辅之，王道之缺，其无补乎？何陵迟之不返也？……"诜对曰："……臣闻上古推贤让位，教同德一，故易简而人化；三代世及，季末相承，故文繁而后整。虞夏之相因，而损益不同，非帝王之道异，救弊之路殊也。周当二代之流，承凋伪之极，尽礼乐之致，穷制度之理，其文详备，仲尼因时宜而曰从周，非殊论也。臣闻圣王之化先礼乐，五霸之兴勤政刑。礼乐之化深，政刑之用浅。勤之则可以小安，堕之则遂陵迟。"[1]

在上述问对中，诏书中的问题是从"文质代变"的角度来如何分

---

[1] 房玄龄等撰《晋书》卷五十二，中华书局，1974，第1439-1440页。

析三代的王道政治与后世的霸道政治之间的发展关系。郤诜则是以从"质"趋"文"的发展线索来说明了上古至周代乃至后世的社会变迁，上古之时"推贤让位"，民风淳朴，此后制度逐渐完善，即"文繁而后整"。但在三代由"质"趋"文"的过程中，虽有损益不同，但一脉相承的是王道政治，发展到周代，"承凋伪之极，尽礼乐之致，穷制度之理，其文详备"，就是"文质彬彬"的盛世景象。但此后代之而起的是五霸之"政刑"，与周代的"礼乐大备"有制度效用上的天壤之别，"礼乐之化深，政刑之用浅"的差异必然促使以霸道治天下的后世出现政教陵迟的局面。由此可见，礼乐大备的周代在郤诜的认识中是理想的盛世，这不仅比此前笼统地评论三代政治更显明确，而且将曾在文艺批评中发挥重要作用的"文质代变"引入这种社会历史分析中，势必会促使以三代特别是周代为理想盛世的认识影响到此后文学观念的发展。

三、文质论与李白文学观念的关系

作为一种具有宏观理论框架的社会历史观，"文质论"在西晋时期被引入三代盛世理想之中，并从礼乐兴盛的方面赋予三代的文化文学以崇高的地位。若这种认识与文学批评中的"文质论"相混淆，就很容易影响文学批评家对文学发展的判断和表述。南北朝时期，很多文学批评家的认识常有自相矛盾之处，多数是由于他们把这两种"文质论"混为一谈，其中以刘勰的《文心雕龙》最具代表性，其在宏观论述历代文学发展和具体分析文学现象时常有彼此互异的认识，这种矛盾就是源于刘勰从两个层面运用"文质论"。郭绍虞先生在《〈文选〉的选录标准和它与〈文心雕龙〉的关系》中曾言："我觉得《文心雕龙》之论文至少有两种含义：一种是包括刘勰整个的理论主张的，一种是就一般的所谓文质

讲的。"①这两种"文质论"中,《通变》的"斟酌乎质文之间"是郭绍
虞先生所说的"包括刘勰整个的理论主张",主要体现为"権而论之,则
黄唐淳而质,虞夏质而辨,商周丽而雅,楚汉侈而艳,魏晋浅而绮,宋
初讹而新。从质及讹,弥近弥澹。何则? 竞今疏古,风味气衰也"。②这
种推崇商周雅丽而否定楚汉之后文学发展的认识并不符合其具体分析历
代文学发展的一些论断,显然这属于罗宗强先生所说的"文学观念",其
中透露出的并非文学史的实际,而是出于对上古三代特别是商周时代理
想政治的想象和传统"诗教说"强调政治背景决定文学发展的认识,从
而判定"商周丽而雅"是文学发展的顶峰,此后的文学只能是"从质及
讹,弥近弥澹",难以恢复到商周时代的雅丽境界。由此可见,定型于西
晋时期的对上古三代特别是周代盛世的历史想象被刘勰吸收到文学批评
之中,在历史评论与文学批评之间起到转换作用的就是"文质论"。由于
"文质论"一方面可以从由"质"趋"文"的角度说明社会历史变迁,
另一方面又可以从风格方面解释文学史的嬗变,加之以"诗教说"从中
绾合文学与政治的密切关系,这才形成了刘勰《通变》中的"文学观
念"。这种认识在当时的北方也有回想,如苏绰以《尚书》体变革文风,
以及王通推崇"上明三纲,下达五常"的"周孔之道",他们的宗经述
圣的做法与刘勰在《通变》中表现出的"文学观念"是一致的,究其根
本,这种认识的背后都有着前代历史传统的深刻影响。

　　初盛唐时期的许多文士继承了刘勰等人的"文学观念",在评述文学
发展时肯定代表三代盛世的《诗经》雅颂而批判屈宋之后的文学创作,
他们的这种认识并非真的把《诗经》雅颂视为不可逾越的经典以及完全
抹杀此后的文学成绩,而是出于一种对三代盛世的向往和追怀。房玄龄

---

① 郭绍虞:《照隅室古典文学论集》下编,上海古籍出版社,1983,第156-157页。
② 范文澜注《文心雕龙注》,人民文学出版社,1958,第520页。

等人在修《晋书》时曾评价嵇康的《太师箴》"亦足以明帝王之道焉",可见他们认同了嵇康在《太师箴》中对上古三代的赞美。另外,宋代王说所编的《唐语林》曾载有初唐名臣魏征和封德彝在唐太宗面前争执关于古今理政演变的讨论,其中封德彝的看法是:

> 三代以后,人渐浇讹,故秦任法律,汉杂霸道,皆欲理而不能,岂能理而不欲?征书生,若信其虚论,必乱国家。[①]

这更说明了嵇康《太师箴》中带有想象色彩的历史认识在初盛唐时期依然对文士的文学和政治观念有很大影响,并促使当时出现一股"宪章礼乐"的推崇《诗经》之风。例如,张说《赦归道中作》曰:"谁能定礼乐,为国著功成?"[②]张九龄《东海徐文公神道碑铭》曰:"动有礼乐之运,言有雅颂之声。"[③]而代表当时文学观念的选诗文本《国秀集》曰:"仲尼近礼乐,正雅颂,采古诗三千余什,皆舞而蹈之,弦而歌之,亦取其顺泽者也。近秘书监陈公、国子司业苏公尝从容谓芮侯曰:风雅之后,数千载间,词子才人,礼乐大坏。讽者溺于所誉,志者乖其所之。"[④]因此,这种观念的流行说明了李白在《古风》其一前半部分所表述的文学观念正是继承了受前代历史观影响的文学认识,他在该诗后半部分所说的"文质相炳焕"也是从政治制度方面着眼,这与中古以来推崇三代盛世理想的社会历史观是一致的。

---

① 周勋初校注《唐语林校注》,中华书局,1987,第30页。

② 张说:《赦归道中作》,载彭定求等编《全唐诗》卷八十八,中华书局,1960,第976页。

③ 张九龄:《东海徐文公神道碑铭》,载董诰等编《全唐文》卷二百九十一,中华书局,1983,第2955页。

④ 芮挺章:《国秀集》序,载傅璇琮编撰《唐人选唐诗新编》,陕西人民教育出版社,1996,第217页。

至于《古风》其一的后半部分，王运熙与袁行霈两位先生的认识有显著不同。要解决这部分的问题，俞平伯先生曾提出了一个很有价值的意见，但似乎尚未引起后人足够的重视。他分析道：

> 我觉得可以用一个传统的说法来解答——即《诗》和《春秋》的关系。本篇大意，只是《孟子》上的两句话："王者之迹熄而《诗》亡，《诗》亡然后《春秋》作。"上句绾上节，下句绾下节，扣得很紧。《诗》有美刺，《春秋》有褒贬，都针对着当时的社会政治的现实，有所反映批判。据说孔子有过这个意图，司马迁的《史记》当然是这个意思。李太白在本诗所表示的也正是这个意思。至于太白在他的实践中能否做到，做到多少，原是另一个问题。但他果真有过这样的志愿，我想，对他的生平和作品的理解会有帮助的。……李白既不曾真学孔子修《春秋》，也不曾学司马迁作《史记》，这是事实。[①]

俞平伯先生以孟子的"迹熄诗亡"说来解析李白的自我期许，这就牵扯到《诗经》和《春秋》的文化功能之间的差异及其在后世的认识问题。

孟子的"迹熄诗亡"说是对西周东周之际历史的反思，当时周王室的王权失落，曾经鼎盛一时的王道政治已面临分崩离析的危局，因此《诗经》所代表的礼乐文化精神也随着政局的动荡而趋于消亡。生活于春秋后期的孔子面对"王者之迹熄而《诗》亡"的时代，毅然在《春秋》中贯注周代的礼乐文化精神，承担起原本《诗经》所承担的文化功

---

① 俞平伯：《李白〈古风〉第一首解析》，载《文学遗产增刊》第七辑，中华书局，1959，第102–103页。

能，使之能在礼崩乐坏的世道中对人心风俗有所匡正。①由此可见，孟子之时是将《诗经》和《春秋》都与现实政治紧密相连，《诗经》是以美刺精神承载周代礼乐文明，不失温柔敦厚之风；而《春秋》则是以属辞比事之法批判现实政治，故《春秋》作而乱臣贼子惧。但两者之间也有差异，俞平伯先生说："《诗》有美刺，《春秋》有褒贬，而春秋家的褒贬实比诗人的美刺更进了一步。诗人多微婉其词，春秋家则词严义正。《春秋》的本身虽离文学为远，但继承《春秋》的《史记》，实是古代最高的散文，司马迁曾明说，《春秋》的批判性比诗人更加严肃切实。"②由于《春秋》作于衰世，并以微言大义的创作形制来赏罚褒贬两周之际的社会现实，因此其对现实的批判力度显然强于《诗经》。而西晋之后的文人对《诗经》的理解日益偏于颂美一端，就更显出了《诗经》和《春秋》在对待现实方面的差别，一为积极颂扬，一为消极批判，这种认识构成了李白创作《古风》其一的前提。

李白在《古风》其一的后半部分将自己生活的时代比作"复元古"的圣代，达到了圣贤帝王垂衣而治的清平美好，此时的才士趁时而起，纷纷贡献自己的聪明才智，从而出现了"文质相炳焕，众星罗秋旻"的鼎盛局面。从李白的描述中，我们能够深刻体会到李白对自己生活时代的赞美之情，丝毫看不出他的批判之意。因此，葛晓音先生曾对李白在该诗后半部分所流露出的时代精神给予充分肯定："诗人出于对时代复兴文王之治的赞美和自豪感，表达了盛唐人趁时而起，建功立业的理

---

① 关于孟子的"迹熄诗亡"说的研究，本文参考了刘怀荣先生的《孟子"迹熄〈诗〉亡"说学术价值重诂》，该文发表于《齐鲁学刊》1996年第1期，后收入其著《中国诗学论稿》（中国文联出版社1999年版）。

② 俞平伯：《李白〈古风〉第一首解析》，载《文学遗产增刊》第七辑，中华书局，1959，第102—103页。

想。"①由此看来，李白在此并非表明自己要模仿孔子作《春秋》之意。至于他是否真如王运熙先生所说要编选一部反映时代精神的诗歌选集，根据李白平生所陈述的理想，"申管晏之谈，谋帝王之术，奋其智能，愿为辅弼，使寰区大定，海县清一"，他一生念念不忘的始终是在政治方面建功立业，奋发有为，以天下为己任，而安于做一位纯粹的文士恐非李白的真正夙愿。因此，李白在此只是表达了对自己身处盛世重现的时代的感叹和激动，并期盼能在时代精神的激荡之下有一番作为。

李白的这种雄心壮志，当然会影响到他对文学的理解，尤其是在一些文学观念的表达中，难免会渗透着他的政治理想和抱负。从这个意义上来说，李白在《古风》其一的后半部分所说的"我志在删述"，并非要在行为的层面模仿孔子删诗正乐或编修《春秋》，我们更应该从李白的内在精神层面去找寻其与《诗经》和《春秋》所代表的文化理想的一致之处，那就是无论是《诗经》的颂美，还是《春秋》的批判，根本上都是对盛世理想的肯定，即对"王者之迹"的一种饱含深情的向往，而这也正符合李白在该诗前半部分中借推崇《诗经》大雅来追怀盛世政治的文学观念。因此，我们不必拘泥于李白自我期许的具体行为，还是应该更加深入地把握他的内在精神，这样才能抓住李白在《古风》其一中表达的思想实质。

综上所述，李白《古风》其一中的文学观念是传统"诗教说"的影响与以三代特别是周代为理想盛世的社会历史观相互糅合的结果，对《诗经》大雅颂声的极度推崇在本质上是对三代理想盛世的赞美，并非对文学史发展的理性思考。因此，这种文学观念与李白的创作实际有很大距离，同时这也启示我们在分析古人的文学批评时应充分考虑其理论自身的特征，将其"文学观念"与"文学思想"区别对待，找到各自演

---

① 葛晓音：《汉唐文学的嬗变》，北京大学出版社，1990，第49页。

变发展的线索，从而得出更切合实际的认识。而该诗中李白对当代政治的赞美也与其盛世理想紧密相关，他充满激情地陈述志向是有感于时代精神的昂扬奋发，更多地是表达自己欲在辉煌的时代建立功业的崇高追求，至于其志向本身所借助的表现形式并不重要。总之，李白在论述诗歌发展的历程时寄托了中古文化传统积淀所形成的盛世理想，并展现了盛唐时代文人共有的高扬自我的个性精神。

第二节　荆楚文化与韩愈险怪诗风的关系

韩愈诗歌以其奇崛、奥衍、险怪的特异美学特征，在中国诗歌史上独树一帜。对于韩愈险怪诗风的成因，学者们也广泛关注。不过，关于荆楚文化与韩愈险怪诗风的关系，除袁行霈主编的《中国文学史》有简略提示外[①]，至今还很少有人展开论述。联系韩愈的生平，我们不难发现，韩愈第一次南贬与其险怪诗风的形成有着密切的关系，荆楚特有的奇异自然地理景观、巫术文化传统、南方神话传说以及楚骚文学精神等等，对韩诗险怪特征的形成产生了直接的影响。本文拟在前人研究成果的基础上，探讨荆楚文化在韩愈险怪诗风形成过程中的特殊作用。

---

①《中国文学史》第二卷在《韩孟诗派与刘禹锡、柳宗元等诗人》一章中对荆楚文化促进韩诗向险怪转变有所提及，但限于篇幅失之简略，且以后少有人就此继续研究。

一、韩愈早期诗风的特点

依学者的共识，韩诗经历了早期古朴—中期险怪—后期复归平淡的变化过程[①]，韩愈第一次贬谪阳山时期正处于其由早期向中期过渡的阶段。

韩愈早期以创作古诗、乐府为主，风格苍凉古直，语言质朴凝重，许多诗篇甚至就是模仿古题乐府，更多的篇目则是《古诗》和《诗经》的翻版，故较少受到格律的束缚和章节的羁绊，前期的代表作大都体现了这样的特征。例如，朱彝尊评《条山》曰："语不多，却近古。"蒋抱玄谓之曰："此亦汉魏遗音。"朱彝尊评《青青水中蒲》曰："语浅意深，可谓炼藻绘入平淡，篇法祖《毛诗》，语调则汉魏歌行耳。"何焯亦曰："三章真古意。"程学恂评《古风》曰："此等诗直与《三百篇》一气。"韩愈早期创作类于此者比比皆是，同时他对当时诗人的评价也是以"古意"为标准的。凡是合于古者即大力赞赏，如《孟生诗》云："孟生江海士，古貌又古心。尝读古人书，谓言古犹今。作诗三百首，窅默咸池音。"《答孟郊》云："古心虽自鞭，世路终难拗。"这其中寄寓着韩愈对好友孟郊坚持古心、秉行古道的欣赏，也对这种行为得不到世人的肯定而沉痛惋惜。这些都说明了韩愈早期好古的倾向影响着其生活和文学的方方面面。

此种"尚古"美学追求的形成，除韩愈早年所处时代的崇尚古学的学术氛围外，最主要的原因当是韩愈个性中的"尚奇"倾向。韩愈与生俱来就有一种"尚奇"的个性。他最早创作的《芍药歌》所言之"花前醉倒歌者谁？楚狂小子韩退之"就标明了其狂放不羁、任气使性的个性。随着生活的进展，这种个性不仅没有消失，反而愈加强化。《唐国史补》曾记载了一则趣闻："愈好奇，登华山绝峰，度不可反，发狂恸哭，

[①] 袁行霈主编《中国文学史》第二卷，高等教育出版社，1999，第357页。

县令百计取之乃下。"韩愈的如此爱好真是不同常人，而且这也影响到他的交友，与其交善、感情最深的孟郊其实也是一位"性介，少谐合"[①]的怪人，韩愈却"一见而为忘形交"[②]。这种个性作用最深的莫过于他的文学，因为文学是作家个性最集中、最精致化的体现，文学创作的最大动力正是作家及其个性，故而也最能体现作家的精神和个性。[③]因此，韩愈在表达文学创作思想时也极力推崇此处，如《答孟郊》云："规模背时利，文字觑天巧。"《杂诗》云："古史散左右，诗书置后前。岂殊蠹书虫，生死文字间。"《县斋有怀》曰："少小尚奇伟，平生足悲吒。犹嫌子夏儒，肯学樊迟稼。事业窥皋稷，文章蔑曹谢。"《与冯宿论文书》曰："仆为文久，每自测意中以为好，则人必以为恶矣。小称意，人亦小怪之；大称意，即人必大怪之也。"这种尚怪爱奇、不同流俗的性格，连其好友柳宗元都甚为了解，柳宗元在《答韦中立论师道书》中曾言："独韩愈奋不顾流俗，犯笑侮，收召后学，作《师说》，因抗颜而为师。世果群怪聚骂，指目牵引，而增与为言辞。愈以是得狂名，居长安，炊不暇熟，又挈挈而东，如是者数矣。"由此可见，不论是韩愈的生活还是其文学创作，总有追奇求新的自觉意识起着非常重要的作用。

由于在韩愈早年生活的中唐时期，多数诗人的诗歌艺术特征延续了大历诗风的绮靡纤弱，犹如齐梁诗风复兴，后来称之为"气骨顿衰"，与盛唐诗歌的雄浑博大相去甚远。韩愈在《荐士》中曾批评齐梁间诗为"众作等蝉噪"，因此对当时那种与齐梁诗风相似的纤弱诗歌，他也力图变革之。"尚古"诗歌创作正是革新当时诗风的重要实践，这在时人眼中具有新奇的美学风格，而这和韩愈"少小尚奇伟"的个性息息相关。

---

① 欧阳修等撰《新唐书》卷一百七十六，中华书局，1978，第5265页。

② 同上。

③ 关于文人心态与文学创作关系的讨论，参见刘怀荣：《才人灵心的诗性呈现——〈唐代文人心态史〉序》，《东方论坛》2000年第1期。

正如《答李翊书》所言："愈之所为，不自知其至犹未也，虽然，学之二十余年矣。始者，非三代两汉之书不敢观，非圣人之志不敢存。处若忘，行若遗，俨乎其若思，茫乎其若迷。当其取于心而注于手也，惟陈言之务去，戞戞乎其难哉！其观于人，不知其非笑之为非笑也。如是者亦有年，犹不改。然后识古书之正伪，与虽正而不至焉者，昭昭然白黑分矣，而务去之，乃徐有得也。"这里的"陈言"正是指大历时期以来延续至韩愈生活时代的缺乏风骨的不良诗风，"务去"则表明了他变革的思想，这一切也都是"尚奇"个性的深刻作用使然。

韩诗中最早呈现出险怪倾向的作品是在贞元十五年（799）春与孟郊唱和而作为送行诗的《远游联句》①。孟郊的这次远游方向正是江南，计划游历之地则有彭泽、沅湘等地，这是孟郊第一次去江南，韩愈则还没有去过那里，因而《远游联句》中便出现了诗人根据读书所得联想创作的描写荆楚风物的诗句，孟郊曰："楚客宿江上，夜魂栖浪头。……楚些待谁吊，贾辞缄恨投。……气毒放逐域，蓼杂芳菲畴。当春忽凄凉，不枯亦飔飗。"韩愈不甘落后，唱和道："魑魅暂出没，蛟螭互蟠蟉。昌言拜舜禹，举驷凌斗牛。怀糈馈贤屈，乘桴追圣丘。飘然天外步，岂肯区中囚。"尤其是"魑魅暂出没，蛟螭互蟠蟉"两句写出了荆楚风物的怪异性，显露了韩诗险怪倾向与荆楚文化的天然联系。为何这时的韩愈未到楚地却写出了如此诗句？这恐怕应归功于韩愈对屈原文学作品学习的作用。作为心向古学的韩愈，其文学观较之于那些保守的古学文士而言，更具通达的态度和博大的胸怀，不仅好其道，而且好其文辞，因此凡是文学史上具有文采的作家，即使不合儒家传统文学观，他也可有选择地学习吸收，屈原就是这样一位令韩愈为之倾心的作家，如韩愈在

---

① 此诗系年参考《唐五代文学编年史》"中唐卷"的结论，参见傅璇琮等编《唐五代文学编年史》，辽海出版社，1998，第554页。

《答崔立之书》中曾把屈原奉为与孟子、司马迁、司马相如、扬雄有同等地位的"古之豪杰之士"。韩愈在《送孟东野序》中尝言："楚大国也,其亡也,以屈原鸣。"这里将屈原列入"不平则鸣"的"善鸣者"。韩愈对屈原的文学精神和作品也是推崇备至,而屈原的作品是楚文化的集中体现,宋代的黄伯思在《校定楚辞序》中曰:"盖屈宋诸骚,皆书楚语、作楚声、纪楚地、名楚物,故可谓之《楚辞》。"那么韩愈以其"自知读书,日记数千百言,比长,尽能通六经百家学"之聪慧博学,虽未经湘楚游历生活,但通过学习屈原作品亦能写出有关荆楚风物的诗篇。然而这毕竟相对于韩诗早期创作的"尚古"总体倾向来说还是偶一为之,除了《远游联句》这样的灵感激发唱和之作,其他有关楚地的创作在失去了催化剂的情况下便极难见到了。

二、阳山贬谪与韩愈险怪诗风的形成

韩愈于贞元十九年(803)冬至元和元年(806)六月贬谪阳山,后又待命郴州。三年之中,往返湖湘的经历和在阳山的生活让韩愈对荆楚文化有了直观而切身的感受,他以诗人特有的细腻感受把这种种印象充分反映到自己的诗文中。据现存可以系年的韩诗统计,这三年多的时间共有六十余首诗作①,其中反映荆楚文化的作品就有四十二首,占总量的三分之二,有的甚至是整首诗都在描写荆楚文化,如《湘中》《谒衡岳庙遂宿岳寺题门楼》《岳阳楼别窦司直》《陪杜侍御游湘西两寺》《宿龙宫滩》《郴口又赠二首》等。如此多的诗歌与荆楚文化有涉在韩愈的创作中前所未有,充分反映了诗人对荆楚文化的深刻

---

① 关于韩诗此时的数量存有疑问,《祭河南张员外文》曰:"余唱君和,百篇在吟。"这与现存之诗的数量有较大差距。这可能是韩愈当时"一时兴致之谈,未必有之,抑或率尔不存,不可见也"。(参见钱仲联集释《韩昌黎诗系年集释》卷二,上海古籍出版社,1957,第184页。)本文中的韩诗系年皆以此书为准。

理解，且他的审美情趣与荆楚文化的天然联系也因这一段经历而更加密切。

由于政治环境及个人心态的原因，韩愈贬谪阳山期间的感情活动和美学追求又分为两个阶段。贞元二十一年二月以前为第一阶段，他因突遭打击而怀着巨大的悲愤，开始了痛苦的贬谪生活，因而这时的诗歌中对荆楚文化的体现集中于借凭吊受楚文化影响甚深的屈原来抒发一己悲情。贞元二十一年二月以后为第二阶段，这一时期虽有"州家申名使家抑"的不满，没有返回京师而只是待命郴州，但相对于前期怀有的满腔悲愤而言，获得了朝廷赦免的韩愈，心理的压力卸去了许多，可以在一种平和自然的心态下尽情欣赏和体味荆楚那充满异域风情的奇山秀水和特殊民俗，这是韩诗风格发生转折的关键时期。

在第一阶段，韩愈诗文中反映的荆楚文化带有恐怖、阴暗的特点，情感以愁苦为主。这种愁苦包含羁旅行役之感、失去自由的拘囚感和生命流逝之感。《同冠峡》云："羁旅感和鸣，囚拘念轻矫。"[①]《次同冠峡》云："今日是何朝？天晴物色晓。无心思岭北，猿鸟莫相撩。"《洞庭湖阻风赠张十一署》云："非怀北归兴，何用胜羁愁？"《和归工部送僧约》云："早知皆是自拘囚，不学因循到白头。"《赴江陵途中寄赠三学士》云："朝为青云士，暮作白首囚。"《县斋有怀》更是对自己贬谪经历的全面反思："怀书出皇都，衔泪渡清灞。身将老寂寞，志欲死闲暇。朝食不盈肠，冬衣才掩骼。……捐躯辰在丁，铩翮时方蜡。投荒诚职分，领邑幸宽赦。湖波翻日车，岭石坼天罅。毒雾恒熏昼，炎风每烧夏。雷威固已加，飓势仍相借。气象杳难测，声音吁可怕。夷言听未惯，越俗循犹乍。"从中可以看出此时的韩愈对贬谪充满惧怕，心中的愁苦不言而喻，同时这时的荆楚景象在诗中表现出阴

---

① 本节内的诗歌均作于贞元二十一年二月之前。

暗、可怖、惊恐的特点，如这般的诗歌还有很多，《送灵师》《刘生》等都有所表现，这给韩愈的身心带来沉重的压力。

从文学与文化的关系上来说，贬谪阳山前期的韩诗对荆楚文化的感受和反映最终都集中于一点，那就是与楚地紧密联系的屈原及其以悲情为主的文学精神。这时韩愈的精神状态笼罩在哀怨、忧愤、苦闷的心灵氛围中，凝结于心的痛楚和难以排遣的忧愁只有借吟咏古人的相似经历来抒发，与屈原在经历、心理和地域方面的多重契合，让处于逆境中的韩愈找到了知音，其满腔的愤激便不可遏抑地寄托于屈原而融汇成一股情感的洪流。翻阅此时的韩诗及文章，屈原的精神随处可见，而且几乎都以哀怨沉郁的忧愁者面目出现。《湘中》云："猿愁鱼踊水翻波，自古流传是汨罗。萍藻满盘无处奠，空闻渔父叩舷歌。"《送惠师》云："斑竹啼舜妃，清湘沉楚臣。"[1]而且他在后来回忆这段不堪回首的生活时，仍不免语带悲痛地心思屈原，如《陪杜侍御游湘西两寺独宿》云："静思屈原沉，远忆贾谊贬。淑兰争妒忌，绛灌共谗诬。"《潭州泊船诸公》云："主人看使范，客子读《离骚》。"《感春四首》其二云："屈原《离骚》二十五，不肯哺啜糟与醨。"《祭张署文》云："南上湘水，屈氏所沉，二妃行迷，泪踪染林，山哀浦思，鸟兽叫音。"[2]在这段贬谪生活中，他对屈原"信而见疑，忠而被谤"的苦痛和"形容枯槁，行吟泽畔"的寂寞有了精神上的深刻体悟，他咏写屈原的作品不仅仅是凭吊这位长吟于荆楚的贬者，更是借吟咏屈原表达自我苦闷的心灵。

如果说，贬谪前期的韩愈体会到的是悲伤、凄怆、哀惋，那么遇赦量移江陵而待命郴州后，即第二阶段，韩愈的精神苦闷在一定程度上有

---

[1] 本节内的《湘中》《送惠师》等诗文均作于贞元二十一年之前。

[2]《感春四首》和《祭张署文》虽属于后来的回忆作品，但描写的生活心态属于贬谪前期。

所减弱，"虽得赦宥恒愁猜"，虽有些许的不满，但相对于贬谪前期"潺湲泪久进，诘曲思增绕"的痛苦心境，韩愈已轻松许多，"迁者追回流者还，涤瑕荡垢朝清班"，对自己的未来及国运的中兴都充满了希望。正基于此，韩愈以健笔展现了自己满心的期待，诗歌的内容和情感基调也随之一变，轻快流畅的品格代替了悲怆凄惋的哀音。此时荆楚美景及楚地的民俗文化进入了韩愈的视野。

韩愈以大量的篇幅去描写湖湘自然风光。有的描写洞庭湖的波澜壮阔和雄浑气势，如《八月十五日夜赠张功曹》曰："洞庭连天九疑高，蛟龙出没猩鼯号。"《赴江陵途中寄赠三学士》曰："春风洞庭浪，出没惊孤舟。"《岳阳楼别窦司直》曰："洞庭九州间，厥大谁与让？南汇群崖水，北注何奔放。潴为七百里，吞纳各殊状。自古澄不清，环混无归向。炎风日搜搅，幽怪多冗长。轩然大波起，宇宙隘而妨。巍峨拔嵩华，腾踔较健壮。声音一何宏，轰辖车万两。"有的描写衡山的险峻高耸，如《谒衡岳庙遂宿岳寺题门楼》曰："五岳祭秩皆三公，四方环镇嵩当中。火维地荒足妖怪，天假神柄专其雄。喷云泄雾藏半腹，虽有绝顶谁能穷。"《送廖道士序》曰："五岳于中州，衡山最远。南方之山，巍然高而大者以百数，独衡为宗。最远而独为宗，其神必灵。衡之南八九百里，地益高，山益峻，水清而益驶，其最高而横绝南北者岭。"有的描写江流的湍急和峡谷的深幽，如《郴口又赠二首》曰："山作剑攒江写镜，扁舟斗转疾于飞。……雪飑霜翻看不分，雷惊电激语难闻。"《宿龙宫滩》曰："奔流疑激电，惊浪似浮霜。"《陪杜侍御游湘西两寺》曰："长沙千里平，胜地犹在险。况当江阔处，斗势起匼匝。……大厦栋方隆，巨川楫行剡。"这些诗句通过描绘周边的奔流陡地重点突出了长沙城地势之险要。

更重要的是，韩愈除了细腻地描写这里的自然景物，还进一步细致地记叙了民俗文化的"小传统"，即荆楚所特有的巫术文化和祭祀仪式。《郴州祈雨》曰："乞雨女郎魂，焦羞洁且繁。庙开鼯鼠叫，神降越巫言。旱气期销荡，阴官想骏奔。行看五马入，萧飒已随轩。"这是韩愈应邀观看百姓求雨的祭祀仪式而写成的一首五律，其中表现了巫师掌握着通神的本领，表达了人们祈求丰年的希望。《谴疟鬼》也是荆楚巫术文化在禳除病灾方面的表现："医师加百毒，薰灌无停机。灸师施艾炷，酷若猎火围。诅师毒口牙，舌作霹雳飞。符师弄刀笔，丹墨交横挥。"这里描述了人们相信巫觋咒禁、丹书符劾能够驱鬼祛病，也从一个侧面反映了荆楚巫术文化的流行。《题木居士二首》曰："火透波穿不计春，根如头面干如身。偶然题作木居士，便有无穷求福人。为神诅比沟中断，遇赏还同爨下余。朽蠹不胜刀锯力，匠人虽巧欲何如。"这首诗反映了耒阳民间浓厚的淫祀风气。由此可见，当地人信奉"木居士"之风与郴民崇信鬼神之习说明了湘南人民深受"越人"的影响而吸收了崇拜神灵的宗教信仰，这些都是荆楚文化"信巫鬼、重淫祀"的遗风在唐代现实生活中的延续和展现。

此外，韩愈这段时期的诗作中表现荆楚神话的地方也较以往为多。如《谴疟鬼》曰："咨汝之胄出，门户何巍巍。祖轩而父顼，未沫于前徽。不修其操行，贱薄似汝稀。"《谒衡岳庙遂宿岳寺题门楼》曰："火维地荒足妖怪，天假神柄专其雄。"《岳阳楼别窦司直》曰："犹疑帝轩辕，张乐就空旷。蛟螭露笋簴，缟练吹组帐。鬼神非人世，节奏颇跌踢。"《郑群赠簟》曰："倒身甘寝百疾愈，却愿天日恒炎曦。"作为楚地民族始祖的祝融是我国上古神话中的著名人物，其怪异神奇的文化特质引起了韩愈的极大关注，因而成为这时韩诗中常见的典故题材。

三、荆楚文化与韩愈险怪诗风的定型

自从贞元十九年韩愈蒙受冤屈、南贬阳山，在游历了荆楚之后，其有关荆楚风物、民俗、文化的诗歌作品便层出不穷。丰富的生活体验，对新异地域的敏感，以及与屈原文学精神的深度契合，犹如激发文学创作的催化剂，让韩愈把自己的全部情感都投入荆楚文化中，通过对荆楚奇特人文地理景观的充分描绘，其诗歌的面貌发生了明显的变化。险峻的高山、奔腾的江流、壮阔的湖泊、深幽的峡谷，这些本身带有"险"和"怪"特征的景物大量入诗，使其诗作具有了冲决一切的气势，而巫术和神话等超自然的事物和力量的再现，令其诗歌具有了险怪的因素，给人以新奇炫目的感受。这些险怪的因素给韩诗注入了鲜活的力量。元和时期，韩愈将游历荆楚时的体验加以发展、凝结、固定的实践，最终完成了险怪诗风的定型。

韩愈于元和元年六月被召回长安任国子博士，结束了其短暂却充满艰辛的贬谪生活，离开了荆楚文化的地域环境而重回国家的政治中心。元和年间，韩愈的险怪诗歌创作进入鼎盛期，代表作包括《南山诗》《游青龙寺赠崔大补阙》《陆浑山火一首和皇甫湜用其韵》《会合联句》《城南联句》《和虞部卢四酬翰林钱七赤藤杖歌》等。如果我们细究这些险怪风格的代表作便不难发现，虽然韩愈已离开楚地，但荆楚文化依然深刻地作用于他的诗歌创作，其诗歌在意象、意境、想象等方面的特征都明显地展现出那三年的贬谪游历生活对其创作的影响。

首先，元和时期韩愈的诗歌所使用的意象最偏爱的仍是荆楚文化的风物，如《答张彻》曰："鱼鳞欲脱背，虬光先照硎。……愁狖酸骨死，怪花酸魂馨。"《会合联句》曰："狂鲸时孤轩，幽糯杂百种。"《纳凉联句》曰："闪红惊蚴虬，凝赤耸山岳。"《同宿联句》曰："毛奇睹象犀，羽怪见蚹䴔。"《南山诗》曰："峥嵘跻冢顶，倏忽杂鼯鼪。"《城南联句》曰："灵麻撮狗虱，村稚啼禽猩。……獠羞螺蛳并，桑蠓见虚指。窥奇摘海异，恣韵激天鲸。"《赠崔立之评事》曰："才豪气猛易语言，往往蛟螭杂螻蚓。"《游青龙寺赠崔大补阙》曰：

"猿呼鼯啸鹧鸪啼，恻耳酸肠难濯瀚。"《送区弘南归》曰："穆昔南征军不归，虫沙猿鹤伏以飞。泅泅洞庭莽翠微，九疑镵天荒是非。"《嘲鼾睡二首》其二曰："南帝初奋槌，凿窍洩混沌。"《陆浑山火一首和皇甫湜用其韵》曰："三光弛隳不复暾，虎熊麋猪逮猴猿。水龙鼍龟鱼与鼋，鸦鸥鸲鹰雉鹄鵾。燖炰煨爊孰飞奔，祝融告休酌卑尊。……命黑螭侦焚其元，天阙悠悠不可援。"以上愁狄、蛟螭、鼯鼬、猩猿、獠螺、鸦鸥、鲸禽、蚴虬……这些事物仅属楚地才有而中原所无，具有惊骇耳目和撼天动地的无穷气势，带有怪异奇幻的色彩。韩愈在使用这些意象时还刻意附加更多增加其气势的形容词以突出其险怪特征，让它们在艺术的刻画中发挥到极致；同时，他甚至把众多的奇怪意象排列叠加集中在一起，着意制造一种灵怪无比的奇险氛围，如《陆浑山火一首和皇甫湜用其韵》用密集的带有荆楚文化色彩的奇险意象，描写山火蔓延气势之猛烈，仿佛要燃尽整个宇宙。因此，韩愈使用如此多的荆楚色彩浓郁的意象，的确收到了意想不到而又在情理之中的效果。

其次，韩愈广泛使用荆楚风物意象而带来了诗歌意境的变化。在我国古代诗论中，意境的营造和意象的使用有着至为密切的关系，意象的美学特征必然对意境的氛围产生深刻影响，而且意境指的是作者的主观情意和客观物境互相交融而形成的艺术境界。因此要分析诗歌意境，就必须注意作者的情意和客观物象的使用。韩愈在使用那些具有险怪特征的意象时，受到了自己"尚奇"心态的影响。所以，在这两个因素作用下，韩诗体现的意境必会带有险怪特征。如《游青龙寺》中把"万株红叶满"的柿子树比作"赫赫炎官张火伞"，满寺火红的柿子树好似火神祝融手中充满光热的火伞，这种新奇的意象让整个诗歌意境变得不同寻常。《赤藤杖歌》中"共传滇神出水献，赤龙拔须血淋漓。又云羲和操火鞭，暝到西极睡所遗"的意境营造也是如此。由此可见，通过这种以荆楚神话为原型的意象比喻，表现了诗人追新求异的强烈个性，那么诗歌的整体意境也必然会带有奇险怪异的特点。

再次，韩诗体现了想象思维之奇特。对荆楚文化的理解和偏好深入韩愈的创作思想中，影响到其审美视角的选择。如《南山诗》曰："峥嵘跻冢顶，倏闪杂鼯鼬。……或覆若曝鳖，或颓若寝兽。"这是形容南山之险峻的两句诗，韩愈关于山之险峻的实际描写在三年贬谪时期的创作中非常多，但像南山这般想象描绘的，还是首次。他在《郴州祈雨》中曾描述过鼯鼠，因此当他看到南山时把它比喻成飞动的鼯鼬、曝鳖和寝兽，将这些属于南方的风物放在这里正好说明南山的多样之美和飞动腾跃的雄伟气势，荆楚地区的鼯鼬等物象恰好可以给人传达出这种感受。《陆浑山火一首和皇甫湜用其韵》《游青龙寺》和《赤藤杖歌》更是韩愈运用荆楚文化进行离奇想象的杰作。《游青龙寺》曰："秋灰初吹季月管，日出卯南晖景短。友生招我佛寺行，正值万株红叶满。光华闪壁见神鬼，赫赫炎官张火伞。然云烧树大实骈，金乌下啄赪虬卵。"《陆浑山火一首和皇甫湜用其韵》中的从"祝融告休酌卑尊"到"又诏巫阳反其魂"是想象在铺天盖地的火海里，火神祝融兴高采烈地按尊卑次序大宴宾客，水神遣使上诉天帝，天帝感到很为难，劝水神暂避其锋，等待合适时机再给火神以惩处。《赤藤杖歌》曰："共传滇神出水献，赤龙拔须血淋漓。又云羲和操火鞭，暝到西极睡所遗。"这些诗歌都是韩愈利用火神祝融的神话进行创作的典型例证。当他看到红叶满枝的柿子树时，远望蔓延肆虐的山火时，细观形状奇异的赤藤杖时，都将其与充满伟力的火神自然地联系到一起，通过神奇的联想把鲜亮光丽的颜色、雄壮奔腾的火势、人间罕见的奇物等共有的怪异特征生动地展现出来。这说明韩愈在告别楚地回到北方时，荆楚文化已经过三年多的生活体验和创作实践而沉淀于其思想中，那么他在观察外界事物时必然受此想象思维的影响而采取特殊的审美视角。

四、韩愈审美趣味的转型与荆楚文化之关系

通过学习、运用和发展荆楚文化，韩愈的审美趣味和文学观念发生了明显的转变，即由"崇古"变为"尚怪"。此时他对其他诗人及其作品的称赏中也有了另一番要求，如《醉赠张秘书》云："东野动惊俗，天葩吐奇芬。……险语破鬼胆，高辞媲皇坟。"《答张彻》云："搜奇日有富，嗜善心无宁。"《卢郎中云夫寄示送盘谷子诗两章歌以和之》云："旁无壮士遣属和，远忆卢老诗颠狂。开缄忽睹送归作，字向纸上皆轩昂。"《送无本师归范阳》云："无本于为文，身大不及胆。吾尝示之难，勇往无不敢。蛟龙弄角牙，造次欲手揽。……狂词肆滂葩，低昂见舒惨。"《调张籍》云："我愿生两翅，捕逐出八荒。精神忽交通，百怪入我肠。刺手拔鲸牙，举瓢酌天浆。"《荐士》云："有穷者孟郊，受材实雄骜。冥观洞古今，象外逐幽好。横空盘硬语，妥帖力排奡。"这里韩愈已不再欣赏那个"古貌又古心"的孟郊了，而代之以"横空盘硬语，妥帖力排奡"的精神。风格上追求奇险，气势上雄放奔腾，这正是韩愈险怪诗风的主要特征。从其生活经历和创作实践来看，对荆楚文化的吸收和创造性运用在韩愈险怪诗趣和诗风的形成中起了举足轻重的作用，而险怪风格的最终定型，反映了荆楚文化在诗人思想中的深刻作用。

荆楚文化在韩愈诗风险怪特征的确立和定型过程中起到了非常重要的作用，从最初的贬谪时期创作到最后审美趣味的理论自觉，一直受其影响。因此，从文化与文学的关系上来探讨荆楚文化对韩愈险怪诗风的深刻影响是很有意义的。这种探索可以在以往研究韩诗的视角之外另辟蹊径，扩大研究的文化视野，提供特殊的认知维度，与前有成果一道丰富对韩诗险怪风格成因的理解。

文化与文学存在着与生俱来的密切关系，它们之间的作用是相互的。文化可以最大限度地反映出时代的整体性和本质性特征，所以其辐射影响必然会渗透到社会的各个方面。作为文化最精致的表现形式，文学从思想内容到形式语言肯定带有时代文化的深刻特征，它总是在特定的文化背景下孕育，并吸收更多的文化养料，而且必须依托某种文化背景才能成长，所以我们在欣赏文学时总可以找到隐藏于作品背后却有着广泛影响的文化意蕴。只有充分了解文化对文学的影响，我们才能对文学有更加透彻的体悟。文学从文化的母体中继承的是能够代表其本质的内容，因为它们是文化构成中最稳定的因素，必然会在文学中得到体现。同时，文学对文化不是单向度的吸收，它可以在创作主体的创造性思考中对文化有所创新和补充，从而丰富文化的内涵，推动文化的发展。因此，文化和文学的互动作用既使文化传统得以保存和发展，又使文学能不断推陈出新而反作用于文化。

荆楚文化和韩愈险怪诗风正是体现了这样的文化与文学的复杂关系。首先是荆楚文化对韩愈诗风的深刻影响。由于我国疆域辽阔，因此便形成了不同的地域文化景观。这种地域文化思想在班固《汉书·地理志》中有朴素的表达："凡民函五常之性，而其刚柔缓急，音声不同，系水土之风气，故谓之风。"而且班固以此分析了当时的多种地域文化，荆楚文化是其中重要的一支。班固对此种文化进行了总结："信巫鬼、重淫祀，……皆急疾有气势。"这个认识反映了荆楚文化的本质，而且一直得到继承，在韩愈生活的时代依然存在。因此，韩愈贬谪南方必然会受到这方面的深刻影响，并在他所创作的诗歌中得到充分的体现。从本文第二部分的内容分析来看，奇异的地理景观、荆楚特有的巫术文化、怪异的神话传说等，这些韩愈诗歌所继承的荆楚文化内涵恰恰是班固认识到的不同于北方礼乐文化的巫术文化特征，代表了荆楚文化的本质内容。此种具有"奇险"特征的文化使得韩愈诗歌展现出一种新奇特异的美学风范，这正是韩愈有意识地继承荆楚文化本质特征的结果。因此，从文化对文学的影响来说，荆楚文化的地域性本质特征是推动韩愈诗歌向险怪风格转变的最大动力。

与此同时，韩愈对荆楚文化的继承又具有基于自我个性选择的创造精神，那就是打破了屈原《离骚》开创的强烈抒发愁怨的文学精神，代之以把更多的目光投向荆楚风物本身的特异性，使之成为诗歌表现的中心。作为"其衣被词人，非一代也"的楚骚文学传统，其对荆楚风物的描写是为了象征文人的高洁品格和忠诚精神。这种模式对后世有深刻影响，与韩愈同时的柳宗元就是受此影响的代表。严羽《沧浪诗话》曰："唐人惟柳子厚深得骚学，退之、李观皆所不及。"这种评价恰是以楚骚文学精神为标准，韩愈不及柳宗元"深得骚学"正好说明了韩愈对荆楚文化继承中的创新。烟波浩渺的长江、宏阔壮观的洞庭湖、险峻高耸的南岳、南方特有的巫术祭祀仪式、怪异的楚地神话等，无不成为韩愈诗歌描写的中心，而且在追新求异的"尚奇"心态作用下，韩愈把荆楚文化特有的奇险性发挥得淋漓尽致。同时在意象的设置上，韩愈也以荆楚风物的险怪性来突出所比喻事物的特异。由于采用直面荆楚文化本身的新视角，荆楚文化才获得了文学上前所未有的新内容和新气象，充分展现出荆楚文化本身的怪异之美，丰富了人们对荆楚文化的审美认识和感受。

因此经历贬谪生活后，韩愈创造了崭新的诗歌样式，其诗歌在意象上具有雄豪、奔放、奇险的特征，往往以骇怪、腾跃、飞驰的动态显示出充满惊心动魄之感的生命力度美。而这一切的完成正是根源于荆楚文化与韩愈诗歌创作之间的互动关系，荆楚文化既为韩愈诗作提供了丰富的创作养料，同时韩愈也凭借个性化创作丰富了荆楚文化的内涵，从而实现了独特的文学理想。

第三节　从制礼作乐的"质文代变"到个体创作的"立言不朽"

——唐代古文运动中关于文学观念的新变

源于大量创作实践凝练而成的文学观念，集中反映了一个时代和当时文人对于"文学"内涵的认识。同时，这种观念一经形成，又会反过来作用于作家的思想状态、文学取法和创作实践。随着时代的发展和思想的变化，对于"文学"的认识也会产生不同，尤其是面临文学的剧烈变革时，文学观念的演变更为引人注目，这种观念的更新便会对此后的文学发展进程产生深刻影响。唐代古文运动以复古为革新，从根本上打破了自六朝以来对"文学"的传统认识，并接受了来自其他学术门类知识的滋养，逐渐形成了极富时代特色的文学观念，从而为古文家的创作实践提供了全新的思想基础。

一、礼乐文化传统与唐前文学批评观念

唐代以前的文学观念集中表现为儒家传统影响下的"诗教"说。这种认识发端于《礼记·乐记》和《毛诗序》。《礼记·乐记》曰："治世之音安以乐，其政和；乱世之音怨以怒，其政乖；亡国之音哀以思，其

民困。"①《毛诗序》的表述与此相类，可见儒家原典中的"诗教"说着重强调文学与政治的密切关系，通过文学的创作演变折射出国家政治的治乱兴衰，甚至从其表述上明显反映出这种认识所带有的文学和政治的直接对应模式。后来随着时代认识的不断发展，汉魏六朝时期"诗教"说由美刺并重演化为偏于颂美一端②，很多文人在表达文学见解时也多以称赞歌功颂德的作品为主，在他们看来，既然要表现盛世的繁荣，文学作品则首先要具有"治世之音"，而那些主于谲谏的讽喻制作显然与盛世的颂扬之声不合拍，就被后世文人视为"乱世之音"和"亡国之音"加以排斥。这种认识在《文心雕龙》的《宗经》和《通变》两篇中就被刘勰结合其"原道""征圣"和"宗经"的理论前提，形成了一种复古的文学史观，即《宗经》中的"楚艳汉侈，流弊不还，正末归本，不其懿欤"③和《通变》中的"黄唐淳而质，虞夏质而辨，商周丽而雅，楚汉侈而艳，魏晋浅而绮，宋初讹而新"④。这种文学观以周孔所代表的儒家经典为文学创作的典范，而将此后的文学发展一概否定。刘勰的认识延续到盛唐时代，就发展成以张说为代表的"文儒"型士人对于历代文学发展的看法，如张说《敕归道中作》曰："谁能定礼乐，为国著功成？"张九龄《东海徐文公神道碑铭》曰："动有礼乐之运，言有雅颂之声。"究其实质，盛唐时期文儒的代表张说和张九龄的观念正是汉魏六朝以来"诗教"说演化为偏于颂美一端的必然结果。

值得注意的是，南北朝至隋时一些欲求文学变革的文人，在反对文学创作格调日渐低微的同时，都不约而同地主张文学应恢复到代表礼乐

---

① 王文锦译解《礼记译解》卷十九，中华书局，2001，第526页。

② 参见葛晓音：《论汉魏六朝诗教说的演变及其在诗歌发展中的作用》，载葛晓音《汉唐文学的嬗变》，北京大学出版社，1990，第16-36页。

③ 范文澜注《文心雕龙注》，人民文学出版社，1958，第23页。

④ 同上书，第520页。

传统的儒家经典。例如，南朝萧梁时裴子野的《雕虫论》曰："自是闾阎年少，贵游总角，罔不摈落六艺，吟咏情性，学者以博依为务，谓章句为专鲁，淫文破典，斐尔为功，无被于管弦，非止于礼义。深心主卉木，远致极风云。其兴浮，其志弱。巧而不要，隐而不深。讨其宗途，亦有宋之风也。"①隋代李谔的《上文帝革文华书》曰："臣闻古先哲王之化民也，必变其视听，防其嗜欲，塞其邪放之心，示以淳和之路。五教六行为训民之本，《诗》《书》《礼》《易》为道义之门。故能家复孝慈，人知礼让，正俗调风，莫大于此。其有上书献赋，制诔镌铭，皆以褒德序贤，明勋证理。苟非惩劝，义不徒然。降及后代，风教渐落。"②由此可见，他们的思路依旧没有跳出"诗教"说的窠臼，其"褒德序贤，明勋证理"之义代表了此时已经偏于颂美的"诗教"说，希望以儒家经典象征的"治世之音"取代此后文学发展的一切实绩，这无异于要将文学回复到上古质朴无华的文风，以此来达到他们所期望的革新世风、重现盛世的理想。但将这种理论付诸实践，苏绰在西魏时所做的文章复古努力最终归于失败，则说明了此种纯粹模仿的复古并非文学变革的正途。究其实质，裴子野、李谔的文学革新思路与汉魏六朝以来"诗教"说的发展是一致的，基于《诗大序》所揭示的文学发展与政治情势的对应关系，将代表盛世理想的儒家经典与后世的衰敝文风做对比，通过模拟经典以期助于世风的改善。因此，这种变革的失败预示了把文学和政治进行直接联系的传统"诗教"说所代表的文学观念已经到了亟须改变之时。

韩（愈）、柳（宗元）之前的一些古文家如李华、萧颖士、元结、独孤及等已开古文运动的先声，伴随着安史之乱对唐代政治的巨大影

---

① 严可均辑《全上古三代秦汉三国六朝文》第四册，中华书局，1983，第3262页。
② 魏征等撰《隋书》卷六十六，中华书局，1973，第1544页。

响，他们处于盛唐向中唐转折的时期，因此其文学认识呈现出混杂的过渡特点，其中以李华和独孤及的观点为代表，他们就有像盛唐"文儒"型士人那样的文学认识，如李华《赠礼部尚书清河孝公崔沔集序》曰："屈平、宋玉，哀而伤，靡而不返，六经之道遁矣。"①独孤及《唐故殿中侍御史增考工员外郎中萧府君文章集录序》曰："尝谓扬、马言大而迂，屈、宋词侈而怨。沿其流者，或文质交丧，雅正相夺，盍为之中道乎？"②可见李华和独孤及对历代文学发展的认识类似于由汉魏六朝演变而来的"诗教"说，视屈宋楚辞为浮靡文风的开端而主张恢复到六经的经典那里，借此对政治风貌有所裨益，这还是将礼乐传统和政治盛衰比附联系，从而提倡典诰式的古朴之体。然而他们在对文学的认识中也有从个体创作的角度强调文学价值的"立言不朽"的想法，如萧颖士《赠韦司业书》曰："丈夫生遇升平时，自为文儒士，纵不能公卿坐取，助人主视听，致俗雍熙，遗名竹帛，尚应优游道术，以名教为己任，著一家之言，垂沮劝之益，此其道也。岂直以辞场策试，一第声名，为知己相期之分耶？"萧颖士要求在不能"公卿坐取"的情况下能"优游道术，以名教为己任，著一家之言，垂沮劝之益"③，这显然是基于文人个体的出处行藏来说的，并将"助人主视听"的立功和"著一家之言"的立言对比来设计文人如何宏道以不朽。独孤及在《萧府君文章集录序》中曰："君子修其辞，立其诚。生以比兴宏道，殁以述作垂裕，此之谓不朽。"虽然他这里的"君子"与萧颖士所言之"丈夫"都具有儒家推崇的理想人格色彩，但其中关注的焦点是个体的"修辞立诚"以达"道"，并注意到著作在作者的生前和死后所显示的不朽价值，这就与以

---

① 董诰等编《全唐文》卷三百十五，中华书局，1983，第3196页。
② 刘鹏、李桃校注《毗陵集校注》，辽海出版社，2007，第293页。
③ 董诰等编《全唐文》卷三百二十三，中华书局，1983，第3275页。

往从文学直接过渡到政治有了明显的差异。伴随着这种对创作个体的重视，此时的古文家也将儒道的礼乐传统变革为个人修养的道德仁义，如梁肃在《常州刺史独孤及集后序》中曰："夫大者天道，其次人文，在昔圣王以之经纬百度，臣下以之弼成五教。德又下衰，则怨刺形于歌咏，讽议彰乎史册，故道德仁义，非文不明；礼乐刑政，非文不立。文之兴废，视世之治乱；文之高下，视才之厚薄。……孝弟积为行本，文艺成乎余力。凡立言必忠孝大伦，王霸大略，权正大义，古今大体。其中虽波腾雷动，起伏万变，而殊流会归，同志于道。"①道德仁义开始进入古文家的理论视野，并且被置于礼乐刑政之前，这是由于名教之行首先在于道德仁义的广被，"孝弟积为行本"显示了儒家道德对个体的要求在古文家看来已成为为人立行之本，这构成了礼乐刑政所代表的国家政统的基础。因此，古文家之强调"立言不朽"与这种道德仁义成为儒道重点的趋向互为表里，"立言"者必将弘扬以道德为核心的"名教"为己任，而道德仁义的崇高价值则保证"立言"之文的内容，即"立言必忠孝大伦，王霸大略"，并可以传之后世。

同时，这又带出一个新的问题，即"道""君子"和"政治"的关系。因此，后来者沿着这样的思路继续发展，如常衮在《叔父故礼部员外郎墓志铭》中曰："鲁有先大夫，其言立于世，《春秋》谓之不朽，儒有今世行之，后世以成楷则。君子之道，不患时之不逢，患其道之不显，故贤哲所以启正宗教，盖风于人伦，垂之无穷者矣。"②他是借《春秋》故事来说明"道""君子"和"时"（即"政治"）之间的复杂关系，"君子"立言是为了弘道，而不朽之道即使当时默默无闻，也会在后世显示出其"风于人伦"的价值。常衮在此是将三者统一于"立言不

①董诰等编《全唐文》卷五百十八，中华书局，1983，第5260页。
②董诰等编《全唐文》卷四百二十，中华书局，1983，第4293页。

朽"所包含的丰富意蕴中，作家为文是以弘道为目的，道之行不在于一时，其价值可以在一个长久的时间中得到显现，因此处于困境、生不逢时的作家可以此确认自身价值的意义。这样的理解必然突破前代那种单纯重视盛世颂美的观念，而同时给予衰世中那些批判世道、怨刺伤怀的作品以更多的肯定并传之后世。这等于又将汉魏六朝以来的"诗教"说恢复到其本义的阶段，集颂美和讽喻于一体，在"君子"不逢当时与其道行于后世的价值取向中强调讽喻传统对文章创作的影响，这就意味着衰世不再如前代那样抹杀其在文学发展中的意义，而是以"君子"立言不朽式的作品来象征礼乐之道维系人心的作用，文章之道并未像衰世那样出现低落，从而使以儒家风雅诗教观为基础的文学评价标准更加丰富多样。

随后韩愈在此基础上又做思考，强调"君子"立言的个体前提值得探讨，他在《争臣论》中曰："君子居其位，则思死其官；未得位，则思修其辞以明其道。"他是在继承《左传》中"三不朽"的传统基础上把"立功"与"立言"置于个体和时代的关系中来考察，"君子"居位则以"立功"为先，如未得位则"立言"以明道。由此可见，韩愈虽然在立功与立言之间设定了去取的先决条件，但立言和立功对人生不朽具有等同的价值和意义则是不言自明的。其中的"修辞以明道"与萧颖士推崇的"优游道术，以名教为己任，著一家之言，垂诅劝之益"一脉相承，都希望能通过饱含着自己对儒道感受的"一家之言"来达到在后世"垂诅劝之益"的理想。相比于前代古文家立论于儒道本身的观念而言，韩愈结合文学史的事实而将这种立言不朽的思想引入文学批评的领域中，他在《荆潭唱和诗序》中曰："夫和平之音淡薄，而愁思之声要妙；欢愉之辞难工，而穷苦之言易好也。是故文章之作，恒发于羁旅草野，至若王公贵人，气满志得，非性能而好之，则不暇以为。"[①]这里就把沉沦下

---

① 马茂元校注《韩昌黎文集校注》，上海古籍出版社，1985，第262页。

僚的文士"恒发于羁旅草野"时所作之"穷苦之言"视为更好的文章，韩愈肯定了个体文人遭遇艰难困苦之时的"不平则鸣"所具有的情感价值。他在《送孟东野序》中充分赞赏了屈原代表的失意文士在道不得行时的作品，可见这种对前代文学的把握已经突破了强调以颂美为核心的传统观念，对屈原等文人在文学发展的位置给予的全新评价则有赖于以"立言不朽"为基础所形成的新文学观念。

二、文化转型与中唐文学观念嬗变

从礼乐传统的时文代变到强调个体创作意识的立言不朽的转变，不仅具有革新文学和政治之间如何联系的作用，而且"立言不朽"之中还隐含着文学范围的扩大和对文章内容的新要求。"立言不朽"最早出现于《左传》中，而作为儒家另一经典的《论语》中有"述""作"之分，就"立言不朽"所昭示的崇高价值来看，显然应归于"作"之一类。而在儒家看来，"作"只有"知礼乐之情者"方可为，因此限定于圣人而非普通常人。这种观念一直延续到汉代，但在实际情况中，秦汉时的著述以经、史、子的形制出现，这其中不乏作者明确表示自己的作品"成一家之言"，如秦汉诸子和司马迁的《史记》等，他们以道自任，希望通过系统化的著书立说来达到救时拯弊的目的，因此其著作多以义理论说见长，针对现实中的问题有感而发，虽然各家观点不尽相同，但其中都贯穿着强烈的政治批判和淑世情怀。即使不为当世所用，也期望传之久远，而这一切都与"立言不朽"的内涵一致。南朝萧梁之时的刘勰《文心雕龙·诸子》曰："诸子者，入道见志之书。太上立德，其次立言，百姓之群居，苦纷杂而莫显；君子之处世，疾名德而不章。……博明万事为子，适辨一理为论。……夫自六国以前，去圣未远，故能越世高谈，自开户牖。"①刘勰在此注重诸子的"入道见志"的个性化色彩，并将诸子之书看作"立言不朽"之书，正可见"立言不朽"与子书之间在文人创作意识方面所存在的密切关系。

结合魏晋以来对文学性特征的关注日渐强烈，著述内部的分类倾向也随着各自特点的显现而为人所重视。曹丕在《又与吴质书》中曰："观古今文人，类不护细行，鲜能以名节自立。而伟长独怀文抱质，恬淡寡欲，有箕山之志，可谓彬彬君子者矣。著《中论》二十余篇，成一家之言，辞义典雅，足传于后，此子为不朽矣。德琏常斐然有述作之意，其才学足以著书，美志不遂，良可痛惜。"②徐干的《中论》在《隋书·经籍志》《旧唐书·经籍志》和《新唐书·艺文志》中都被列于"子"部，曹丕在此称誉徐干的《中论》，而没有把那些诗赋美文置于其间，足见如《中论》这般的子书由于其所具有的"成一家之言"的独特价值，并可传于后世，这才是曹丕最为看重的，这种重视"述作""著书"并与文章混同的文学观念和后来将子部与文集加以区分的认识明显不同。这种认识在曹植身上也有体现，曹植《与杨德祖书》曰："吾虽德薄，位为蕃侯，犹庶几戮力上国，流惠下民，建永世之业，流金石之功，岂徒以翰墨为勋绩，辞赋为君子哉！若吾志未果，吾道不行，则将采庶官之实录，辨时俗之得失，定仁义之衷，成一家之言，虽未能藏之名山，将以传之于同好，非要之皓首，岂今日之论乎？"③由此可见，曹植是想在立功理想不得实现时效法诸子式的著述，"采庶官之实录，辨时俗之得失，定仁义之衷"，以"成一家之言"的著作流传后世，而并没有推崇自己最擅长的辞赋诗文，因此在他们生活的时代，子书式的作品被认为可

① 范文澜注《文心雕龙注》，人民文学出版社，1958，第310页。
② 严可均辑《全上古三代秦汉三国六朝文》第二册，中华书局，1983，第1648页。
③ 赵幼文校注《曹植集校注》，人民文学出版社，1998，第154–155页。

以不朽，故而受到格外重视。

这种观念到南朝时随着时代对文学特征的认识发展而发生改变，原本以传之后世求不朽的子书著述为最高追求的观念被更为强调诗赋等具有文学意味的体裁创作所取代，这同时也反映出时人对于经、史、子、集各部特点的认识日益清晰。萧统领衔编撰的文学总集《文选》的序中曾说："若夫姬公之籍，孔父之书，与日月俱悬，鬼神争奥，孝敬之准式，人伦之师友，岂可重以芟夷，加之剪截？老庄之作，管孟之流，盖以立意为宗，不以能文为本，今以所撰，又以略诸。若贤人之美辞，忠臣之抗直，谋夫之话，辩士之端，冰释泉涌，金相玉振，所谓坐狙丘，议稷下，仲连之却秦军，食其之下齐国，留侯之发八难，曲逆之吐六奇，盖乃事美一时，语流千载，概见坟籍，旁出子史。若斯之流，又亦繁博，虽传之简牍，而事异篇章，今之所集，亦所不取。至于记事之史，系年之书，所以褒贬是非，纪别异同，方之篇翰，亦已不同。"①这其中就对"孝敬之准式，人伦之师友"的经典、"以立意为宗，不以能文为本"的子书和"记事之史，系年之书"的史书从各自具有的创作特点方面做了明确的区分，以此来显示入选的诗文都"以能文为本"。因此，近人王葆心在《古文辞通义》卷十六中说："《昭明文选》自序谓：老庄之作，管孟之流，立意为宗，不以能文为本。书中例不收诸子篇次，是岐文与子而二之也。"②与此相对应的是，萧统之弟萧绎在《金楼子·立言》中指出："至如文者，惟须绮縠纷披，宫徵靡曼，唇吻遒会，情灵摇荡。"③这是通过对文学作品的本质和境界的把握揭示出此时对文学特征认识的新阶段，同时经、史、子书与以文学作品为主的集书的区分在此时

---

① 萧统编《文选》，李善注，上海古籍出版社，1986，第2-3页。

② 王水照主编《历代文话》第八册，复旦大学出版社，2006，第7873页。

③ 陈志平、熊清元疏证校注《金楼子疏证校注》，上海古籍出版社，2014，第770页。

也就基本清晰了，后来初唐时期魏征等人所编的《隋书·经籍志》就是以四部分类法对前代书籍进行整理编目。

　　然而当安史之乱使唐代政治陷入空前的混乱后，士人在这场灾难中也饱受迁转流离之苦，同时也促使他们从以前对盛世气象的讴歌和向往转到关注现实。他们在时代剧变的转折点上感受世积乱离带来的痛苦，思索时代如此惨淡的原因，并开始积极探求拯时济世的良策。这种时代走向的普遍要求与当时的士人创作和心态息息相关，其中最具代表性的就是元结，而且后世也多认为他是古文运动的先驱之一。《新唐书》本传载："（元结）世业载国史，世系在家谍。少居商馀山，著《元子》十篇，故以元子为称。天下兵兴，逃乱入猗玕洞，始称猗玕子。后家瀼滨，乃自称浪士。"这种以子自名的风气由此开启，一直延续到晚唐时期，罗庸先生就曾指出这种风气始于元结。更值得注意的是，元结此时所作的文章不再以整齐划一的骈体为主，而是句式长短不一，朴拙之气愈重。同时，其文章内容也主要是针砭时弊，直面当时已经混乱不堪的时局和世道，如《七不如七篇》通过对人之"毒、媚、诈、惑、贪、溺、忍"等方面的简要剖析指出当时世风日下、人心散漫的凄惨境况，其他如《丐论》《恶圆》《恶曲》等杂文都是他精心结撰以求"多退让者、多激发者、多嗟恨者、多伤闵者"的旨意。由此可见，元结此时的文章都是有感而发，饱含着对社会人生、世道人心强烈的道义关怀，正如其以元子自名，这种精神旨趣确与先秦诸子所代表的关注政治和革新世道的目的是一致的，因此其著作《漫说》《元子》《元和子》等都被列入子部。这说明元结的这种著述具有类似于诸子成一家之言以求不朽的特点，其表达政治观念的强烈诉求也与当时那种立言不朽的时代创作趋向合拍。

　　子学精神在这时的兴起得益于时代剧变给士人的生活和思想带来的巨大冲击，同时更多的士人也主动回复到诸子那里寻求思想的沾溉，这突出地表现为此时的士人在日常生活中或学业之初习诸子之书，如侯冕《同朔方节度副使金紫光禄大夫试太常卿兼慈州刺史王府君神道碑》曰："艺尚德业，脱略诸子，宪章五经，处吏事也能果断，居朋友也无忌。"①张增《段府君神道碑铭》曰："府君温其在邑，乐且有仪。九流百氏，经目辄诵；四忧十义，因心必达。然犹深居自琛，与物为春，希言中伦，知几其神。内葆光以恬真，外行简以倚仁。子获奉亲之禄，欲养而不待；身寄有涯之生，迁化而无怛。"②杨於陵《祭权相公文》曰："伏以世济明德，天资上才。默识中照，襟灵洞开。言成典诰，笔落风雷。扣寂穷妙，神交思来。百代遟鹜，九流兼该。倾词人之薮泽，为作者之杓魁。"③柳宗元《与李翰林建书》曰："仆近求得经史诸子数百卷，常候战悸稍定，时即伏读，颇见圣人用心、贤士君子立志之分。著书亦数十篇，心病，言少次第，不足远寄，但用自释。贫者士之常，今仆虽羸馁，亦甘如饴矣。"④刘禹锡《东都留守令狐楚家庙碑》曰："既仕，旁通百家。爱《谷梁子》清而婉，左丘明《国语》辨而工，司马迁《史记》文而不华，咸手笔朱墨，究其微旨。恺悌以肥家，信谊以急人。德充齿鬈，独享天爵。故休佑集于身后，徽章流乎佳城。"⑤李渤《上封事表》曰："臣昔负薪，偷暇读书，至《周礼》见春官外史掌三皇五帝之书，即楚灵王所谓《三坟》《五典》是也。《书叙》又云：'《三坟》言大道也，《五典》言常道也。'然则三五之君，君之至者矣。臣曾学《易》，见三皇之道；加之以《书》，见五帝之德；加之以《诗》《礼》，见三王之仁；加之以《春秋》，见五霸之义。寻《战国策》，极于隋史，见沿代得失，参以百

---

① 董诰等编《全唐文》卷四百四十三，中华书局，1983，第4515页。
② 董诰等编《全唐文》卷四百四十五，中华书局，1983，第4539页。
③ 董诰等编《全唐文》卷五百二十三，中华书局，1983，第5313页。
④ 柳宗元：《柳宗元集》，中华书局，1979，第802页。
⑤ 董诰等编《全唐文》卷六百八，中华书局，1983，第6147页。

家，统以九流，又遗其繁华，摭其精实，收视黜听，顺其所自，故游涉中理也。"①从这些士人接受诸子之学的趋向来看，多以经世致用、考论历代政治得失为主，可见他们并非欣慕诸子文章的词采末节，而是注意吸收古人对于政治、历史之道的思想，即古人是如何结合时代的发展提出解决现实问题的方法，能为自己在纷繁复杂的时代情势中寻求治世之策提供理论的启示。这种趋向也符合刘勰在《文心雕龙》中所说的"博明万事为子，适辨一理为论"，不仅对古今世事了然于心，更能从现实出发运用所掌握的知识提出一整套有利于时代发展的革新措施，并达到"适辨一理为论"的高度。只有这样，才能真正符合此时士人呼吁的"立言不朽"的要求。

就此时学术的发展倾向而言，子学风气的兴起有其内在的因素推动，主要体现在啖、赵②《春秋学》的流行方面。据《文献通考》卷一百八十二《经籍考九》记载，《春秋集传》《纂例》《辨疑》共十七卷，释曰："《崇文总目》：唐给事中陆淳纂。初，淳以三家之传不同，故采获善者，参以啖助、赵匡之说为《集传春秋》。又本褒贬之意，更为《微旨》，条别三家，以朱墨记其胜否。又摭三家得失与经戾者，以啖、赵之说订正之，为《辨疑》。"陈振孙《直斋书录解题》载："以为《左传》叙事虽多，解意殊少，公谷传经密于左氏，至赵、陆则直谓左氏浅于公谷。"晁公武《郡斋读书志》载："啖氏制疏统例，分别疏通其义，赵氏损益多所发挥，今纂而合之，凡四十篇。"晁公武、陈振孙都注意到啖、赵之学不同以往之处就在于其"解意"和"疏通其义"，即《春

---

① 董诰等编《全唐文》卷七百十二，中华书局，1983，第7305页。

② 啖助（724—770），盛中唐之际著名的儒学家和经学家，擅长春秋学的研究，尤其是发挥《春秋》的义理内涵，其研究方式迥异于先儒。赵匡，唐代著名经学家，活跃于大历年间（766—779），是啖助的弟子，其著述发挥《春秋》"微言"，是唐代儒学中兴转型的代表人物之一。

秋》隐含的微言大义。而六经之中,《春秋》最能体现儒家对历史现实的批判之意,其"惩恶而劝善"的旨趣也正是儒家思想中重要的组成部分,从直面现实和一家之言的角度来说,《春秋》与诸子的精神极为接近。啖助、赵匡选择《春秋》阐述新义理对于此时学术的转变确实起到了推波助澜的作用,如梁肃和崔甫在评价独孤及时都提到了"不为章句学",这正是诸子精神中探求义理、注重现实的集中体现。

此后的韩愈在其文章和立论中对这种精神推崇不已,据两唐书本传载,韩愈读书日记数千百言,此后精通经史百家之说,可见其学养之深厚。而且他在文章中也屡次强调这种为学的倾向,如《答侯继书》曰:"仆少好学问,自《五经》之外,百氏之书,未有闻而不求,得而不观者。"《上兵部李侍郎书》曰:"性本好文学,因困厄悲愁,无所告语,遂得究穷于经传、史记、百家之说,沉潜乎训义,反复乎句读,砻磨乎事业,而奋发乎文章。"韩愈如此关注诸子之学,这就促使他采取新的观点对待经典和现实,并能从这种经验中总结出若干值得重视的规律。首先,他是以一种从现实出发的态度对待儒道和经典,根据时代的发展趋势,对儒道的内涵作出了新的阐释。他在《原道》中提出了"足乎己,无待于外之谓德"和"正心诚意"的新儒道观,从而把士人的"穷则独善其身"与儒道理想沟通起来,使那些身处穷泽荒野的士人依然坚守儒道的行为获得了济世的意义,这与此时儒道从礼乐理想转向道德性理的现实是一致的。其次,他倡导的师道明显是针对此时尊师传统的哀落而来的。这种师道的核心在于激发士子的向学之心,让他们能够在学习的过程中不断取得创新,"弟子不必不如师,师不必贤于弟子",因而尊师的传统得以保留,更重要的是弟子能够在贤师的引导下通过解决现实问题而取得进步。这也是韩愈能在继承经典的基础上创新儒道的精神所在,其与现实紧密关联的特点和鼓励创立新说的思想也与诸子的从时势提炼义理、以义理观照现实相合,可见韩愈虽然没有像诸子那样有

"成一家之言"的著作传世，但其内在精神确实与诸子相通。再次，韩愈在《答李翊书》中曰："省所谓立言者是也。……抑不知生之志蕲胜于人而取于人邪？将蕲至于古之立言者邪？当其取于心而注于手也；惟陈言之务去，戛戛乎其难哉！"前人多是从为文需创新的角度作解，但如果以诸子精神和立言不朽的方面来重新审视韩愈的"惟陈言之务去"，就不能简单地从文章创作的立场来看待。他是要求后来者要从现实的实际出发，经典所提供的只是原则而非解决一切问题的方法，如此时杜佑就强调"君子致用在乎经邦，经邦在乎立事，立事在乎师古，师古在乎随时。必参今古之宜，穷终始之妙，始可以度其终，古可以行于今"。因此必须把这些经典和当时的实际结合起来，韩愈的"取于心"就是要有对现实情势的观照，不能拘泥于经典条文。而韩愈在《答刘正夫书》中也有此类的认识："或问：'为文宜何师？'必谨对曰：'宜师古圣贤人。'曰：'古圣贤人所为书具存，辞皆不同，宜何师？'必谨对曰：'师其意，不师其辞。'又问曰：'文宜易宜难？'必谨对曰：'无难易，惟其是尔。'"刘熙载在《艺概·文概》中分析道："昌黎论文曰：'惟其是尔。'余谓'是'字注脚有二：曰正，曰真。"[1]刘熙载理解的"真"即指韩愈受到子学精神滋养而具有的关注现实、参取古今的特点。因此，近人刘咸炘在《文学述林》中评说："中唐韩、柳诸家，承过文之极弊，参子家之质实以矫之，然犹未失文也。……大氐文质之异在于作述，《礼》文约而严，多作；《诗》文丰而通，多述。诸子多作，词赋多述，作者创意造言，述者征典敷藻，赋诗言志，述之兆也，词必己出，作之标也。"[2]这里就是以诸子特有的"作"的精神来解释韩愈等古文家

---

① 刘熙载：《艺概》，上海古籍出版社，1978，第21页。

② 刘咸炘：《刘咸炘学术论集：文学讲义编》，广西师范大学出版社，2010，第32—33页。

取得成功的原因，而这种精神的实质正是士人必须通过关注政治现实，使文章创作能够真正体现出作者之意旨和思想，而不是脱离现实模拟经典或亦步亦趋地在文章本身方面求发展。

综上所述，从制礼作乐传统代表的时文代变到关注创作个体的立言不朽，文学与政治的直接联系被更加强调主体创作的观念所取代，任何时代的思想都是通过士人的个性心灵来展现的，在此意义上，这种立言不朽的新观念对文学如何反映时代特征作出了新的回应，而文学史上在逆境中创作的士人因此获得了新的评价。更重要的是，与立言不朽具有密切关联的子学精神在中唐的复兴，为士人关注现实并在自己的创作中紧密联系时势提供了丰厚的思想资源，这也为此后的古文运动能沿着正确的道路前进作出了有益的启示。

附录

文献、文学与文化新探

附录一　储光羲诗集考略

　　储光羲作为盛唐时代山水田园诗派的重要作家，他在颇具自然风味的作品中表达了隐逸山野之趣，继承前代山水田园诗歌尤其是陶渊明的创作经验，主要通过描写山林丘壑之美来展现清幽宁静的审美自然，这种创作倾向使得他与王维、孟浩然等诗人一起以山水田园诗歌构成了盛唐气象的重要组成部分。本文欲从目录版本之学入手厘清储光羲的作品在后代的流传情况。

　　储光羲不见于《旧唐书》和《新唐书》的传记中，据大历诗人顾况的《监察御史储公集序》记载，储光羲的文集整理始于家人的努力，并请当时的著名文士王缙（王维弟）为文集作序，后来文集随王缙的贬谪而亡佚，王缙序也随之亡。《旧唐书》王缙本传载，王缙贬谪括州是在唐代宗大历十二年（777），可见最早的储光羲文集当成于此年之前。前书亡佚后，储溶重新编辑储光羲文集并请顾况作序，即现存的《监察御史储公集序》。在此序中，顾况介绍了储光羲的生平：

　　　　开元十四年，严黄门知考，鲁国储公进士高第，与崔国辅员外、綦毋潜著作同时。其明年，擢常建少府、王龙标昌龄，此数人者皆当时之秀，而侍御声价隐隐，辐辏诸子。其文篇赋

论凡七十卷。^①

可见储光羲在开元十四年由严挺之知贡举时与崔国辅、綦毋潜一起登进士第，在士林俊彦中，储光羲的声誉要更胜一筹。他的文集包括文篇赋论共七十卷，其中应当包括诗作。这是最早的有关储光羲较为可靠的材料，后来的记载多渊源于此。与储光羲年代相距不远的殷璠在《河岳英灵集》与《丹阳集》中也曾有储光羲的一些记载。《河岳英灵集》中的"储光羲"题解云：

> 储公诗，格高调逸，趣远情深，削尽常言，挟风雅之道，得浩然之气。《述华清宫》诗云：'山开鸿蒙色，天转招摇星。'又《游茅山》诗云：'山门入松柏，天路涵虚空。'此例数百句，已略见《荆杨集》，不复转引。璠尝睹储公《正论》十五卷，《九经分义疏》二十卷，言博理当，实可谓经国之大才。^②

《丹阳集》云：

> 光羲诗宏赡纵逸，务在直置。^③

《丹阳集》把储光羲置于"延陵二人"条目下，由于《丹阳集》是按诗人籍贯编排，那么殷璠在此即说明了储光羲为延陵人，这与顾况序的记载不合，甚至殷璠在《河岳英灵集》中曾以"太原王昌龄"与"鲁

---

① 董诰等编《全唐文》卷五百二十八，中华书局，1983，第5368页。
② 傅璇琮编撰《唐人选唐诗新编》，陕西人民教育出版社，1996，第178页。
③ 同上书，第84页。

国储光羲"对举，可见殷璠的记载中彼此也有自相矛盾之处。历来有学者对此争论不休。傅璇琮先生在《唐代诗人丛考》中曾弥合众说，发为己见：

> 这里牵扯到唐人碑传记载中经常碰到的一个问题，即史传碑文中所记郡望与籍贯，极易混同。唐人自称，或为人作墓志碑传，往往称郡望，这是六朝的门第余风，沿而未革。①

傅璇琮先生于此以郡望和出生地的混淆来解释储光羲籍贯的问题，确实是从当时很多的历史事例中总结出的经验，能够使其中的矛盾得到较为合理的解决。

从历代公私目录来看，《旧唐书·经籍志》未见有储光羲的作品集著录，最早著录储光羲作品的目录是《新唐书·艺文志》，其卷五十九载：

> 储光羲《正论》十五卷（兖州人，开元进士第，又诏中书试文章，历监察御史，安禄山反，陷贼自归。）②

同书卷六十载：

> 《储光羲集》七十卷。③

将《旧唐书·经籍志》与《新唐书·艺文志》著录的文人别集比较

① 傅璇琮：《唐代诗人丛考》，中华书局，1980，第92页。
② 宋祁、欧阳修等撰《新唐书·艺文志》卷五十九，中华书局，1975，第1513页。
③ 宋祁、欧阳修等撰《新唐书·艺文志》卷六十，中华书局，1975，第1603页。

后，我们发现《旧唐书·经籍志》中的文人别集著录止于卢藏用，而《新唐书·艺文志》中的文人别集著录在卢藏用之后接之以《玄宗集》和《德宗集》，这明显不合于古代书目著录中帝王居前的惯例，同时刘昫的《旧唐书·经籍志》是以毋煚的《古今书录》四十卷为底本修撰的，而《古今书录》中的文人别集俱为初盛唐前期的作品，因此我们可以大致判定欧阳修等人编撰的《新唐书·艺文志》中的《卢藏用集》之前应该是延续了《古今书录》和《旧唐书·经籍志》的内容，《玄宗集》后面的内容则为欧阳修等人亲自整理出的书目，由此我们可以说在欧阳修所处的时代储光羲的文集应为七十卷本，至于他们是否真正看到过储光羲文集的原貌，由于资料匮乏而难于详考。另外值得注意的是，由北宋王尧臣等人于庆历元年完成的《崇文总目》中没有著录储光羲的文集情况，由于《崇文总目》在宋末元初已无完本，明清时期仅有简目流传。清代修《四库全书》时，四库馆臣据清代朱彝尊传抄明代天一阁藏南宋绍兴改定抄本，又辑《永乐大典》中所引《崇文总目》内容进行补校，厘为十二卷。因此，我们无法确切说明储光羲文集在北宋时的具体流传情况，只能依据现有材料说欧阳修等人知晓有《储光羲集》七十卷，并著录于《新唐书·艺文志》，而现存的《崇文总目》则没有著录储光羲文集。同时，欧阳修又向我们提供了储光羲的另外一部重要著作《正论》十五卷，置于儒家类，同类中的其他书多为政论性文章著作，以此类推，储光羲的《正论》也应是政论性作品，可见储光羲在政治方面也曾有过较高的期望，并写有这方面的书，这便与殷璠在《河岳英灵集》中称誉储光羲"经国之大才"联系在一起。此条目下还首次介绍了储光羲的简单经历，涉及他的籍贯（兖州）、及第时间（开元年间），曾经做过监察御史，安史之乱中曾身陷贼营，后来自己脱身回朝。

欧阳修之后，再次著录《储光羲集》的是南宋时期著名文献版本学家晁公武和陈振孙。晁公武《郡斋读书志》卷十七载：

《储光羲集》五卷，右唐储光羲也，鲁人。登开元十四年进士第，尝为监察御史，后从安禄山伪署，贼平，贬死。[①]

可见晁公武之时《储光羲集》已由七十卷变为五卷，散佚情况甚多，而且晁公武未标明这五卷的内容构成，不知是只有诗集，还是诗文兼收，其关于储光羲的生平记载及其顾序和欧阳修等所载大同小异，籍贯、登第时间与所任官职相同，而储光羲在安史之乱中的经历却又不同。晁公武载储光羲后来由于接受安禄山的伪职而受到唐王朝的贬谪，并因此而死。欧阳修只是说"陷贼自归"而未及"贬死"。陈振孙《直斋书录解题》卷十九云：

《储光羲集》五卷，唐监察御史鲁国储光羲撰，与崔国辅、綦毋潜皆同年进士，天宝末任伪官，贬死。顾况为集序。[②]

在本卷卷首，陈振孙标明体例云：

凡无他文而独有诗，及虽有他文而诗集复独行者，别为一类。[③]

因此《直斋书录解题》卷十九中的《储光羲集》应全为诗歌作品，但《直斋书录解题》文集卷未有储光羲的其他作品，疑此时可能储光羲

---

① 晁公武：《郡斋读书志》，孙猛校注，上海古籍出版社，1990，第840页。
② 陈振孙：《直斋书录解题》，上海古籍出版社，1987，第558—559页。
③ 同上书，第555页。

只有诗集五卷留存，而且文集前有顾况的序，可见此本为储溶所编。其关于储光羲的生平记载与晁公武为近而小异于前代，并指出集前有顾况之序，为前代目录所未见。陈振孙在这里还有一条与前人不同之处，即关于储光羲的进士及第时间问题。《直斋书录解题》卷十九云：

> 《崔国辅集》一卷，唐集贤直学士礼部员外郎崔国辅撰。开元十三年进士，应县令举，为许昌令。天宝中加学士，后以王鉷近亲坐贬。诗凡二十八首，临海李氏本，后又得石林叶氏本，多六首。①

既然储光羲与崔国辅同年进士，那么陈振孙是将储光羲的进士及第时间定于开元十三年，而且他对王昌龄的进士及第之年定于开元十四年，《直斋书录解题·王江宁集》云：

> 唐龙标尉江宁王昌龄少伯撰，与常建俱开元十四年进士，二十二年选宏辞，超绝群类，为汜水尉，不护细行，贬龙标，世乱还里，为刺史闾丘晓所杀，为诗绪密而思清。②

而根据顾况的《监察御史储公集序》载王昌龄应该在开元十五年即储光羲中进士的次年进士及第，恰与陈振孙的记载相比也推后一年，这和储光羲的情况一致。未详陈振孙以何为据，更多的学者是赞同开元十四年之说，如后来元代辛文房的《唐才子传·储光羲》和清代徐松的《登科记考》，而陈振孙的说法仅见于此。

---

① 陈振孙：《直斋书录解题》，上海古籍出版社，1987，第558页。
② 同上书，第559页。

南宋时期的文献学家郑樵在《通志·艺文略》中载：

　　《储光羲集》七十卷。[①]

　　但这种记载并非说明郑樵此时存在《储光羲集》七十卷的本子，他只是在此照抄了欧阳修等人的《新唐书·艺文志》中关于文人别集的内容。因此，综合晁公武、陈振孙和郑樵的意见，《储光羲集》在南宋时期应该只有五卷留存于世，而且这五卷极有可能只是诗歌。陈振孙又提出了储光羲进士及第时间的新说法，但这一意见在后世并未被采纳。根据王昌龄等人的材料，陈振孙很可能把唐人进士及第的时间在著录时都提前一年。

　　元代《储光羲集》在目录方面的著录情况与南宋时大体相同，马端临在《文献通考》卷二百三十一中载：

　　《储光羲集》五卷，晁氏曰唐储光羲也，鲁人，登开元十四年进士第，尝为监察御史，后从安禄山伪署，贼平，贬死。[②]

　　可见马端临在此抄录了晁公武《郡斋读书志》有关《储光羲集》的材料，但对文集的内容未有更清晰的描述。元代辛文房《唐才子传》中有"储光羲"的个人条目，关于储光羲的生平经历，辛文房基本沿袭了殷璠的《河岳英灵集》与《新唐书·艺文志》的内容，只有一点与前代不同，即有关储光羲接受安禄山伪职后的情况：

---

① 郑樵编撰《通志》，中华书局，1987，第1766页。
② 马端临：《文献通考》，中华书局，1986，第1845页。

值安禄山陷长安，辄受伪署，贼平后自归，贬死岭南。①

这比前代记载的储光羲生平又有新进展，说明了储光羲由于接受伪职而贬谪岭南，并客死异乡。关于此点差异，可参见陈铁民先生《唐才子传·储光羲》的考辨。

在文集著录方面，《唐才子传》载：

有集七十卷，《正论》十五卷，《九经分义疏》二十卷，并传。②

辛文房在此应该不是真正看到过《储光羲集》的原貌，其所谓"并传"并非说当时即有完整的《储光羲集》七十卷留存，毕竟晁公武和陈振孙标明在南宋时就已只存留五卷本，而且陈振孙明确标明五卷本只是诗集，可见辛文房的记载应是延续了《河岳英灵集》中的相关内容，而非当时的实际情况。

明代焦竑的《国史经籍志》卷五载：

《储光羲集》七十卷。③

但其目录内容当为抄录欧阳修等编撰的《新唐书·艺文志》的内容，因此这一记载并不能反映《储光羲集》在明代流传的实际情况。

---

① 傅璇琮主编《唐才子传校笺》（一），中华书局，1987，第219页。
② 同上书，第222页。
③ 焦竑：《国史经籍志》，商务印书馆，1936，第58页。

明代高儒的《百川书志》中也收录了《储光羲集》的条目：

《储光羲诗集》五卷，御史兖州储光羲撰。[①]

但明代后期著名文献学家陈第的《世善堂藏书目录》卷下载：

《储光羲集》五卷，又诗五卷。[②]

这里记载与前代大不一样，在著录了《储光羲集》五卷后又加之"诗五卷"，这应该是说《储光羲集》五卷中没有诗，诗单独成为一个五卷本，与陈振孙的《直斋书录解题》所载一致。至于陈第记载的前面五卷之内容为何，现在已很难知晓。清代公私目录中《储光羲集》的著录以五卷本的诗集为主，这也反映出今天常见的《储光羲诗集》的基本情况。乾隆年间彭元瑞等编撰的《天禄琳琅书目后编》载：

《唐储光羲诗集》，一函，二册。唐储光羲撰。光羲，兖州人。开元中进士，官监察御史。书五卷，凡诗二百二十四首。前有顾况序，殷璠评语一条，栾城遗言一条。[③]

这里明确标明储光羲的文集中只有诗，并在书名上予以体现，同时统计储光羲的文集中有诗二百二十四首，集前有顾况序，可见这是由储溶编撰而成的《储光羲集》。

---

① 高儒：《百川书志》，上海古籍出版社，2005，第205页。
② 陈第：《世善堂藏书目录》，上海古籍出版社，2008，第363页。
③ 彭元瑞等编撰《天禄琳琅书目后编》，上海古籍出版社，2007，第754页。

《四库全书总目提要》集部别集类载：

> 《储光羲诗》五卷，内府藏本，案陈振孙书录解题载储光
> 羲诗五卷，唐监察御史鲁国储光羲撰，与崔国辅、綦毋潜皆同
> 年进士。天宝末任伪官，贬死。《唐书·艺文志》储光羲《政
> 论》下注曰兖州人，开元进士第，又诏中书试文章，历监察御
> 史。安禄山反，陷贼自归。与振孙所叙爵里相同而任伪官事
> 已小异。又包融集条下注曰融与储光羲皆延陵人，与丁仙芝等
> 十八人皆有诗名。殷璠汇次其诗，号曰《丹阳集》。则并其里
> 籍亦异，自相矛盾，莫之详也。唐志载其集七十卷，是集前有
> 顾况序，亦称所著文篇赋论七十卷。辛文房《唐才子传》称其
> 又有《九经分疏义》二十卷，与所作《政论》十五卷并传，今
> 皆散佚。存者惟此诗五卷耳。其诗源出陶潜，质朴之中有古雅
> 之味，位置于王维、孟浩然间，殆无愧色。殷璠《河岳英灵
> 集》称其削尽常言，得浩然之气，非溢美也。[1]

从《四库全书总目提要》中，我们可以看出陈振孙《直斋书录解
题》中关于储光羲任伪官之事的问题已受到注意，同时还有储光羲的爵
里在《河岳英灵集》中的矛盾问题。最值得注意的是，相比于前代记
载，储光羲另外两书的书名出现了不同。《河岳英灵集》《新唐书·艺文
志》和《唐才子传》记载的都是《正论》十五卷，而《四库全书总目提
要》记载为《政论》十五卷。《河岳英灵集》和《唐才子传》记载为《九
经分（一作外）义疏》二十卷，而《四库全书总目提要》记载为《九经
分疏义》二十卷，可见储光羲的文集情况在清代尚有问题。

---

① 《四库全书总目》卷一百四十九，商务印书馆，1965，第1283页。

另外，嘉庆年间版本学家朱修伯的《四库简明目录》集部载：

> 《储光羲诗》六卷，十家本，有明活字本作五卷，与刘随
> 州、钱考工合印，每页十八行二十八字，旧为张月霄藏书，今
> 归同里劳氏。①

这里朱修伯著录储光羲有诗六卷，仅此一见，同时他还指出有"明
活字本作五卷"，应该内容一致，只在分卷上有所不同，并对版式和藏
书处有介绍。与之时代接近的邵懿辰在《增订四库简明目录标注》中
曾总结：

> 储光羲诗五卷，唐储光羲撰，明活字本，与刘随州、钱考
> 功合印，许氏有影宋抄本。【续录】明活字本，十行二十八字，
> 明嘉靖仿宋唐十子本，清雍正刊不分卷本。②

此外，台北"故宫博物院"藏《善本旧籍总目》下集部别集类载：

> 《唐储光羲诗集》五卷，唐储光羲撰，明嘉靖间毗陵蒋氏
> 刊中唐诗本。
> 《储光羲诗集》五卷，唐储光羲撰。清乾隆间写文渊阁四
> 库全书本，二册。

其中《储光羲诗集》五卷本当为彭元瑞等在《天禄琳琅书目后编》

---

① 朱学勤：《朱修伯批本四库简明目录》，北京图书馆出版社，2001，第600页。
② 邵懿辰：《增订四库简明目录标注》，上海古籍出版社，1979，第653页。

中所言之《唐储光羲诗集》本。清代后期著名藏书家丁丙在《善本书室藏书志》卷二十四载：

> 《储光羲集》五卷（明活字本）
>
> 光羲，兖州人，开元十四年进士，尝为监察御史，值安禄山陷长安，辄受伪署，贼平后贬死岭南，有集七十卷。《郡斋读书志》已作五卷，直斋书录亦作五卷，顾况为集序，与此合况序，云嗣息曰溶以凤毛骏骨，恐坠先志，泣拜请序。是集为光羲亡后其子所编者，况序后又载殷璠云储公格高调逸，趣远情快，风雅之道，得浩然之气。又载栾城遗言云储光羲诗高处似陶渊明，平处似王摩诘。张金吾爱日精庐收藏此集，亦活字本，杨梦羽、叶石君俱有印记，则久为名家所珍重矣。①

根据丁丙所记，储光羲的文集书名为《储光羲集》，与清代大部分的《储光羲诗集》不合，而与朱修伯所载相同，亦为明活字本，可见《储光羲诗集》一名在清代开始出现。而且丁丙对《储光羲集》的源流作了一番较为详细的纪录，并描述了版本的特点和收藏之处。

当代学者万曼先生在《唐集序录》中对《储光羲集》进行了总结，其"《储光羲诗集》"条目载：

> 顾况《监察御史储公集序》云："其文篇赋论凡七十卷。"又云："嗣息曰溶，亦凤毛骏骨，恐坠先志，泗千里，泣拜告余，曰：'我先人与王右丞，伯仲之欢也。相国缙云，尝以序

---

① 丁丙：《善本书室藏书志》卷二十四，载《续修四库全书》，上海古籍出版社，2001，第134页。

冠编次，会缙云之谪，亡焉。后辈据文之士，风流不接，故小子获忝操简。'"是《储光羲集》最初曾由王缙编次，并为之作序，后乃由嗣息储溶以家集请顾况序，凡七十卷。《新唐书·艺文志》亦作七十卷。此外唐志仍著录储光羲《政论》十卷，《唐才子传》称其又有《九经分疏义》二十卷，今皆散佚。《储光羲集》，晁公武《郡斋读书志》及陈振孙《直斋书录解题》并作五卷，是七十卷本至宋已不存。此五卷本为诗集，乃后此储集的祖本。《天禄琳琅》后编十八著录《唐储光羲诗集》书五卷，凡诗二百二十四首，《全唐诗》首数同，前有顾况序，殷璠评语一条，栾城遗言一条。殷璠云："储公诗格高调逸，趣远情快，挟风雅之道，得浩然之气。"栾城遗言云："储光羲诗，高处似陶渊明，平处似王摩诘。"

诸家著录如张金吾爱日精庐，丁丙善本书室皆为明活字本，清雍正间有不分卷本。除合集外，未见其他刻本。

邵懿臣《四库简明目录标注》云："许氏有影宋抄本。"又近人储皖峰《储光羲诗集》五卷，又附录一卷，为储氏所辑。[1]

由以上著录可见，万曼先生是在综合了前代学者的意见后对《储光羲诗集》的源流版本情况进行了较为完善的考证。但其中有些问题需要说明，如储光羲所著《政论》十卷和《九经分疏义》二十卷在《新唐书·艺文志》中著录为《正论》十五卷和《九经分义疏》二十卷，而且到元代辛文房的《唐才子传》中一直如《新唐书·艺文志》著录，直到《四库全书总目提要》中才出现《政论》和《九经分疏义》，且《政论》的卷数仍为十五卷，而非万曼先生所言之"十卷"，所以万曼先生对这

---

① 万曼：《唐集叙录》，中华书局，1982，第56页。

两种书的书名著录应是遵从了《四库全书总目提要》的情况。但在《政论》的卷数上与之不同，未详万曼先生有何依据。另外，万曼先生所说的"清雍正间有不分卷本"亦仅见于《增订四库简明目录标注》，而在此前的公私目录中未见有。

综上所述，根据历代目录著述，《储光羲集》最早面貌为七十卷。至宋代晁陈之时，只余五卷，而且陈振孙明确著录为诗集，这应为后世《储光羲集》版本的源头。虽然此后的有些目录还有不同的情况，但五卷本已是《储光羲集》的大致面貌了。清代康熙年间编辑《全唐诗》时，曾将储光羲的诗集变为四卷，其作者小传也是对《新唐书·艺文志》所载的继承，但诗歌内容与明代所流传的版本没有差异。后来四库本又恢复了五卷本的面貌，经过与明代铜活字本对照，内容没有歧义。

现存的储光羲诗集情况（国家图书馆藏书）如下：

《唐储光羲诗集》，一册，九行十九字，白口，四周双边，单鱼尾。选自明代唐四家诗。

《储光羲集》，五卷，明代铜活字印本，一册，九行十七字，细黑口，左右双边。

《唐储光羲诗集》，五卷，明嘉靖刻本，十行二十字，白口，左右双边，单鱼尾。选自中唐十二家诗集。

《唐储光羲诗集》，五卷，明嘉靖二十九年（1550）蒋孝编刻本。选自中唐十二家诗集。

储氏丛书二种，储皖峰辑。《储光羲集》五卷，上海述学社出版部，十二行三十字，白口，四周双边，单鱼尾，牌记题民国十九年孟夏潜山储皖峰依文津阁四库全书本校刊。

《储光羲诗集》，文渊阁四库本，上海古籍出版社1992年影印版。每半叶八行，每行二十字。

《储光羲集》，明代铜活字本，上海古籍出版社影印版。选自唐五十家诗集。每半叶九行，每行十七字。

校勘情况（以"文渊阁四库本"和"明铜活字本唐五十家诗集"为基础）如下：

卷一：

《采莲词》："独往方自得"，明铜活字本作"住"。"耻（耻）邀淇上姝"，明铜活字本作"耻"。"广江无術（术）阡"，明铜活字本作"衍"。"流下鲛人居"，明铜活字本作"林"。"春雁时隐舟"，明铜活字本作"鴈（雁）"。"采采乘日暮"，明铜活字本作"養（养）"。

《猛虎词》："爪牙雄武臣"，明铜活字本作"瓜"。

《渭桥北亭作》："望望入秦京"，明铜活字本作"京"。

《述华清宫五首》其五："孰谓非我灵"，明铜活字本作"为"。

《石子松》："五猎何人采"，明铜活字本作"腊"。

《架帘藤》："殊胜松柏林"，明铜活字本作"如"。

《至嵩阳观观即天皇故宫》："松柏有清阴"，明铜活字本作"栢（柏）"。

《游茅山》其四："兼兼外视闲"，明铜活字本作"閒（闲）"。

《游茅山》其五："天路涵空虚"，明铜活字本作"极"。

《述降圣观》："自昔大仙下"，明铜活字本作"太"。

《过新丰道中》："雷雨杳冥冥"，明铜活字本作"冥冥"。

《夜到洛口入黄河》："送泂非修阻"，明铜活字本作"泂"。

《使过弹筝峡作》："双壁隐灵曜"，明铜活字本作"璧"。

《泊舟贻潘少府》："罗罗疎（疏）星没"，明铜活字本作"疎"。

《仲夏入园中东陂》："环岸垂绿柳"，明铜活字本作"圻"。

《效古》其一："曜灵何赫烈"，明铜活字本作"赤"。

《杂诗》其二："独好阳云台"，明铜活字本作"如"。

《山居贻裴十二迪》："南雁将何归"，明铜活字本作"鴈（雁）"。

卷二：

《荐玄德公庙》："松上升彩烟"，明铜活字本作"煙（烟）"。

《上长史王公责躬》："松柏日已坚"，明铜活字本作"栢（柏）"。

《至岳寺即大通大照禅塔上温上人》："燕息云满门"，明铜活字本作"满云"。

《终南幽居献苏侍郎三首时拜太祝未上》："暮春天气和"，明铜活字本作"秋"。

《酬綦毋校书梦耶溪见赠之作》："还车首东道"，明铜活字本作"居"。

《田家即事》："杏花日以滋"，明铜活字本作"荇"。

《同王十三维偶然作》："兄嫂共相譊（诶）"，明铜活字本作"饶"。"道远情日疏"，明铜活字本作"踈"。"黄河流向东"，明铜活字本作"向东流"。

《田家杂兴》："君看西王母，千载美容颜"，明铜活字本作"千，母"。

《题辛道士房》："曾垂华发忧"，明铜活字本作"草"。

《登秦岭作时陷贼归国》："随我行太空"，明铜活字本作"大"。

《哥舒大夫颂德》："韩卫多锐士"，明铜活字本作"魏"。

《秋庭贻马九》："群芳趋泛爱"，明铜活字本作"方"。

卷三：

《晚次东亭献郑州宋使君文》："洞门清佩响"，明铜活字本作"间"。"侃侃居文府"，明铜活字本作"愢"。

《秋次灞亭寄申大》："会朝幸岁正"，明铜活字本作"真"。

《巩城东庄道中作》："幸逢耄耋话"，明铜活字本作"诺"。

《赴冯翊作》："耻从侠烈游"，明铜活字本作"狭"。

《晚霁中园喜赦作》："浓云连晦朔"，明铜活字本缺此字。"家族跃以喜",明铜活字本缺此字。

《观范阳递俘》:"合沓成深渠",明铜活字本作"杳"。"谁能辨荣枯",明铜活字本作"菜"。

《送丘健至州敕放作时任下圭县》:"朝集咸林城",明铜活字本作"成"。"杀气变木德",明铜活字本作"奕"。

《登商丘》:"维梢历宋国",明铜活字本作"稍"。

《群鸦咏》:"冢宰收琳琅",明铜活字本作"家"。

《夏日寻蓝田唐丞登高宴集》:"闾里随人幽",明铜活字本作"井"。

《田家即事答崔二东皋作》:"飘飘吐清韵",明铜活字本作"飏(飏)"。

《苏十三瞻登玉泉寺峰入寺中见赠作》:"阳光烁奔箭",明铜活字本作"轹"。"恨无荆文璧",明铜活字本作"壁"。

《酬李处士山中见赠》:"跂予北堂业",明铜活字本作"跋"。"怡然谢朝列",明铜活字本作"恬"。

《同诸公秋日游昆明池思古》:"凄风披田原",明铜活字本作"妻"。

《同诸公秋霁曲江俯见南山》:"群峰悬中流",明铜活字本作"依"。

《同诸公送李云南伐蛮》:"斩伐若草木",明铜活字本作"斯"。"休哉我神皇",明铜活字本作"林"。

《同王十三维哭殷遥》:"筮仕哭贫贱",明铜活字本作"士"。

卷四:

《奉和长史庾公太守徐公应召》:"丰镐顷霾晦",明铜活字本作"须"。

《狱中贻姚张薛李郑柳诸公》:"哀哀害神理",明铜活字本作"衰衰"。

《贻鼓吹李丞时信安王北伐李公王之所器者》："仗钺按边城"，明铜活字本作"伏"。"尝思骠骑幎（幕）"，明铜活字本作"幕"。

《贻刘高士别》："矫首来天地"，明铜活字本作"池"。

《山中贻崔六琪华》："相思不道远"，明铜活字本作"想"。"屐履清池上"，明铜活字本作"地"。

《贻余处士》："终思隐君子"，明铜活字本作"居"。

《刘先生闲居》："期之比天老"，明铜活字本作"此"。

《华阳作贻祖三咏》："淅沥入溪树"，明铜活字本作"析"。

《贻袁三拾遗谪作》："如君物望美"，明铜活字本缺此字。"高帝黜儒生"，明铜活字本作"席"。

《洛中贻朝校书衡朝即日本人也》："伯鸾游太学"，明铜活字本作"大"。

《贻王处士子文》："抚髇未伤音"，明铜活字本作"翮"。

《贻从军行》："取胜小非用"，明铜活字本缺此字。

卷五：

《临江亭五咏》："梁园多绿树"，明铜活字本作"柳"。

《饯张七琚任宗城》："况复在君门"，明铜活字本作"前"。

《和张太祝冬祭马步》："飏言闻永存"，明铜活字本缺此字。

《秦中送人觐省》："遥遥见故人"，明铜活字本作"饯"。

《送人随大夫和番》："边城二月春"，明铜活字本缺此字。

《送王上人还襄阳》："虽复时来去"，明铜活字本作"诗"。

《江南曲》："逐流牵荇叶"，明铜活字本作"藕"。

《田家即事》："杏色满林羊酪熟"，明铜活字本作"店"。"生时乐死皆由命，事在皇天志不迷"，明铜活字本缺此字。

《太学贻张筠》："俄顷变炎凉"，明铜活字本作"奕"。"园林在建业"，明铜活字本作"连"。

附录二　让"文学史"还原"审美"的面貌

自十九世纪末二十世纪初以来，以欣赏体味为主要批评方式的"诗文评"逐渐让位于重视知识积累和文化传承的"文学史"①，对于"文学"所谓发展规律的探讨就成为"文学史"研究和书写的题中应有之义。回溯百年来的发展演变，"文学史"在二十世纪学术史舞台上也曾大展拳脚，其流转炫目的"表演姿态"曾引得国内外诸多满怀热情的学人投身其间，甚至承担起为政治、文化乃至思想学术等各个领域"张目造势"的时代功能。那些蕴含着政治隐喻的"文学史"研究曾迅速成为

---

① 关于"文学史"，陈平原先生曾经以充满学理性的语言做了四个面向的分析，即作为课程设置的"文学史"、作为著述体例的"文学史"、作为知识体系的"文学史"和作为意识形态的"文学史"。这一判断的出发点主要是基于百年来大学中文系文学教育实践的总体经验。本文所言之"文学史"大体与这一概括一致，兼及书籍、教学与实践意义，书籍为出版过的"文学史"教材及其透露出的学者的文化心态、研究方式和学术个性，教学主要是大学中文系的文学教育与"文学史"的参与，实践意义的"文学史"则是写作"文学史"教材的过程以及与"文学史"相关的研究状态。本文所说的"文学史"多以中国古代文学为对象。

特定政治年代的"显学"①，而伴随着时代巨变与思想转型的异军突起，"文学史"研究又摇身一变，在中西文化碰撞交流的历史洪流中激荡起"重写"的文化呐喊②。进入二十世纪九十年代后，李泽厚先生一句"思想家退隐，学问家凸显"的睿智评语，仿佛又预示着"文学史"研究在经历了历史的跌宕起伏之后，重又回归书斋的理性探索和沉潜的思维构建。在二十一世纪文化交流日渐国际化的今天，"文学史"研究这一略显冷僻却又引人入胜的领域，呈现出的是"却顾所来径，苍苍横翠微"，看似气象万千，实则模糊不清，其实并未从此前歧义丛生的思想观念中走出，更需要学者们在回望先贤研究的得失成败后，重新思考"文学史"研究到底应该基础何在，方向何从，学者何为。从某种意义上说，"重写文学史"的美丽口号依然没有过时，只是在大量的文学史研究基础实践过后，如何去总结这些事件背后的经验教训。本文拟就此问题展开讨论，在结合已有"文学史"研究的基础上，对未来"文学史"的研究策略和应该注意的问题提出一孔之见，求教于方家。

----

① 新中国成立后，多次政治运动是从文化领域展开的，最典型的是二十世纪五十年代的"《红楼梦》研究"的批判运动，而这些带着浓郁政治色彩的文学批判都曾深刻影响了当时的文学史研究，使之带有鲜明的"借经术文饰其政论"的理论色彩。虽然时过境迁，那个年代的文学史研究在后来以较为纯粹的学术理性去判断，很多结论和研究方法都受到普遍的质疑，但毕竟也反映出新中国成立后文学史研究在特殊年代的一个值得深思的面影。

② "重写文学史"是出现于二十世纪八十年代中后期的一次从文学研究领域发生，此后又蔓延至整个文化思想界的理论探索，首先是由北京和上海的从事现代文学研究的学者发起，当时参与其事的学者如今都已在各自领域取得令人瞩目的成就，如上海的王晓明与陈思和，北京的钱理群、黄子平和陈平原等人。产生的成果如《二十世纪中国文学三人谈》《二十世纪中国小说史》以及陈思和与王晓明在《上海文论》主持的专栏"重写文学史"所发表的文章等，其学术影响至今犹在。此后学界每每对"文学史"的研究有所回应时，大都会与二十世纪八十年代的"重写文学史"有着或明或暗的历史渊源。

一、以"审美"为基础的"文学史"研究

二十世纪以来，随着学术规范化的缜密性日渐提高，主体学科开始衍生出大量的分支学问，这其中就包括原本单纯的"文学史"研究，由于各个时代不断涌现出各种版本的文学史著作，对"文学史"研究的理论反思——"文学史学"应运而生。其中董乃斌、陈伯海、刘扬忠三位先生主编的《中国文学史学史》于2003年由河北人民出版社出版，成为"文学史学"这一研究领域初见规模的标志性著述。此前和此后都有类似内容的著作出版，如赵敏俐、杨树增二位先生合著的《20世纪中国古典文学研究史》[①]，复旦大学黄霖先生主编、集众多学者之力编成的《20世纪中国古代文学研究史》[②]，都堪称这方面的代表。但明确标示"文学史学"的还是董乃斌、陈伯海、刘扬忠三位先生的那套书，由此可见"文学史学"的名称虽新，但其实已基于很长一段时期的写作实践了，尤其是改革开放以后各种名目的"文学史"著作层出不穷。[③]

"文学史学"的名称既已形成，标志性的著作也堪称皇皇巨著，却并未获得学界一致的"鲜花和掌声"。陈平原先生就曾在《假如没有"文学史"》中深表进退两难的复杂心情，"文学史"虽然有其局限性，但

---

① 赵敏俐、杨树增：《20世纪中国古典文学研究史》，陕西人民教育出版社，1997。

② 黄霖主编《20世纪中国古代文学研究史》，东方出版中心，2006。

③ 改革开放以后出现的具有典型性的"文学史"著作包括面向电大教学所编的《中国文学史纲要》（袁行霈等编撰，北京大学出版社1998年出版），运用新理论分析的《中国文学史》（章培恒、骆玉明主编，复旦大学出版社2005年出版），以及中国社科院文学所学者集体编写的《中国文学史系列》。而目前在大学中文系承担教材任务的《中国文学史》，则是由袁行霈先生主编，高等教育出版社1996年出版。就教学影响和总结学术而言，高教版的《中国文学史》应该是目前国内最具权威性的"文学史"教材。

在承担文学教育方面的重要作用仍不可替代。①而南京大学的莫砺锋先生则曾对此明确表示质疑，他在《"文学史学"献疑》一文中，主要对"文学史学"的学科成立条件并不乐观，一是总结文学史编写规律的时机远未成熟，二是写作实践中存在的问题依然明显。②在此情形下，莫砺锋先生对"文学史"的内涵做出有意义的探讨，他认为："当我们说'文学史'这个词的时候，大概有以下两种意义：一是指文学的发展过程，是一种客观的历时性的存在。……二是指人们关于文学发展过程的研究、论述，是一种主观的叙述、阐释和评价。"这就提出了如何看待"文学史"的实质这一问题，所谓"客观"和"主观"的"文学史"，如果更深一层追问，就涉及在对"文学史"的书写中究竟以何为基础和中心的问题。

借助学术史的经典研究方法，"文学史"的书写所达到的最高境界是"辨章学术，考镜源流"，就是在充分占有历代作家的创作作品、时代特征和生平资料的基础上，对我国的文学发展历程进行一番由表及里的理性梳理，大致勾勒出从上古三代到五四运动以前我国文学如何一步步发展演变的轨迹，莫砺锋先生所谓的"客观"即在于此。对于这种"客观"，需要指出的一点是，这又与我国古代文学创作的特征密切相关。吉川幸次郎在《中国文学史的一种理解》中曾指出：

> 中国的文学史，其形态与其他地域的文明里的未必相同。至少，在最近时期以前，一直是不同的。被相沿认为文学之中心的，并不是如同其他文明所往往早就从事的那种虚构之作。纯以实在的经验为素材的作品则被作为理所当然。诗歌净是抒

---

① 陈平原：《假如没有"文学史"》，生活·读书·新知三联书店，2011，第2页。
② 莫砺锋：《文学史沉思拾零》，中华书局，2013，第1-5页。

情诗，以诗人自身的个人性质的经验（特别是日常生活里的经验，或许也包括围绕在人们日常生活四周的自然界中的经验）为素材的抒情诗为其主流。以特异人物的特异生活为素材、从而必须从事虚构的叙事诗的传统在这个国家里是缺乏的。散文也是以叙述实在事件的历史散文或将身边的日常事情作为素材的随笔式的散文为中心而发展下来的。①

围绕作家作品而呈现的时代特征和历史环境，作家的生卒年和生平经历，作品反映的作家生活和心态，这些具有"客观性"的内容是我国文学史得以顺利编写的基本条件。由于这种文学素材本身的"客观性"，导致文献历史考据之学在中国文学史的编写中大有用武之地，可"辨"、可"考"的重点也在于斯。特别是由于近些年出土文献和域外汉籍的发掘和整理，我国文学史已有的"客观性"不断受到冲击，因此大批"文学史"研究者投身其中，乐此不疲，把考证"文学史"材料的"客观性"作为研究的第一要义，好像"材料"的迷雾既已廓清，"文学史"的发展规律就不言自明。我国"文学史"的研究在各种版本的文学史著作中大同小异，也与学者们大多下功夫于各类文学史外部材料的考证有关，除非自己手中掌握着在时间和空间维度上足以颠覆传统的"文学史"材料。

与这种注重"文学史"之"客观"不同的是，莫砺锋先生鲜明地指出了"文学史"的"主观"意义，这才是涉及"如何研究、撰写文学史，或对已有的文学史著作进行分析、总结"的关键所在。俗话说，论文写作的模式是"观点加材料"。既然大家共同享有的材料资源大体一

---

① 吉川幸次郎：《中国诗史》，章培恒、骆玉明等译，复旦大学出版社，2012，第1页。

致，为什么还能有各具特色和面目的文学史著述出现？其根源就在于研究者的"观点"，再具体点就是"谁"在"辨""考"、如何"辨""考"的问题。说到"观点"的"主观性"，文献历史"考据"绝非这方面的重点，以桐城古文①的观念而言，更多指向的是"义理"和"辞章"。

"文学"的"征实"与"虚构"历来是文学理论和比较文学研究所关注的焦点，吉川幸次郎的看法代表了国外学者看待中国文学史的一种观念，纯粹向壁虚构的文学形态在中国文学史的长河中难觅踪影，至少是不占主流，这主要基于文学素材的"客观性"而言。但是文学毕竟是"文学"，除关心时代特点、作家履历和文学素材等客观要素以外，更关键的是"文学"作为作家主观情志体现的载体特征，它所反映的永远是作家主观的情思表达②，吸引历代文学研究者不断投身于文学史研究的动力应该源自探索作家作品背后的那"剪不断，理还乱"的心境与情感。文学史研究的魅力也多源于此。从某种意义上说，"重写文学史"既不需要时代的召唤，更不需要理论的更新，只要研究者愿意捧读文章，品味作家，一路下来，长此以往，自会形成对中国文学史的独特判断，这种"主观"判断就是自己的文学史"观点"。

除研究者自我与作家作品形成"莫逆于心"的对话之外，文学史研究的基础还在于研究者对文学"审美"的体悟与欣赏。陈平原先生在《小说史：理论与实践》中深刻反思了韦勒克、沃伦的《文学理论》中

---

① 桐城古文：亦称为"桐城派"，是清代影响最为深远的散文流派之一，代表人物包括刘大櫆、方苞、姚鼐等人，其流派的大多数人物都是桐城人，因而称为"桐城派"。这一流派强调学习古文要以先秦两汉和唐宋八大家的文章作为经典，要求语言雅洁，文以载道，其"义法"说包括"义理、考据、辞章"三方面并重。

② 《诗大序》曰："诗者，志之所之也，在心为志，发言为诗。"因此，即使中国文学的素材相对质实，但其主观情志的抒发，依然决定了我国文学具有主观审美的抒情特征。（参见陈世骧：《中国的抒情传统》，载《陈世骧文存》，辽宁教育出版社，1998，第1页。）

关于"文学史"的观念，形成了"文学史"研究在文学研究总体格局中作为"先锋派的后卫"的认识：

> 文学史研究要求相对的稳定性和连续性（包括研究对象的选择、理论框架的设定，乃至某些作家作品的评价），是一种规范化的常规作业，需要学识与才情、广博与精深、新颖与通达等的平衡和调适。[①]

总体说来，在陈平原先生的眼中，"文学史"研究没有对理论设计的情有独钟，也没有对个性批评的恣意炫耀，关注的永远是"对研究对象特性的理解和把握，以及始终以研究对象为中心来展开理论设计"。因此他主张：

> 一切以适合对象为标准，合则取之，不合则舍弃，不过分追求理论的完整与逻辑的严密。文学史家应该了解巴赫金、福柯或者巴尔特的理论，但不应该照搬套用其学说。转化与变形乃接受中必不可少的"损耗"，这里强调的是文学史家接受中的转化与变形带有明显的自觉性和自主性。作为研究思路，文学史家不同于批评家之处，就在于其是为了更好地阐释对象而选择某一理论。[②]

其实，这是针对一切文学史研究所做的理论反思，不论是文学素材过于质实的中国文学，还是以虚构为主流的西方文学，仔细体察"研究

[①] 陈平原：《小说史：理论与实践》，北京大学出版社，2010，第5—6页。
[②] 同上书，第21—22页。

对象"始终是"文学史"写作关注的焦点。当然，研究对象的构成要素较为复杂，文学作品与作家必然是其核心，围绕在它们周围的时代背景、思想特征，包括作家的生活过程和作品产生的具体环境，都应纳入文学史的研究对象范畴。然而除此之外的作家思想心态、作品的艺术结构及其折射出的审美情趣，更应该成为"文学史"关注的重点内容。而在目前过于凸显文献历史考据的时代氛围中，对于文学"审美"的细究深考正在日渐远离文学史研究的中心，则显得殊为可惜。

韦勒克、沃伦在《文学理论》中曾对文学研究的出发点和文学作品的存在方式做出过精辟的说明：

> 文学研究的合情合理的出发点是解释和分析作品本身。无论怎么说，毕竟只有作品能够判断我们对作家的生平、社会环境及其文学创作的全过程所产生的兴趣是否正确。然而，奇怪的是，过去的文学史却过分地关注文学的背景，对于作品本身的分析极不重视，反而把大量的精力消耗在对环境及背景的研究上。①

这种情况在韦勒克与沃伦看来自有其特殊的时代背景，具体到目前我国的文学史研究，重视文学史的客观要素研究与探索作品本身的文本结构研究已有明显的分野，而且其背后具有明确的学术追求与文化理想。二十世纪八十年代以来，文学研究的社会历史化趋向日益明显，固

---

① 韦勒克、沃伦：《文学理论》，刘象愚等译，江苏教育出版社，2007，第155页。

有学术传统中强调文史综合的倾向加重这一趋势[①]，大批学者在进行文学研究的实践过程中逐渐形成某些共识，其中最为突出的是重文献者视审美分析为空洞无物，重审美者视文献考据为质朴平庸。文献考据与审美分析本是文学研究的两翼，原无轩轾之别，但求实之风的盛行使得考据之风更为流行，导致目前文学研究中的审美分析日渐萎缩。考据所得，经过一番苦功夫的钻研，确能获得相对稳定的答案[②]，而审美分析则由于研究者自身的主观选择，更多地渗透着个性与情怀，但不能因审美分析的这种"主观"而抹杀其对于文学研究的重要意义。

强调"审美"之于文学史研究的重大意义，还根源于文学艺术品独特的存在方式及其把握途径：

> 艺术品就被看成是一个为某种特别的审美目的服务的完整的符号体系或者符号结构。……艺术品似乎是一种独特的可以认识的对象，它有特别的本体论的地位。它既不是实在的（物理的，像一尊雕像那样），也不是精神的（心理上的，像愉快或痛苦的经验那样），也不是理想的（像一个三角形那样）。它是一套存在于各种主观之间的理想观念的标准的体系。……只有通过个人的心理经验方能理解，它建立在其许多句子的声音结构

---

① 文学研究的社会历史化趋势在古代文学研究领域更为明显，尤其是傅璇琮先生的《唐代科举与文学》出版后，类似研究模式的著作不断涌现。但后来发展的趋势显示，后来的效法者大多围绕影响"文学"的各种因素展开研究，形成偏于历史研究而忽视文学自身研究的弊端。葛晓音先生在《秦汉魏晋游仙诗史研究的新创获》（《北京大学学报》2002年第5期）一文中已有深入分析，该文后来作为张宏《秦汉魏晋游仙诗的渊源流变略论》的序言。

② 参见南帆：《批评抛下文学享清福去了》，载南帆《当代文学与文化批评书系·南帆卷》，北京师范大学出版社，2010，第374–377页。

的基础上。①

这不仅从文学作品的存在方式角度为文学史研究中需要"审美"正名，而且还道出了如何把握文学审美的基本方式，即"通过个人的心理经验"，因为韦勒克和沃伦认为"艺术品可以成为'一个经验的客体'，……只有通过个人经验才能接近它，但它又不等同于任何经验"。其中隐含着"审美"理解的辩证法，每个人对于文学作品的艺术分析只能无限逼近，但不可能穷尽一个作品的全部意蕴。这一点可能为那些标榜追求确论的文学史研究者所轻视，但不能说对于文学作品的这种审美分析毫无意义，毕竟在艺术客体与欣赏主体之间存在着审美经验的交流，而且随着这种交流的回返往复，审美意蕴的呈现就更加鲜活而有价值。从这个意义上说，文学史研究中的"审美"分析依然有其不可替代的重要意义。正如维柯在《论我们时代的研究方法》中所言："关于诗艺……而又想通过文学研究以使之改善，那就有必要吸取一切学问研究的精华。关于这方面那些既无方法可循，而又不是全无章法的地方。"② "诗艺"所代表的审美分析虽难以确证，但并非无章可循，有关"诗艺"的研习可以通过加强文学的"审美"判断力予以补充，以此为核心还可以吸取其他学问的精华，而不是从根本上彻底放弃对"审美"的不懈追求。

二、"文学史"体例与文学教育的互动

小而言之，呈现于"文学史"编撰中的体例折射出研究者的思想观

---

① 韦勒克、沃伦：《文学理论》，刘象愚等译，江苏教育出版社，2007，第173页。
② 维柯：《维柯论人文教育》，广西师范大学出版社，2005，第149–150页。

念和审美趣味，如林庚先生的《中国文学简史》①，就成为其文学个性中诗意表达的学术载体；大而言之，"文学史"的体例必然与时代变动、思潮转移存在着或显或隐的关联，处于新旧文学时代交替的胡适以提倡白话的观念贯穿《白话文学史》，把"文学史"书写变成新文学取代旧文学的角力场。"文学史"的框架体例如何与研究者的学术个性构成彼此映衬的复杂关系，早已为学界所瞩目。最近陈平原先生在《作为学科的文学史》中又突发奇想式地勾勒出"文学史"与文学教育、文学课堂之间互动幽微的关系，引导我们再次思索"文学史"其实存在着看似略显沉闷而又实际关乎文学"审美趣味"如何培养的"百年大计"。

对于"文学史"的体例，可以根据不同的分类标准作出大致的划分，总的来说，"创作主体"和"拟想读者"这两大标准对"文学史"的编写体例影响最巨，而且与文学教育中是如何实践的问题密切相关。对中国上下五千年的历史进行总结，就"创作主体"而言，无外乎两种方式，即"成一家之言"式的独撰和"弥伦群言，唯务折中"式的集体编著。这两种方式各有短长，"独撰"所长在于能够体现自家的文学思想，具有鲜明的学术个性，短处则在于可能会对学界已有的研究成果吸收不足。而"集体编著"则是长于集合众家的智慧，而短于体系汗漫、个性黯淡。从"拟想读者"的角度去划分，陈平原先生在《小说史：理论与实践》中已有说明，他根据读者的期待视野，将"文学史"分为三种，即"研究型文学史""教学型文学史"和"普及型文学史"。②依照这两大分类，"独撰"近于"研究型文学史"，而"集体编著"多为"教学型

①参见葛晓音：《诗性与理性的完美结合——林庚先生的古代文学研究》，《文学遗产》2000年第1期，第120–131页；陈国球：《"文化匮乏"与"诗性书写"——林庚〈中国文学史〉探索》，载陈国球《文学史书写形态与文化政治》，北京大学出版社，2004，第107–147页。

②陈平原：《小说史：理论与实践》，北京大学出版社，2010，第24页。

文学史"和"普及型文学史"。

其实，"创作主体"与"读者"本是相反相成的关系，研究者在编写"文学史"之前大都会仔细思考自己的著述会有哪些人看，只有极少数人会采取"闭门造车"的态度，对自己的创作有足够的信心。而读者也自会根据阅读兴趣寻求合适的"文学史"，这其中能将两方准确捏合在一起的"文学史"，就可算是成功的作品了。"文学史"作品除了可以作为社会上的普通书籍进行流通传播，还承担着在大学和科研院所进行文学"传道授业"的重要功能，从某种意义上说，这才是"文学史"得以不断延续的立身之本。在此视角下，创作主体与读者就被转化成"师生关系"，而"文学史"就成了传播文学知识、培养文学意识的重要载体。陈平原先生最近关注到"文学教育"与"文学史"编写乃至讲授的复杂关系，更多也是源于此类角度的思索。①

说到此处，"文学教育"对于"文学史"的编写体例确实有着十分重要的规范意义，如再结合各种"文学史"编写的经验教训，将其置于我国大学中文系教育的大背景中，则更有价值。"文学史"研究在我国经历了百余年的发展历程，其开端是在西学东渐的时代背景下取代了我国传统的"诗文评"，而成为文学教育的重点课程，并将其设置于大学中文系的教学体系中，因此，它与生俱来就不再是我国古典传统中简单式的文学鉴赏，而逐渐成长为一个承载国族文化象征的知识体系。"文学史"的这一宏大品格赋予大学中文系的文学教育以深厚的底蕴，已成为不争的事实，与传统的"诗文评"相比，其利弊得失也值得反思，尤其是就此后的文学教育发展中出现的问题，更显得有针对性。

陈平原先生在其论著中曾不止一次地指出，现在大学中文系的"文

---

① 陈平原：《"文学"如何"教育"——关于"文学课堂"的追怀、重构与阐释》，载陈平原《作为学科的文学史》，北京大学出版社，2011，第151–223页。

学史"教育导致很多学生无法真正进入文学作品的细读，所写的论文大多是经过简单的文本分析后，就立即进入知识权力等宏大理论的建构中。①这其实道出了"文学史"教学在大学中文系文学教育中的尴尬处境，以知识传播为主要功能的"文学史"体例已让文学教育中本该有的"审美趣味"逐渐失落了，这也促使当前很多学者深入思考学科视野中的"文学史"体例到底应该以何种方式加以改善，才能使得兼具知识传承与审美趣味两者于一体的文学教育更好地发挥作用，从而让莘莘学子在"文学史"的阅读学习中既能细致入微地领会诗文之"美"，又能全面深入地掌握中国文学发展的学术脉络。

追索前辈学者在"文学史"教学中总结的经验，或许可以给我们更多的启迪。南京大学的程千帆先生在《我和校雠学》一文中说道：

> 我历来主张研究文学，要将考证与批评密切地结合起来，将文献学与文艺学密切地结合起来。文学批评应当建立在考据的基础上，文艺学研究应当建立在文献学知识的基础上。从事文学，特别是古代文学研究的人，不一定人人成为文献学家，但应当人人懂得并会利用校雠学知识。②

这是多年教学经验积累的"夫子自道"，"文学史"的研究总体上被分为"文献学"与"文艺学"，文献考据是基础与条件，而文学批评是依归和指向。程千帆先生在文学教育中采取的这种方式在其学生身上得到有效的印证，蒋寅先生曾通过总结在南京大学的学习经历而指出，程

---

① 萨义德在《回到语文学》一文中也有精到的分析。(参见萨义德：《人文主义与民主批评》，朱生坚译，上海三联书店，2013，第71页。)

② 张世林编《家学与师承》第二卷，广西师范大学出版社，2007，第20页。

千帆先生教给他的更多的是洞察幽微的文艺审美批评。①由此可见，与"审美"密切相关的文学批评能力的培养被程千帆视为文学教育的重心。此外，作为老一辈学者的代表，吴小如先生在《我和中国文学史》中也曾提及："如果自己不会写文言文和作旧体诗，上课给学生讲古代诗文是搔不到痒处的。"②这种"知""能"相济的学养在老一辈学者身上随处可见③，他们背后的"文学史"视野绝不是来自教科书式的呆板知识，而是基于大量阅读经验和创作体会之上的审美感受的摸索与深化。他进而指出，大学中文系的本科生应该兼通"文""语"两大部分，"义理""考据""辞章"兼而有之，由此而上，还必须"通古今之变"。这就表明了吴小如先生对于"文学史"教学，主张先加强审美感性经验的基本功，后注重知识体系的建构，否则"学生头脑中还没有足够的感性材料，听了不免茫然"，本末倒置的结果必然使得文学教育走到空洞无物的境地。

老先生的经验之谈可以为现在如何改善"文学史"体例以适应文学教育提供必要的参照。文学作为一门讲求"审美趣味"的学科，其基础必然在于审美经验的提炼与领悟，即使是我国文学中有重视现实生活素材的"征实"趋向，也应该注意深入挖掘其背后隐含的美学意义，否则"文学史"研究就基本等同于纯粹的历史研究。同时，还应注意"文学史"体例中"审美"基础与"知识"建构的关系，让学生在更多地接触

---

① 蒋寅、巩本栋、张伯伟：《书绅录》，载四川大学中文系《新国学》编辑委员会编《新国学》第一卷，巴蜀书社，2008，第1—30页。

② 张世林编《家学与师承》第二卷，广西师范大学出版社，2007，第285页。

③ 陕西师范大学的古典文学研究名家霍松林先生在其教学经验的总结中也曾强调"知能并重"的意义，即研究"文学史"的学者应该具备古典诗文创作的基本经验，研究和创作相辅相成，借此可以体会文学的审美感受，培养辨别文学高下的审美趣味。(见霍松林：《霍松林治学录》，《淮阴师范学院学报》2002年第1期，第56—57页。)

"文学史"的感性材料后，再去尝试"文学史"庞大的知识结构，这是以后中文系"文学史"研究积极适应"文学教育"本质的应有体例。不论是"文学"作为学科的本质，还是"文学史"内部体系的建构，其培育学生的"审美经验"的基本功都是必不可缺的重要一环，更是值得学者们在研究"文学史"的过程中倍加努力的方向。

三、走向文学内部研究的"文学史"观念

韦勒克、沃伦的《文学理论》自从在我国翻译出版后，其中对于"文学史"研究的诸多理念深刻影响了后来的文学研究者。陈平原先生在《小说史：理论与实践》中反思自己的文学史研究时，就曾借助《文学理论》中关于"文学史""文学理论"和"文学批评"三分天下的观念。这种分类方式着眼于对待"文学"的三个视角，陈平原先生将其归结为"文学理论追求彻底性，文学批评强调品味，而文学史则注重通观"[①]。需要指出的是，在这种三分天下的态势下，"文学史"的研究最具整合意义，"通观"必然带来"瞻前顾后"的调和作用，意味着"文学史"研究既可以明确借鉴"文学理论"的犀利武器，又可以充分享用"文学批评"对"文学"的涵泳品味。最佳的"文学史"研究当然是能够做到三者的完美结合，但在具体的实践操作中，出现的状况并不乐观，韦勒克、沃伦的《文学理论》就曾指出："写一部文学史，即写一部既是文学的又是历史的书，是可能的吗？应当承认，大多数的文学史著作，要么是社会史，要么是文学作品中所阐释的思想史，要么只是写下对那些多少按编年顺序加以排列的具体的文学作品的印象和评价。……上述这些文学史家和许多其他文学史家们仅只是把文学视为图解民族史或社会史的文献，而另外有一派人则认为文

---

① 陈平原：《小说史：理论与实践》，北京大学出版社，2013，第4页。

学首先是艺术，但他们却似乎写不了文学史。他们写了一系列互不连接的讨论个别作家的文章，试图探索这些作家之间的‘互相影响’，但是却缺乏任何真正的历史进化的概念。"①文学史研究在"文学理论"和"文学批评"的夹缝中最终走向两个极端，真正意义上的完美的"文学史"并未出现，因此韦勒克和沃伦发出了"为什么还没有人试图广泛地探索作为艺术的文学的进化过程呢"这样的疑问。要解答这一疑惑，还应该从"文学史"研究的"主体"角度进行思考，毕竟"文学史"研究落实到具体的实践操作，离不开写作主体的个性与选择。"独撰"式的"文学史"自不待言，即使是集体编撰的"文学史"，透露出的也必然是一个相对集中的思想线索。

如果转换这种分类标准，而采用"主体"的素养这一视角，那么关于文学研究的风格划分又是另外一番风景。法国评论家蒂博代在《六说文学批评》中按此"评论主体"的风格，将文学研究分为"自发的批评""职业的批评"和"大师的批评"。②这其中"职业的批评"更多对应的是"文学史研究"，然而蒂博代对此却是"爱恨交加"，有褒有贬。他指出了"职业的批评"兼具重视历史、强调评判和追求阐释的平衡，但也列举了可能出现的两种危险——"并非每写必读"和"迟疑症"，即"文学史"思维可能会使写作主体不必具体细读文学作品，只需按照某种框架设计填充材料即可，或是由于过分注重考证细节而无法进入整体的"文学史"。所以，他给出的解决方法更值得当前文学史研究借鉴，那就是注重"趣味"的养成，这是"寻美的批评"的核心。

"文学史"发展至今，已经形成自给自足的研究体系的学术风格，

---

① 韦勒克、沃伦：《文学理论》，江苏教育出版社，2007，第302页。

② 蒂博代：《六说文学批评》，赵坚译，生活·读书·新知三联书店，2002，第44-145页。

尤其是在当前学科体系的规范之内，研究程式化的倾向日趋明显，南帆先生曾对此表示忧虑：

> 至少在目前，"考据"更为投合学院体制。见仁见智，趣味无争辩，灵魂的冒险或者思想游戏，这一切更像是机智和才气的产物，甚至有徒逞口舌之利的嫌疑。学院必须有"硬"知识，必须提交"科学论断"。对于文学研究来说，一个结论必须是故纸堆里翻出来的，而不是拍拍脑袋想出来的。……一系列成文不成文的规定形成了文学系的某些价值观念：重学者而轻文人，重语言学而轻文学，重古典文学而轻现当代文学，重文学史而轻文学理论。[①]

这种意见大致反映了目前"文学史"研究的普遍情形，因此蒂博代重视"趣味"的趋向在文学研究中就更显其针对性，尤其是对"文学史"研究者如何确立文学评论的基本态度更有指导作用。"文学史"的撰写固然有判断、分类、解释的作用，学养、知识积累和理论借鉴不可或缺，但这一切的基础首先应该是直面文学作品的"趣味"养成，这是一切"文学史"分析的起点。一位好的"文学史"家首先是一位好的批评家。在蒂博代看来，"好的批评家，像代理检察长一样，应该进入诉讼双方及他们的律师的内心世界，在辩论中分清哪些是职业需要，哪些是夸大其词"。保持"审美趣味"对于"文学史"研究的活力是研究主体始终如一的责任，也是"文学史"研究者在文学教育的环境中给予受众真正文学感受的唯一途径，否则教育出的学生对于文学作品，必然是"看了

---

① 南帆：《当代文学与文化批评书系·南帆卷》，北京师范大学出版社，2010，第375页。

也似不曾看，不曾看也似看了"①。失去了对文学审美的敏感和对具体作品的亲近，会使得"文学史"的研究和教学走向蒂博代所说的"半死不活的学究气中"。

也正是对"审美"素养的呼唤与重视，韦勒克和沃伦在《文学理论》中，将"文学史"置于"文学的内部研究"之中。作为独立意义存在的"文学史"应该呈现的是关注文学内部的艺术发展演变的过程，因此韵律、节奏、意象分析、文体、文学类型、艺术风格等都成为文学的内部研究的重要组成部分。在此基础上，才能构建作为艺术的"文学"之"史"的脉络。

当然还要注意研究者审美趣味的个性化与"文学史"要求的"通观"共性之间如何调和的问题。研究者沉溺于文学魅力的发挥，往往具有自我鲜明的学术个性。蒂博代对此看得很清楚："不应该在趣味问题上追求精确。我们应该把精确当成趣味和对趣味健康的判断最危险的敌人。"他把"趣味"限定为"那种精神感觉，那种先天或后天的识别美和倾心于美的能力，一种对准则作出判断而本身又没有准则的本能"②。要做好这种研究个性与"文学史"研究强调通观的平衡，大体要从两个层面注意，一是研究者自身必须注重对作家作品的反复阅读，许多评论家对作家作品持之以恒地予以艺术与审美的关注，只有在与作者和作品的不断对话中，才能获取更多的鲜活的审美经验，这一过程也是使得自我的审美经验不断稳定和成长的基本保证，审美经验的不断积累可以从多侧面、多角度持续逼近文学艺术作品的审美价值，也是对作家作品的美学内涵再创造的过程。蒂博代在《批评中的

---

① 朱熹：《朱子语类》，中华书局，1986，第171页。
② 蒂博代：《六说文学批评》，赵坚译，生活·读书·新知三联书店，2002，第158页。

创造》中曾说：

> 任何一位批评家都不能完全甚至近似地与一位艺术家的整个气质相吻合，但是没有任何一位大艺术家不曾引起不同的观点，这些无穷无尽的彼此不同的看法可能与他本人相吻合，正如一个有无数个边的多边形能和圆叠合一样。于是我们对卢梭，对夏多布里昂，对雨果，有了一定数量的不完全的片面的观点，它们作为批评家和艺术家之间的误差是不精确的，但从某个侧面来看，它们又是精确的，因为批评家之间的误差互相纠正，在每个作品周围维持着苏格拉底式对话的气氛，进行着一种继续创造的黑暗与光明、阳光和阴影、色调和生命的跳动的变幻。……由批评所进行的艺术家的继续创造，同时从另一个意义上来说，也是由艺术家进行的作品的继续创造。①

除了批评家的持续阅读和对作品的多角度阐释，还可以从历史的纵向线索中建构审美趣味的链条，即"美学生活并非处在人人各行其是的状态，它包含着趣味的共同趋势，这种趋势可以把相隔很远的前人与后人联系在一起，其中最为完整的形式就是人们所说的趣味大干线和总局，即西方的传统链条"②。

这两种培养"审美趣味"的途径和方式实际构成了我们真正的"文学史"观，任何作家作品的审美解读没有终点，批评家每一次的阅读作品都是对其美学内涵的崭新开始，而不同的批评家又可以从不同的方向

---

① 蒂博代：《六说文学批评》，赵坚译，生活·读书·新知三联书店，2002，第211页。

② 同上书，第154页。

去深入剖析作品的美学意蕴，在此意义上，不同的文学研究，对于作为艺术的文学发展过程的"文学史"而言，可算是鲜活而细腻的素材。至于放眼于历史长河中的"趣味大干线"，则是众多文学研究者个人努力之后建构起的美学脉络，这是"文学史"得以成立乃至成熟的实质。这种成立乃至成熟绝不意味着完美"文学史"的出现，而是历代"文学史"研究者共同努力的方向，在这个意义上说，"重写文学史"是每个时代的必然命题，所以"重写文学史"永无止境，"文学史"永远都在重写。

不论是苦心孤诣地追求"文学史"的个性化，还是雄心勃勃地希望进入"文学史"的"趣味大干线"，都不能脱离对文学作品本身的"温情与敬意"。不必期待完美"文学史"的出现，只要研究者能够持之以恒、老老实实地体味文学"审美"的真谛，自家的"文学史"必然会凸显出来。关于此种态度，萨义德在《回到语文学》中的思想可资借鉴："让一个文本的读者从一种快速的、浮浅的阅读，直接进入对于庞大的权力结构的全面甚或具体的陈述，或者含糊地进入有利的拯救之治疗体系，也就是放弃所有人文主义实践的永恒的基础。那个基础实际上就是我所说的语文学，也就是对言词和修辞的一种详细、耐心的审查，一种终其一生的关注。"①文献考据之学虽然是"文学史"研究之必需，而且在人文学讲求"科学规范"的今日，还有愈演愈烈之势，但依然保留让"文学史"还原"审美"的面貌的那一份憧憬，更应成为深刻推动"文学史"走向文学内部研究的源头活水。呼唤更多的"文学史"研究者真正走入文学的内在，毕竟"文学"带给人的首先是审美的愉悦和心灵的震颤，正如陈思和先生所言："从今天的标准来看，比较有价值的是对作家作品进行美学的、历史的分析，而不是从道德的、党派的观点进行批

---

① 萨义德：《人文主义与民主批评》，朱生坚译，上海三联书店，2013，第71页。

评。……人性对作品而言，人格对作家而言，主体的投入是对批评家的阅读和批评而言，三者的结合是最理想的批评。"①这话对于今日的"文学史"研究来说，仍然值得学人深思。

① 陈思和:《当代文学与文化批评书系：陈思和卷》，北京师范大学出版社，2010，第427页。

主要参考文献

［1］张沛. 中说校注［M］. 北京：中华书局，2013.

［2］蒋清翊. 王子安集注［M］. 上海：上海古籍出版社，1995.

［3］杨伯峻. 论语译注［M］. 北京：中华书局，1980.

［4］杨伯峻. 孟子译注［M］. 北京：中华书局，1960.

［5］王先谦. 荀子集［M］. 上海：上海书店出版社，1986.

［6］班固. 汉书［M］. 颜师古，注. 北京：中华书局，1962.

［7］王利器. 风俗通义校注［M］. 北京：中华书局，1981.

［8］桓谭. 新论［M］. 上海：上海人民出版社，1977.

［9］北京大学历史系. 论衡注释［M］. 北京：中华书局，1979.

［10］孔颖达. 春秋左传正义［M］. 北京：北京大学出版社，1999.

［11］萧统. 文选［M］. 上海：上海古籍出版社，1986.

［12］倪璠. 庾子山集注［M］. 北京：中华书局，1980.

［13］房玄龄，等. 晋书［M］. 北京：中华书局，1974.

［14］令狐德棻，等. 周书［M］. 北京：中华书局，1971.

［15］李延寿. 南史［M］. 北京：中华书局，1975.

［16］魏征，等. 隋书［M］. 北京：中华书局，1973.

［17］吴兢. 贞观政要［M］. 长沙：岳麓书社，2000.

［18］刘肃. 大唐新语［M］. 许德楠，李鼎霞，点校. 北京：中华书局，1984.

［19］刘𫗧. 隋唐嘉话［M］. 程毅中，点校. 北京：中华书局，1979.

［20］张鷟. 朝野佥载［M］. 赵守俨，点校. 北京：中华书局，1979.

［21］周勋初. 唐语林校证［M］. 北京：中华书局，1987.

［22］刘昫. 旧唐书［M］. 北京：中华书局，1975.

［23］姜汉椿. 唐摭言校注［M］. 上海：上海社会科学院出版社，2003.

［24］司马光. 资治通鉴［M］. 胡三省，注. 北京：中华书局，1979.

［25］朱熹. 四书章句集注［M］. 北京：中华书局，1983.

［26］郭绍虞. 沧浪诗话校释［M］. 北京：人民文学出版社，1983.

［27］高棅. 唐诗品汇［M］. 上海：上海古籍出版社，1988.

［28］胡应麟. 诗薮［M］. 上海：上海古籍出版社，1958.

［29］胡震亨. 唐音癸签［M］. 上海：上海古籍出版社，1981.

［30］王夫之. 读通鉴论［M］. 北京：中华书局，1976.

［31］王树民. 廿二史札记校注［M］. 北京：中华书局，1984.

［32］王鸣盛. 十七史商榷［M］. 北京：上海书店出版社，2005.

［33］严可均. 全上古三代秦汉三国六朝文［M］. 北京：中华书局，1958.

［34］叶瑛. 文史通义校注［M］. 北京：中华书局，1994.

［35］何文焕. 历代诗话［M］. 北京：中华书局，1981.

［36］董诰，等. 全唐文［M］. 北京：中华书局，1983.

［37］彭定求，等. 全唐诗［M］. 北京：中华书局，1996.

［38］孟二冬. 登科记考补正［M］. 北京：北京燕山出版社，2003.

［39］刘熙载. 刘熙载集［M］. 南京：江苏古籍出版社，2001.

［40］丁福保. 历代诗话续编［M］. 北京：中华书局，1983.

［41］傅璇琮. 唐才子传校笺［M］. 北京：中华书局，1987.

［42］逯钦立. 先秦汉魏晋南北朝诗［M］. 北京：中华书局，1984.

［43］詹锳义. 文心雕龙义证［M］. 上海：上海古籍出版社，1989.

［44］范文澜. 文心雕龙注［M］. 北京：人民文学出版社，1958.

［45］钱穆. 中国学术思想史论丛［M］. 合肥：安徽教育出版社，2004.

［46］钱穆. 中国历代政治得失［M］. 北京：生活·读书·新知三联书店，2001.

［47］钱穆. 国史大纲［M］. 北京：商务印书馆，1996.

［48］钱穆. 国史新论［M］. 北京：生活·读书·新知三联书店，2005.

［49］钱穆. 两汉经学今古文平议［M］. 北京：商务印书馆，2001.

［50］黄侃. 文心雕龙札记［M］. 上海：上海古籍出版社，2000.

［51］陈寅恪. 隋唐制度渊源略论稿［M］. 北京：生活·读书·新知三联书店，2001.

［52］陈寅恪. 唐代政治史述论稿［M］. 北京：生活·读书·新知三联书店，2001.

［53］陈寅恪. 金明馆丛稿初编［M］. 北京：生活·读书·新知三联书店，2001.

［54］陈寅恪. 金明馆丛稿二编［M］. 北京：生活·读书·新知三联书店，2001.

［55］陈寅恪. 魏晋南北朝史讲演录［M］. 合肥：黄山书社，1987.

［56］闻一多. 唐诗杂论［M］. 上海：上海古籍出版社，1998.

［57］郭绍虞. 照隅室古典文学论集［M］. 上海：上海古籍出版社，1983.

［58］郭绍虞. 杜甫戏为六绝句集解［M］. 北京：人民文学出版社，1978.

［59］郭绍虞. 清诗话［M］. 上海：上海古籍出版社，1999.

［60］郭绍虞. 清诗话续编［M］. 上海：上海古籍出版社，1983.

［61］刘师培. 中古文学论著三种［M］. 沈阳：辽宁教育出版社，1997.

［62］刘师培. 中国中古文学史·论文杂记［M］. 北京：人民文学出版社，1962.

［63］汪篯. 汪篯隋唐史论稿［M］. 北京：中国社会科学出版社，1981.

［64］傅璇琮. 唐代科举与文学［M］. 西安：陕西人民出版社，1986.

［65］傅璇琮. 唐五代文学编年史［M］. 沈阳：辽海出版社，1998.

［66］吴宗国. 唐代科举制度研究［M］. 沈阳：辽宁大学出版社，1992.

［67］唐长孺. 魏晋南北朝隋唐史三论［M］. 武汉：武汉大学出版社，1992.

［68］毛汉光. 中国中古政治史论［M］. 上海：上海书店出版社，2002.

［69］毛汉光. 中国中古社会史论［M］. 上海：上海书店出版社，2002.

［70］曹道衡. 南朝文学与北朝文学研究［M］. 南京：江苏古籍出版社，1999.

［71］曹道衡. 中古文史丛稿［M］. 石家庄：河北大学出版社，2003.

［72］曹道衡. 中古文学史论文集［M］. 北京：中华书局，2002.

［73］曹道衡，刘跃进. 南北朝文学编年史［M］. 北京：人民文学出版社，2000.

［74］曹道衡，沈玉成. 南北朝文学史［M］. 北京：人民文学出版社，1991.

［75］王运熙，杨明．魏晋南北朝文学批评史［M］．上海：上海古籍出版社，1989.

［76］王运熙，杨明．隋唐五代文学批评史［M］．上海：上海古籍出版社，1994.

［77］王运熙．中古文论要义十讲［M］．上海：复旦大学出版社，2004.

［78］王运熙．文心雕龙研究［M］．上海：上海古籍出版社，2005.

［79］田余庆．东晋门阀政治［M］．北京：北京大学出版社，1989.

［80］罗宗强．魏晋南北朝文学思想史［M］．北京：中华书局，1996.

［81］罗宗强．隋唐五代文学思想史［M］．上海：上海古籍出版社，1986.

［82］陈尚君．唐代文学丛考［M］．北京：中国社会科学出版社，1997.

［83］邓小军．唐代文学的文化精神［M］．台北：文津出版社，1993.

［84］尚定．走向盛唐［M］．北京：中国社会科学出版社，1994.

［85］葛晓音．诗国高潮与盛唐文化［M］．北京：北京大学出版社，1998.

［86］葛晓音．汉唐文学的嬗变［M］．北京：北京大学出版社，1996.

［87］杜晓勤．初盛唐诗歌的文化阐释［M］．北京：东方出版社，1997.

［88］杜晓勤．隋唐五代文学研究［M］．北京：北京出版社，2001.

［89］吴先宁．北朝文化特质与文学进程［M］．北京：东方出版社，1997.

［90］傅刚．魏晋南北朝诗歌史论［M］．长春：吉林教育出版社，

1995.

　　［91］王永平. 中古士人迁移与文化交流［M］. 北京：社会科学文献出版社，2005.

　　［92］林继中. 文化建构文学史纲［M］. 北京：北京大学出版社，2005.

　　［93］尹协理，魏明. 王通论［M］. 北京：中国社会科学出版社，1984.

　　［94］李浩. 唐代三大地域文学士族研究［M］. 北京：中华书局，2002.

　　［95］阎步克. 士大夫政治演生史稿［M］. 北京：北京大学出版社，1996.

　　［96］于迎春. 秦汉士史［M］. 北京：北京大学出版社，2000.

　　［97］吴功正. 唐代美学史［M］. 西安：陕西师范大学出版社，1999.

　　［98］聂永华. 初唐宫廷诗风流变考论［M］. 北京：中国社会科学出版社，2002.

　　［99］萧占鹏. 隋唐五代文艺理论汇编评注［M］. 天津：南开大学出版社，2002.

　　［100］池万兴，刘怀荣. 唐代文人心态史［M］. 石家庄：河北教育出版社，2001.

　　［101］陈良运. 中国诗歌体系论［M］. 北京：中国社会科学出版社，1992.

　　［102］杜维明. 杜维明文集：第三卷［M］. 武汉：武汉出版社，2002.

　　［103］陈伯海，蒋哲伦. 中国诗学史：隋唐五代卷［M］. 厦门：鹭江出版社，2002.

［104］周一良．魏晋南北朝史论集［M］．北京：北京大学出版社，1997.

［105］傅绍良．唐代谏议制度与文人［M］．北京：中国社会科学出版社，2003.

［106］曹胜高．汉赋与汉代制度［M］．北京：北京大学出版社，2006.

［107］黄永年．文史探微［M］.北京：中华书局，2000.

［108］查屏球．从游士到儒士［M］.上海：复旦大学出版社，2005.

［109］中国唐代文学学会，等．唐代文学研究：第十辑［M］．桂林：广西师范大学出版社，2004.

［110］何启民．中古门第论集［M］.台北：台湾学生书局，1982.

［111］许倬云．历史分光镜［M］.上海：上海文艺出版社，1998.

［112］包弼德．斯文：唐宋思想的转型［M］.刘宁，译．南京：江苏人民出版社，2001.

［113］宇文所安．初唐诗［M］.贾晋华，译．北京：生活·读书·新知三联书店，2004.

［114］葛晓音．盛唐文儒的形成和复古思潮的滥觞［J］.文学遗产，1998（6）.

［115］臧清．唐代文儒的文学及其历史承担［J］.郑州大学学报，2004（4）.

［116］张汉中．王通与贞观诗风［D］.开封：河南大学，2005.

［117］萧统．文选［M］.李善，注．影印本．北京：中华书局，1977.

［118］梁章钜．文选旁证［M］.穆克宏，点校．福州：福建人民出版社，2000.

［119］班固．汉书［M］.颜师古，注．北京：中华书局，1962.

［120］俞绍初，许逸民．中外学者文选学论集［M］.北京：中华

书局，1998.

〔121〕李建国．汉语训诂学史〔M〕．上海：上海辞书出版社，
2002.

〔122〕余嘉锡．世说新语笺疏〔M〕．上海：上海古籍出版社，1993.

〔123〕洪兴祖．楚辞补注〔M〕．北京：中华书局，1983.

〔124〕骆鸿凯．文选学〔M〕．北京：中华书局，1989.

〔125〕浦起龙．史通通释〔M〕．上海：上海古籍出版社，1994.

〔126〕刘永济．十四朝文学要略〔M〕．哈尔滨：黑龙江人民出版
社，1984.

〔127〕高步瀛．文选李注义疏〔M〕．曹道衡，沈玉成，点校．北
京：中华书局，1985.

〔128〕袁行霈．陶渊明集笺注〔M〕．北京：中华书局，2003.

〔129〕李运富．谢灵运集〔M〕．长沙：岳麓书社，1999.

〔130〕曹融南．谢宣城集校注〔M〕．上海：上海古籍出版社，1991.

〔131〕李伯齐．何逊集校注〔M〕．济南：齐鲁书社，1989.

〔132〕葛晓音．山水田园诗派研究〔M〕．沈阳：辽宁大学出版社，
1993.

〔133〕王国璎．中国山水诗研究〔M〕．北京：中华书局，2007.

〔134〕刘怀荣．周汉诗学与文学思想研究〔M〕．北京：中国社会
科学出版社，2008.

后　记

　　就写作时间而言，本书是我从本科到博士后阶段学习工作经历的一份"作业"，跨度不可谓不长，我从十八岁初入大学的毛头小子变成了三十而立的大学"青椒"，期间在不断地变换求学之地，从美丽宜人的青岛之滨到底蕴深厚的古都长安，再到无数学子向往的首都北京，工作后又辗转回到距离故乡不远的泉城济南。回首来时路，多少青灯黄卷陪伴的读书时光，已经深深印刻在自己的身上，颇有些"却顾所来径，苍苍横翠微"之感。面对这当年在高考填报志愿时的自我选择，经年之后，我不禁暗自庆幸至今仍"不忘初心"，还在自己选择的不那么平坦的道路上奋力前行。

　　用梁启超的"以今日之我宣判昨日之我"的眼光来看，书中这些文章还难脱稚嫩和平庸之气，自己回过头来检视这些不甚成熟的文字颇有些汗颜。若换一种角度，把它们看成我在求学之路上从蹒跚学步到初有心得的点滴记录，也许还有其值得回味的意义。其中，《荆楚文化与韩愈险怪诗风的形成》是我在本科毕业论文的基础上修改而成的，也是我正式发表的第一篇学术论文。通过本科阶段的训练，我大致了解了古代文学专业学习的一些门径，这奠定了我此后至今的专业方向。而书中关于"文儒"问题的探讨则是基于我在硕士阶段的学习心得，这成为我深入理解中国古代文人及其文学创作的一个视角，持续地影响了我此后的研究路向。转入博士与博士后阶段，在导师的指导下，我读书和涉猎的范围大多是在宋代以前的时期，因此本书的研究内容基本囊括于"汉唐文学"的大致框架中。

重温这些十余年来写成的文字，压在纸背的温情与敬意汇聚成无数的"感谢"。我首先感谢本科阶段的刘怀荣教授、硕士导师傅绍良教授和博士导师葛晓音教授，没有他们的教诲和指导，我不可能在古代文学研究之路上坚持至今。回想过往的学习生活，他们都曾给予我最耐心的教导和最无微不至的帮助，从学习、生活到工作，一直关心着我的成长。特别是怀荣师在阅读书稿后撰写了热情洋溢且多鼓励之意的序言，为拙作增色不少。师恩难忘，谨以此书献上我最深挚的感激之情。

我还要感谢青岛大学的范嘉晨教授，陕西师大的张新科教授，杭州师大的张树国教授，北京大学中文系的杜晓勤教授、钱志熙教授、傅刚教授和李鹏飞师兄，清华大学中文系的孙明君教授，中国社科院文学研究所的刘宁师姐、刘跃进教授，武汉大学文学院的尚永亮教授，华南师大文学院的蒋寅教授，湖南师大文学院的曾绍皇教授，中国海洋大学文学院的韦春喜教授，山东大学文学院的李剑锋教授，山东师大的孙书文教授，山东省社科联的高玉宝先生等师长，他们都在我学术成长的过程中给予了莫大的帮助和鼓励。我真诚地希望自己能以不断地努力回报各位师长的关怀。

此书的出版临近于我的工作转换之时，从相伴十年的济南大学文学院转入山东师范大学文学院，这是我人生和学术之路的一段新旅程的开始。面对新的工作环境，我唯有继续努力，方能不辜负诸多师长的期望和关心。

感谢我的父母，他们一直默默支持我的选择，不断鼓励我沿着既充满艰辛又时有创获的学术之路继续前行，尽管我能回报他们的实在是太少。感谢我的妻子和孩子，她们让我明白在学术研究之外还有平凡生活的乐趣和生命成长的意义。

　　本书中的相关文章曾经发表于《山东大学学报》《社会科学评论》《中国诗学》《浙江艺术职业学院学报》《大连大学学报》《唐都学刊》等学术刊物，后被《高校文科学术文摘》《唐代文学研究》等期刊转载和转引。在本书编写过程中，根据汉唐文学的发展脉络及重要现象，从宏观上进行了整合与梳理，并在注释、体例和文字表述上又重新做了修订，这其中也包含着我指导的硕士生张晏铷、孙敏、杨婷和亓玉的辛劳。最后特别感谢山东教育出版社李俊亭先生的大力支持，他不辞辛苦，在本书编辑过程中提出很多建设性的修改意见，让我深刻体会到一位编辑老师严谨而高效的工作精神。

　　本书得到山东省高校青年创新团队建设和山东省泰山学者工程专项经费的资助支持，谨致谢忱。

李 伟

2021年6月书于泉城济南积跬斋